登場人物

カイン
アレックス
ファビエンヌ

「すごいですわ、お兄様！
大きな木が育ちました！
あれは、オレンジ？」

辺境の魔法薬師 2

自由気ままな異世界ものづくり日記

えながゆうき
イラスト：パルプピロシ

Contents

第一話

王都スペンサー

この世界を創造した女神様のお願いにより転生した俺は、ハイネ辺境伯家の三男、ユリウスという名前で生を受けた。俺がこの世界へやってきた理由はただ一つ。この世界にはびこっているゲロマズ魔法薬を撲滅すること。

そして今も、その方法を模索しながら魔法薬を作ったり、ついでに便利な魔道具を作ったりして忙しい日々を過ごしていた。

そんな最中、俺が魔法薬師の師匠として頼りにしていた、高位魔法薬師であるおばあ様が毒によって倒れたという手紙が王都から届いた。俺は急いでどんな毒でも無効化できる魔法薬である〝万能薬〟を作ると、妹のロザリアと一緒に馬車へ飛び乗った。

王都までは少なくとも四日はかかるそうである。どうか俺が到着するまで、無事でいてくれるといいのだけど。

「お兄様、おじい様もおばあ様も大丈夫ですよね？」

不安そうに眉を下げたロザリアが俺の腕にギュッとしがみついてきた。

「ロザリア……大丈夫だよ。王都にはお父様もお母様もいる。それに、国中の優秀な魔法薬師たちが集まっているはずだからね。きっと今ごろすごい魔法薬を飲んで、元気になっているはずさ」

なるべくロザリアを心配させないように笑顔を作った。ロザリアの表情は相変わらず曇ったままだ。もしかすると、俺の作り笑いに気がついているのかもしれない。俺もまだまだだな。


馬車に揺られること数日。王都が近づいてきたようである。

ここまでの道中は、土が押し固められただけの少しでこぼこした道だった。しかし今は、街道の道の幅は広く、そしてしっかりと舗装されたものへと変わっていた。

王都への強行軍だ。さすがにみんなの顔にも疲れが見え始めている。

「ユリウス様、ロザリア様、王都が見えて参りました」

騎士団長であるライオネルが馬車の外から声をかけてきた。

馬車の窓から二人で身を乗り出すと、前方に大きな壁に囲まれた街が見えてきた。あれがスペンサー王国の王都スペンサーか。街は壁の外側にも続いているようだ。さすがは王都なだけあって、領都の数倍はありそうだった。

大きな壁の前までやってきた。その途中で目にした街はずいぶんとにぎわっていたのだが、遠目にスラム街のような場所も見えた。

ハイネ辺境伯領にスラム街はないのだが、王都ほどの規模になれば、どうしても貧しい人たちが集まる場所が生まれてしまうのかもしれないな。

この壁の向こう側へ行くためにはどうやら手続きがいるようで、たくさんの人が並んでいた。

現在の時刻は午後三時くらいだ。この様子では、日が暮れるまでに中へ入れないかもしれない。

「ライオネル、これ大丈夫かな？　なんとか今日中に中に入りたいんだけど、受付時間に制限とかないよね？」

「その心配は無用ですよ。あの人がたくさん並んでいる場所は庶民用の入り口です。向こう側に貴族専用の入り口があります」

「なるほど。世知辛い世の中だな」

どうやらしっかりと区別されているようである。俺たち一行はもちろん貴族専用の入り口へと向かった。こちらはさっきの場所よりもまだマシなようである。

「お兄様、馬車がたくさん並んでますわ」

「そうだね。みんなも中に入るみたいだね」

馬車の窓からキョロキョロと外を観察するロザリア。俺も一緒に外を眺めた。ロザリアの言う通り馬車だらけだ。人の代わりに馬車がいるみたいだった。

「おかしいですな。社交界シーズンは始まっておりますし、すでに主要な貴族のみなさま方は王都に集まっているはずです。それなのに、いまだにこれほどまで馬車が並んでいるとは」

ライオネルが首をかしげている。どうやら普段はもっと少ないようである。

「何かあったのかな？　国王陛下から重大発表があって、人を集めているとかさ」

なんだか嫌な予感がしてきた。俺の考えすぎだったらいいのだが。

ほどなくして俺たちの順番が回ってきた。ライオネルが代表して対応してくれている。俺も今後のことを考えて、ライオネルの隣について手続きのやり方を見せてもらった。

どうやら貴族のサイン入りの証明書がいるみたいだな。それを兵士に見せて、確認が取れれば通してもらえるようだ。無事に手続きは終わったようで、兵士が敬礼している。

俺が馬車に乗り込むと、すぐに動き出した。

薄暗い石造りのトンネルを抜けると、石畳の大きな通りが目に入った。その美しく整った光景を見て、ロザリアの目が大きくなっている。きっと俺の目も大きくなっているはずだ。

ハイネ辺境伯領の領都も王都に負けていないと思っていたのだが、この光景を見るとまだまだ足りないように思ってしまう。

「ユリウス様、お屋敷まではもうしばらくかかります」

「分かった。人や荷物にぶつからないように焦らず進んでくれ」

王都の道は人と馬車の通る場所が決まっているようである。歩道と車道に分かれていると言えば分かりやすいかもしれない。歩道には人が行き交っており、ときどき車道にもはみ出してくる。

交通マナーの悪い人がいるのはどこも同じようである。人通りが多いこともあり、気をつけて馬車を走らせないと、今にも人にぶつかってしまいそうだ。

この辺りは庶民の家が多いのかな？　こぢんまりとした小さめの家が立ち並んでいた。そのまま奥に進むと商業区に入ったようである。先ほどよりも人の数がさらに増えた。

それに従って馬車の速度も遅くなる。窓から見える景色にも、店の前に並んだ商品が次々と目に入ってくる。

「お兄様、みんなと一緒に、色んなお店に行けますよね？」

「もちろんだよ。きっとみんなと見て回れるはずさ」

心配そうな表情を浮かべるロザリア。お店には興味があるが、それよりもおばあ様とおじい様のことが気になるようだ。大丈夫。すべてが片づけば、いつものようにみんなで買い物をすることができるさ。

そんな思いを込めて、ロザリアの頭をなでてあげる。ほんの少しだけ、ロザリアの表情が和らいだような気がした。ここで時間をかけるわけにはいかない。早いところ、ハイネ辺境伯家のタウンハウスにたどり着かないと。

商業区を抜けると周囲がだんだんと静かになってきた。人通りも先ほどよりもぐっと少なくなり、馬車の数が増えてきた。どうやら貴族が多く住んでいる地区に入ったらしい。

「ユリウス様、ロザリア様、間もなくお屋敷に到着します」

窓から見える景色は、いつの間にか立派な家が立ち並ぶ景色に変わっていた。庭はあったり、なかったりしている。王都の土地は限られているので、庭を持つことができるのは一部の高位貴族だけなのだろう。

馬車は庭を持つ屋敷の前で止まった。どうやらここがハイネ辺境伯家のタウンハウスのようである。俺たちを護衛している騎士の一人が中へと入っていった。俺たちが到着したのを報告しに行ったのだろう。その間に俺たちは馬車から降りた。

「領都の屋敷よりは小さいけど、周辺の屋敷と比べると大きいね」

「そうですわね……」

どうやらロザリアは他のことが気になっているようだ。ロザリアの心をほぐそうと思ったのだが失敗に終わってしまった。これは早いところ、お父様に話を聞かないといけないな。

俺たちはそのままライオネルたちに連れられて玄関へと向かった。乗ってきた馬車は庭の方へと連れていかれた。どうやらあっちに馬車を置く場所があるみたいだ。

玄関前で待つことしばし。扉が開き、俺たちは屋敷の中に入った。そこにはすでにお父様とお母様、アレックスお兄様、カインお兄様の姿があった。

カインお兄様はともかく、アレックスお兄様もいるとは思わなかったな。確か学園で寮生活をしていると記憶していたのだが。自分の心臓の音が聞こえた気がする。最悪の予感が強くなった。

「よくぞ無事にここまで来てくれた。馬車での旅は大変だっただろう？」

そう言って笑うお父様の声には元気がないような気がした。お父様だけではない。他の家族も笑顔なのだが、その笑顔に元気がなかった。

「ええ、それなりに大変でしたけど……お父様、おばあ様とおじい様の具合は？」

お父様が目をつぶり、首を左右に振った。お母様たちも顔を伏せている。

「残念だが、二人ともすでに亡くなったよ」

「え……？　そんな……まさか……」

言葉が出てこない。まだ助けられる可能性が残っていると思っていたのに。

どうやら間に合わなかったどころか、俺たちのところに手紙が届いたころにはすでに亡くなっていたようである。だから〝急いで〟ではなく、〝なるべく早く〟だったのか。どれだけ急いでも、もう間に合わない状態だったのだろう。

それを聞いたロザリアがお母様に抱かれてワンワンと泣いている。俺もロザリアと一緒に泣きたい。唇をかんだ。血の味がする。取り乱すんじゃない。みんなも俺と同じ気持ちのはずだ。泣きたいのは俺だけじゃない。

「あの、葬儀はどうなっているのですか？」

「国王陛下のご厚意により、葬儀は王城で開かれている。お前のおばあ様は高位の魔法薬師だったからな。どこからかそれを聞きつけたのだろう。国内外から、かつて世話になった人たちが集まり、盛大な葬儀が行われている」

王都の入り口付近に貴族の馬車が多かったのは、どうやらおばあ様の葬儀に参加する人たちが集まってきていたからのようである。

それだけおばあ様の魔法薬が、多くの人たちを救っていたということなのだろう。

「私もその葬儀に参加したいと思います」

声が震えそうになるのをなんとかこらえる。まさかこんな結末を迎えるだなんて。おばあ様の一番弟子になるはずだったのに、どうしてこんなことに。

沈痛な表情を浮かべているライオネルはお父様と何かあるようで、すぐに二人でどこかへと去っていった。俺はタウンハウスに用意された自分の部屋に入ると、涙がかれるまで人知れず泣いた。

こんな情けない姿はロザリアには見せられない。

王城へは明日向かうことになった。さすがにもう夕暮れが近い。今から行っても、ゆっくりと別れを惜しむことはできないだろう。

「お父様、どのくらいの方が一緒に亡くなられたのですか？」

荷物を部屋に片づけ、ようやく気持ちが落ち着いたところで詳しい話を聞くことにした。場所は庭を一望できるサロンである。今このサロンには俺とお父様しかいない。お母様とお兄様方はロザリアにつきそっているようである。

「もう大丈夫なのか？」

「それは……もちろんまだ悲しいですし、心の整理ができてはいません。でも、このままじゃ、おばあ様が安心できないんじゃないかと思いまして」

かれたはずの涙が出そうになったのをグッとこらえる。そんな俺の頭をお父様が優しくなでてくれた。

「そうか。そうかもしれないな。亡くなったのは全部で四十三人だ。全員が同じ店で食事をしていた人たちだった。その店は貴族も多く通う有名店でな。私たちも行ったことがある店だ」

「無差別だったのですね。解毒剤は効かなかったのですか？」

「すべての解毒剤を試したそうだが、どれも効果がなかった。調査機関によると、不特定多数を狙ったものだとされているが……」

お父様をジッと見つめると、小さくうなずきを返してきた。どうやらお父様は俺の言いたいことが分かっているらしい。俺はおばあ様が狙われたのではないかと思っている。お父様も同じ意見のようだ。

「犯人は分かっているのですか？」

「あの店の従業員がそうだったみたいだ。犯行のあと自殺したので目的がなんなのかは分からないままだがな。恨みがあったのか、それともだれかに依頼されたのか」

お父様が物憂げに答えた。解毒剤が効かないほどの毒を持っている一般人がいるだろうか？　持っていないのが普通だよな。ということは、だれかが背後にいるというわけだ。お父様もそのことには気がついているだろう。

一体だれが、なんの目的でこんなことをしたのだろうか。解毒剤が効かない毒。その毒を無効化できるのは、今のところ、俺が持っている万能薬だけなのかもしれない。

「使われた毒については何か分かったのですか？」

「現在調査中らしい。王都の魔法薬ギルドが動いているようだが、この国で最高の知識と技術を持つ、魔法薬師の母上が亡くなってしまったからな。すぐには特定されないかもしれない。それに、こんな状況だというのに、後釜を巡って魔法薬ギルド内で対立しているらしい」

こんなときでも自分たちの利益だけを得ようとしているのか。魔法薬ギルドにはあまり期待できないのかもしれないな。これは新しい解毒剤が作られるのは当分先のことになりそうだ。

味を占めた相手がさらなる犯行におよぶのではないかと心配になってきた。

「そうだ、母上からユリウスに渡してくれと頼まれていたものがあるんだった。ちょっと待っていてくれ」

そう言うとお父様が席を外した。おばあ様が俺に？　どうやらおばあ様は毒が回ってからもしばらくは生きていたようだ。今回使われた毒は即効性があるわけではないらしい。一体、どんな毒が使われたのか。

そんなことを考えていると、お父様が分厚い本を持って戻ってきた。

「ユリウス、受け取ってくれ。魔法薬師を志すユリウスへのプレゼントだそうだ」

渡されたのは魔法薬のレシピ集だった。それもたぶん、秘中の秘のものだろう。どうやらおばあ様は死の間際に、自分の持っているすべてを俺に託すことにしたらしい。

ずいぶんと年季が入っているようで、見るからにボロボロである。もしかしておばあ様が、おばあ様の師匠から受け継いだものなのかもしれない。わざわざ王都にまで持ってくるような大事な物を、最後に俺に渡そうとするだなんて。おばあ様は本当に俺のことをちゃんと見てくれていたんだな。

「大事にします……」

「その本についてはしばらく黙っていた方がいい。それを欲しがる魔法薬師はたくさんいるだろうからな」

「分かりました。そうします」

俺はこの場で中を確認するのをやめて部屋に戻った。

このままこの本を他の荷物と一緒に置いておくのはまずいだろう。あまりやりたくなかったが、『亜空間』スキルの中にしまっておくことにしよう。おばあ様からもらった、大事な本だからね。

亜空間を開くスキルは体力と魔力を大量に消費する。だから本当はあまりやりたくない。ゲーム内でも安全な場所でしか使うことができなかった。

便利なんだけど、いざというときに亜空間に入れた物を取り出すことはできない。そのため、基本的な使い方としては、重要なアイテムだが、めったに使うことがないものだけを収納するスキルになっていた。

亜空間にしまう前に、ちょっとだけ本の中をのぞいてみることにした。

パラパラと本をめくる。様々な魔法薬の作り方が載っているようだが、すでに知っている魔法薬ばかりだった。

しかも材料は同じなのに、作り方がデタラメなものが多い。これじゃゲロマズ魔法薬しか作れない。これわざとやってないか？　と思うものも多々あった。

しかし、得られたものもあった。いくつかの魔法薬は知らないものがあったし、知らない素材もいくつか発見した。この未知の素材を使えば、だれも知らない新しい魔法薬を作ることができるかもしれない。ちょっと元気が出てきたぞ。

詳しく読み解くのはハイネ辺境伯家に戻ってからにしよう。俺は『亜空間』スキルを使った。開いた亜空間におばあ様の形見の本、それと一緒に万能薬を大事にしまうと、すぐに亜空間を閉じだ。

次の瞬間、ガクッと体の力が抜け、思わず膝をついた。やっぱりこのスキルは人前では使えないな。こんな状態をだれかに見られたら心配されてしまうだろう。それにスキだらけだ。だれにも見られてなくてよかった。

夕食の準備ができたと使用人が呼びにくるまでの間には、なんとかまともに歩けるようになっていた。せめて初級魔力回復薬でも持っていればよかったのだが、先日の万能薬を作成するときに全部使ってしまっていた。

また地道に魔力草を集めないといけないな。薬草園も、もっと拡張する必要がある。そうなると、さすがに目立ちすぎるかな？　貴族の屋敷の庭に雑草のようなものがたくさん生えていたら、さすがに外聞が悪いかもしれない。どうしよう。

食堂にはすでにお母様とロザリアの姿があった。久しぶりに再会したお母様に甘えているのか、ロザリアがベッタリとお母様にひっついている。うらやましい。俺もひっつきたい。

「ユリウス、顔色が悪いわ。こっちへいらっしゃい」

う、鋭いな、お母様。俺は自分の体力と魔力を消耗していることを怪しまれないように、素直にそれに従った。

俺がお母様のそばに行くと、お母様がギュッと抱きしめてくれた。柔らかいお母様の感触が全身に行き渡るような気がした。

「悲しいのはあなただけじゃないわ。みんな一緒よ。だからあなたも、我慢をせずにもっと甘えてもいいのよ」

どうやら少し誤解があるようだが、おばあ様とおじい様が突然亡くなって悲しいのは確かだ。みんなが食堂に集まるまで、このまま甘えさせてもらうことにした。

全員がそろったところで久しぶりの家族での食事になった。そこにおばあ様とおじい様の姿はなかったが、お互いに無事に再会ができたことを喜んだ。

「アレックスお兄様、学園はしばらくお休みなのですか？」

「そうだったんだけど、一応は犯人が見つかったことになっているからね。そろそろ再開されるはずだよ」

「大丈夫なのですか？」

俺の質問に、アレックスお兄様が眉をハの字に曲げて困り顔で笑っている。

「しばらくの間、寮ではなくここから通うことにしたよ。昼食も持参するつもりさ。王都にタウンハウスを持つ貴族の生徒はほとんどがそうするんじゃないかな？　学園側もそれを認めているよ」

「それなら安心できそうですね」

お兄様だけでなく、王都に住んでいる人たちは不安になっていることだろう。せめて真犯人さえ見つかれば、何が目的なのかが分かるかもしれないのに。

「せっかく王都まで来てもらったのだが、ユリウスとロザリアには外でものを食べさせるわけにはいかない。不自由をさせることになるが必ず守るように」

「分かりました」

「分かりましたわ」

王都には俺の知らない食べ物がまだまだありそうだが、当然の判断だと思う。あんなことがあったのに、外で食事をする気にはならないよね。他の貴族も同じことを考えているはずだ。

「お父様、おばあ様の葬儀はいつまで行われる予定なのですか？」

「おそらく、今シーズン中はずっと行われることになるだろう」

「それだけおばあ様がこの国にとって重要な人物だったということなのですね。……やはり犯人の狙いはおばあ様だったのでしょうか？」

俺の質問にその場が静まり返った。気になっているのは俺だけではないはずだ。お父様がナイフとフォークを置いた。

「亡くなった人たちの中で、一番の重要人物が母上だったからな。その可能性は十分に考えられる。母上は正式な後継者を指名しなかった。自身の魔法薬の知恵と技術のすべてを公開していなかったのだ。そのせいで、どこかで恨まれていたのかもしれない」

「おばあ様はだれかから恨みを買っているようなことを、何か言っていなかったのですか？」

お父様が首を左右に振った。身に覚えがないということか。おばあ様を殺しても、魔法薬の知恵と技術が手に入るわけではない。高位の魔法薬師には己の実力でなるものだし、得られるとすれば、おばあ様がいなくなったあとの地位くらいだろうか。

「おばあ様の魔法薬ギルドでの地位は高かったのですか？」

「名ばかりではあったが、魔法薬ギルドの副会長だったよ。だが、王都ではなく、ハイネ辺境伯領を活動拠点にしていたので、ほとんどつながりはなかったと言えるな」

「その副会長の座を狙ったのでしょうか？」

「今はその線で捜査が行われているようだ。そうなることは魔法薬ギルドの連中も分かっていると は思うがね」

深いため息と共にそう言った。明らかに不愉快に思っているようだった。

これ以上、この話題を続けるのはやめた方がいいな。せっかく久々にそろった家族での夕食がまずくなってしまう。話題を変えなきゃ。

「今日の夕食はおいしいですね。王都に行く途中の町や村で食べたご飯もおいしかったですが、さすがに王都の料理は違いますね。しっかりと味付けされている感じがします」

「王都では色んな香辛料が手に入るからね。ユリウスが知らない香辛料も入っているかもしれないよ」

アレックスお兄様が俺のあからさまな話題の転換に乗ってくれた。さすがは頼りになるお兄様だ。そして王都にはまだ見ぬ香辛料があるらしい。香辛料の多くは魔法薬の素材として使うことができる。塩だって、立派な魔法薬の素材なのだ。

「それは気になりますね。王都にいる間にぜひ見に行きたいところです」

「ほとんどの香辛料は調理場にそろっていると思うけど、実際に香辛料を売っているお店をのぞいてみるのもいいかもね。怪しい香辛料もたくさんあるみたいだよ」

笑顔を浮かべたアレックスお兄様が教えてくれた。だがその笑顔は、俺には無理をしているように見えた。みんなのために無理して笑ってくれているのだろう。今はそれがありがたい。早く立ち直らないと。

アレックスお兄様は王都にずいぶんと詳しいみたいだな。学園が休みの日には王都を歩き回っているのかもしれない。ちょっとうらやましく思ってしまった。

「食べ物が食べられなくても、せめて王都のお店を見て回りたいですね」

「ユリウスお兄様、私も一緒に行きたいです」

「それならロザリアも一緒に行こう」

「ロザリアはずいぶんとユリウスになついているみたいね。私たちが知らないところでまた何かあったのかしら？」

あ、なんだかお母様の笑顔が怖いぞ。お父様も片方の眉を上げてこちらを見ている。これは疑われているやつだ。

俺は別に何も……いや、やったか。魔道具をいくつか作ったんだった。しかもロザリアも巻き込んで。なんとかロザリアの口を封じなければ。いや、封じてもそのうちバレるか？

「ユリウスお兄様と一緒に、髪の毛を乾かす〝冷温送風機〟の魔道具をたくさん作りました。他にもお兄様は訓練場にお風呂を作ったりしたんですよ！」

「ロザリア、その話をお母様に詳しく教えてもらえないかしら？」

「もちろんですわ」

こうしてロザリアによる武勇伝語りが始まった。主人公は俺。やや脚色されたところもあったが、大体その通りであった。

お父様はライオネルからその話を聞いているようであり、手を額に当てて天を仰ぎ見ていた。どうやらお母様を心配させないようにするためか、時間を置いてから話すつもりだったようである。

「ユリウス、ライオネルからは大体の事情を聞いている。だが、今後は何かあれば、必ず、私に手紙を送るように。いいな？」

「……はい」

何か別の方向で気まずい状態になってしまったぞ。場の空気をよくしようと思っただけなのに、気がつけばまた不穏な空気になっている。主に俺の周りだけなのだが。

もちろんそのあと、冷温送風機の魔道具を一つ作ることになった。たぶんこれからいくつも作ることになりそうな気がする。

さすがのタウンハウスにも、魔道具を作る道具も素材も置いていなかった。そのため、冷温送風機の魔道具作りは明日以降に持ち越しになった。それまでに一式そろえておいてくれるらしい。

ロザリアだけで作ることができたらよかったのだが、さすがにそれはまだ無理である。それでも大部分は一人で作ることができるので、非常に戦力になる。ありがたい話だ。

その一方で、魔法薬にはまったく関心を示さないので、こちらはダメなようである。もう一人ほど戦力になる人物がいるとありがたいのだが。

翌日、朝食が終わるとすぐに王城に行く準備を始めた。どうやら家族全員で向かうようである。お父様にそのことを聞くと〝毎日ではないが、日をあけてみんなで通っている〟とのこと。

今回は俺とロザリアが葬儀に初めて参加するのでみんなも一緒に、ということらしい。準備が整うと馬車へ乗り込んだ。

しばらくすると、前方にいくつものとがった塔が並んでいる、白亜の城が見えてきた。初めて見たこの世界の城にちょっと興奮してしまった。

「見てよ、ロザリア。お城が見えてきたよ」

「本で読んだよりも、ずっと大きいですわ。それに、とってもキレイです」

ロザリアも目を大きくして、徐々に大きくなってゆく城を見ていた。本当に大きい。王都の小高い丘の上に建設されており、一番高い塔に登れば王都を一望できそうである。そこからの景色を見てみたいな。

「カインも初めて来たときは同じような反応をしていたね」

アレックスお兄様がカインお兄様を見てほほ笑んでいる。そのときの光景を思い出したのだろう。

「あら、それならアレックスも同じような顔をしてたわよ」

お母様がアレックスお兄様に笑いかけた。どうやらみんな同じような顔になってしまうらしい。それほど雄大で、美しいお城なのだ。

馬車は間もなく王城に到着した。さすがに王都で毒殺事件があっただけに警備が厳しかった。俺たちが乗る馬車も何度も兵士たちに調べられた。

「王城に入るだけでも一苦労ですね」

「そうだな。いい加減慣れてはきたが、時間がかかりすぎるのが問題だな」

お父様の言う通り、一時間近くかかっている。普段なら数分で終わるそうだ。これは何か暇つぶしアイテムを持ってくるべきだったな。馬車の中でできること……カードゲームくらいかな？

開かれている大きな扉には、国鳥なのか、ワシの模様が彫られている。他にも、国旗と思われるものや、剣とドラゴンの絵が描かれた盾のような模様もある。あとはよく分からないツル草のような模様。あれはなんなのかな？

そうこうしているうちに、ようやくお城の中に通された。もし昨日のうちに行っていたら、帰りは深夜になっていたな。

停車場で馬車から降りると、お父様とお母様に連れられて建物の中に入った。

どうやらここは王城の本体ではなく、周囲にある建物の中の一つのようである。周りにはかなりの数の人がいた。この場にいる全員がおばあ様の葬儀に参加する人なのかな？

その部屋には立派な祭壇が設置されていた。祭壇の向こう側に安置されている棺にはおばあ様とおじい様が眠っているのだろう。こうして一緒に並んでいるところを見ると、二人は仲がいい夫婦として有名だったようである。最後まで一緒に、ということなのだろう。

俺たちが花をささげると、ちょうど祈りの時間になったようである。それぞれが席に座り、司祭様が祈りをささげていた。みんながそれにならい、会場には静かな祈りの輪が広まった。もちろん俺も祈りをささげる。これが悪い夢なら、どれほどよかったことか。

隣からロザリアのすすり泣く声が聞こえる。そっとロザリアを引き寄せると、それに隠れるように俺も泣いた。妹に隠れる情けない兄を、どうか許してほしい。

第二話

万能薬の行方

おばあ様とおじい様の棺にあいさつをすませたが、まだ頭がついていかない。そんな俺を心配した両親に連れられて、部屋の片隅にあるイスへと移動した。

「ユリウス！　会いたかったわ」

突然の声に振り向くと、そこにはクロエと、その姉のダニエラ嬢が立っていた。クロエが俺に突進してくる。突如出現した王族に、周りの人たちがざわめいていた。

「クロエ様、どうしてここへ？」

「門番にユリウスが来たら私に教えるように言っておいたのよ」

なるほど。それで俺が来たことを知っていたのか。まさかクロエに会えるとは思わなかった。もしかして、落ち込んでいる俺を励ましにきてくれたのかな？　申し訳ないことをしてしまったな。

まだ悲しみの中にいるけど、クロエが無理に笑顔を浮かべようとしているのを見て、このままではいけないと思った。こんな俺の姿を見たら、おばあ様とおじい様がいつまでたっても天国へ旅立つことができない。

そう思うと、急速に頭が回転し始めた。今の俺にできること。あるじゃないか。これはチャンスだぞ。なんとかクロエと二人っきりにならなければ。

「お久しぶりです、ダニエラ様。アレックスお兄様に会いにいらっしゃったのですか？」

「ええ、まあ、そういうことになるかしら？」

俺のストレートな物言いに戸惑うダニエラ嬢。二人の関係が進んでいるのかどうなのか、ちょっと分からなくなってきたな。だがここは、二人の関係を利用するしかない。

「アレックスお兄様、このあとダニエラ様と一緒に過ごすのですか？」

「え？　あ、ああ、そうなるのかな？」

チラチラとダニエラ嬢を確認するアレックスお兄様。どうした、ちょっと頼りないぞ。男ならガツンといかんかい。

「それなら私はクロエ様と一緒にいてもいいですか？」

「え？　い、いいんじゃないかな？」

しどろもどろになるアレックスお兄様。まさかこんな展開になるとは思ってなかったのだろう。

一方のダニエラ嬢は満更でもなさそうだった。

「それならアレックス、ちゃんとユリウスを家まで連れて帰るんだぞ。私たちは先に戻るとしよう」

俺たちの話を聞いていたのだろう。お父様がそう言った。ロザリアが不満を言うかと思ったが、空気を読んだのか何も言わずにお父様の指示に従った。その場には俺とアレックスお兄様、クロエとダニエラ嬢だけが残された。

「それじゃユリウス、お城の中を案内してあげるわ」

「ありがとうございます。よろしくお願いします」

俺は頭を下げた。いいぞ、計算通り！　アレックスお兄様にはちょっと悪いことをしてしまったが、このチャンスを逃すわけにはいかないのだ。

俺はクロエに連れられてお城の本館へと向かった。

アレックスお兄様たちと別れた俺は、すぐにクロエに切り出した。時間がどのくらい残っているのか分からない。ちょっと強引にでもやるべきことをやらねば。

「クロエ、大事な話があるんだ。二人っきりで話せないかな？」

その瞬間、クロエの顔が赤くなった。

……ごめんクロエ。クロエが想像しているのとは違うんだ。本当にごめん。

そんなクロエはなんと、俺を自室へと案内した。これ他の人に見られていたらまずいやつじゃん。思わぬ展開に顔が青ざめそうになったが、ここで引くわけにはいかない。俺は意を決してクロエの私室に入った。

二人っきりになると、クロエがソワソワし始めた。これ以上、妙な誤解をされないうちに話をつけないと。

「クロエ、俺のおばあ様が毒殺されたのはもちろん知っているよね？」

「ええ、もちろんよ」

思わぬ俺の発言に戸惑った様子のクロエ。そんなクロエにすすめられてイスに座る。『亜空間』スキルを使うとちょっと動けなくなるけど、今ならクロエ以外のだれにも見られないだろうし、大丈夫なはずだ。

「クロエ、二人だけの秘密にしてほしいことがあるんだ」

「なんだかよく分からないけど、分かったわ」

混乱気味のクロエがしっかりとうなずきを返してくれた。クロエは口調がきついところがあるが、素直でいい子だ。問題ないはずだし、もしクロエから漏れたとしても、俺はクロエを恨まない。

俺はクロエの目の前で『亜空間』スキルを使った。見た目は黒い玉が出現するだけなのだが、そこに手を入れることで物を出し入れできるのだ。もちろん、この黒い玉は大きさを自在に変えることができる。

「な、なんなの、それは!? そんなものに手を入れて大丈夫なの？」

「大丈夫だよ。これはこの中に色んな物を収納できる特殊な魔法なんだよ」

「そんな魔法、聞いたことないわよ」

困惑するクロエ。俺はそれに構わず、中から万能薬を取り出した。その瞬間、力がガクッと抜ける。だがイスに座っていたおかげで、倒れることはなかった。

「ユリウス、顔色が悪いわ。大丈夫なの？」

鋭いな、クロエ。心配かけないように黙っていようと思ったけど、そうは問屋が卸さないらしい。秘密を共有してクロエとの信頼度を高めるためにも、正直に話すことにした。

「この特殊な魔法はとても便利なんだけど、中の物を出し入れするときに、体力と魔力を大量に消費するんだ」

そう言って、クロエを安心させるように笑いかけながら、万能薬をクロエに差し出した。七色の液体の入った魔法薬のビンを見つめるクロエ。

「これは？」

「万能薬だ。この魔法薬を使えばどんな毒でも治すことができる」

「どんな毒でも？　それってすごい魔法薬じゃないの!?」

「そうかもしれないけど……濃縮した森の味だし、嫌な匂いがするので、飲むのは大変かもしれない」

それを聞いたクロエの顔が引きつった。たぶんクロエも他の魔法薬のゲロマズ具合を知っているのだろう。ビンを手に取り、恐る恐る確認している。

「マーガレット様はこのようなすごい魔法薬を作ることができたのね。これを持ち歩いていれば、マーガレット様も一命を取り留めることができたのに。この万能薬は一つしかないのかしら？」

顔を曇らせたクロエが聞いてきた。もしかするとクロエはおばあ様と会ったことがあるのかもしれないな。それもそうか。王城で葬儀が長く行われるくらいだ。かなりの交流があったとしてもおかしくないな。

「素材がなくて一つしか作れなかった」

「それって……それってもしかして!?」

「うん。それを作ったのは俺だよ」

クロエの目がまん丸になった。きっとハトが豆鉄砲を食ったときはこんな顔をしているのだと思う。その表情に思わず吹き出してしまった。

「ちょっと、ユリウス、笑い事じゃないわよ！」

「ごめんごめん、クロエの顔があまりにもかわいかったからさ」

「か、かわいい!?」

クロエの顔が今度はゆでダコのように真っ赤になった。クロエはちょっときつめの顔をしてるからね。かわいいって言われたことなかったのかな？　そんなバカな。

「俺が万能薬を作ったことを知っているのは、たぶん、うちの騎士団長のライオネルと両親だけだと思う。あとはクロエだね」

「まさかユリウスが魔法薬を作れるだなんて……でもこれ、本物なの？」

「クロエが疑うのも当然だよね。あとで鑑定してみるといいよ。その方がクロエも安心して使えるだろうからね」

「べ、別にユリウスを疑っているわけじゃないわよ。ただ、魔法薬を作っていいのは、魔法薬師としての資格を持っている人だけだって聞いていたから……」

バツが悪そうにクロエがうつむいた。そんな顔する必要はないのに。クロエの言ったことはすべて正しい。むしろ俺だからといってまったく疑わない方が危険だろう。

「クロエの言う通りだよ。俺は魔法薬を違法に作っている。バレたらギロチンになるかもね」

「絶対にだれにも言わないわ」

俺が言い終わる前にクロエが即答した。完全に目が据わってる。なんだか、えも言われぬすごみがあるな。ゾクゾクしてきた。クロエを怒らせてはいけない。ダメ、絶対。

「この万能薬をクロエに渡したいと思っていたんだ。それでこうして無理やり二人だけになれる時間を作ってもらったんだよ」

「そうだったのね。ちょっと残念、じゃなかった、どうしてこれを私に？」

「万が一に備えてだよ。真犯人の本当の狙いが王族かもしれないからね。毒を中和できる魔法薬を作れる可能性があったのは、偉大な魔法薬師であるマーガレット様だけ。それがいなくなれば……」

「お父様を毒殺できる……」

俺はクロエにうなずきを返した。想像していなかったのか、クロエの顔色が真っ青になっている。

だがしかし、その可能性は十分にあり得ると思う。

おそらくすぐではないだろう。ほとぼりが冷め、王都が再び落ち着きを取り戻したころに犯行に及ぶ可能性は十分にある。

「大丈夫だよ。そのための万能薬だ。ただし、飲むのに勇気がいるけどね」

俺の冗談にクロエが少しだけ笑ってくれた。

「ユリウス、さっきの魔法を使ったから、しばらくは安静にしていないといけないんでしょう？」

「そうだね。それでも少し休めば大丈夫だよ」

それを聞いたクロエがニッコリと笑った。よく分からないけど、俺もニッコリと笑い返した。

「それじゃ、私のベッドに横になりなさい。その方が早く回復できるはずよ」

クロエが自分のベッドをすすめてきた。

どうしよう。

俺は今、大変な状態になっている。

クロエによって、強引にクロエのベッドに横になることになった。クロエは俺の体を心配してくれているだけみたいだし、それはいいとしよう。

だがしかし、〝添い寝する〟と言ってクロエが隣に滑り込んできたのだ。そして今、クロエは健やかな寝息をたてている。

どうしてこうなった。この場をだれかに見られると非常にまずい。

俺の体力も魔力もそれなりに回復してきたので、クロエを起こしてこの部屋を出なければ。

気持ちよさそうに寝ているクロエを起こすのは忍びないなと思いつつも、その体を揺すった。

「クロエ、起きてよ。クロエ」

そのとき、部屋の扉をノックする音が聞こえた。心臓が跳ね上がる。非常にまずい。

「クロエ、いないのかしら？　さっきからユリウスくんの姿が見えないのだけど、あなた、どこにいるのか知らない？」

ダニエラ嬢だ。どうやら俺たちがクロエの部屋に入ってから、それなりに時間が経過しているようである。もしかすると、俺も少しだけ眠っていたのかもしれない。

「クロエ？　入るわよ」

ガチャリと扉を開けたダニエラ嬢と目が合った。

ダニエラ嬢は無言でそっと扉を閉めた。扉の向こうからアレックスお兄様の声が聞こえる。

「ダニエラ様、どうされました？　クロエ様はいなかったのですか？」

まずい。これ絶対に誤解されているやつだ。

「クロエ、起きろ」

小声で叫びながら、思いっきり体をゆさゆさと揺さぶった。

「ふにゃ？」

「『ふにゃ』じゃない。ダニエラ様が俺たちを探しにきたぞ」

「お姉様……え？　ええ！」

ようやく目覚めたクロエがベッドから飛び起きた。うろたえながらも素早く髪の毛を整えているところを見ると、小さくても立派な淑女のようである。

俺も手伝って、急いでクロエの髪を整えた。ロザリアの髪を整えるのをよく手伝っていたのが役に立ったな。

「お姉様、どうかされたのですか？」

素早く扉を開け、何事もなかったかのように話しかけるクロエ。オスカー女優もビックリの演技である。

「え？　クロエ、大丈夫なのかしら？」

「何がですか、お姉様？」

ニッコリと笑うクロエがちょっと怖い。あ、ダニエラ嬢の顔が引きつっているぞ。どうやらクロエはこのまま、何事もなかったこととして押し切るみたいである。

頑張れクロエ。俺たちの身の潔白を証明できるのはキミしかいない。

「あ、いえ、何事もなければ、それでいいのですよ。そろそろアレックス様たちが帰る時間が迫ってきているので、呼びにきたのですよ」

「あら、もうそんな時間なの？　ユリウス、また来なさい。絶対よ」

強引にクロエに指切りをさせられた。アレックスお兄様とダニエラ嬢が生暖かい目でこちらを見ていた。

ダニエラ嬢に関しては、完全に俺たちの関係を疑っていると思う。それでも追及してこなかったところを見ると、どうやら口にするのは下品なことだとでも思っているのかもしれない。

帰りの馬車で、アレックスお兄様にツッコミを受けた。

「ユリウス、クロエ様と一体何があったんだい？」

「別に何も……クロエ様の部屋に私がいたから驚いただけじゃないですかね？　あんまり入ってはいけないみたいでしたし」

「確かにそうだけど、ダニエラ様の様子が変だったんだよね。何か見てはならないものを見てしまったような顔をしていてさ」

疑うような目でこちらを見てきたが、気がつかないフリをしておいた。俺が自白しなければ真実はだれも分からないのだ。黙ってことの成り行きを見守ろうと思う。

「ダニエラ様が何か勘違いをしてしまったのではないですか？」

まあ、間違いなく勘違いをしているんですけどね。でも、ベッドに二人で寝ていただけでそんな関係になっていると思うのは、さすがに想像力が豊かすぎませんかね？　まだ俺たち子供だよ？　さすがに無理があると思う。

アレックスお兄様は不審そうな顔をしていたが、それ以上は聞いてこなかった。

クロエに万能薬を託したことは、しばらくの間は秘密にしておこうと思う。俺が国王陛下の暗殺を危惧しているなんてことをお父様たちに知られたら、さすがに俺の頭の中を疑われてしまうだろう。

すでに色々とやらかしている感じがあるので今さらなのかもしれないが、それでも人並みの子供を演じていたい。両親に心配かけたくないからね。

タウンハウスに戻ると、無事に帰ってきたことを両親に報告した。そして近いうちに、また王城へ行くことになったことを話した。

「そうか。クロエ様と約束したのか。分かった、行ってくるといい」

お父様は快く了承してくれた。なんとなくだが、俺とクロエを結びつけたいと思っている節があるような印象を受けた。アレックスお兄様とダニエラ嬢との関係は微妙なのかな？　よく分からん。

「お兄様、私も一緒に行ってもいいですか？」

「もちろんだよ。ロザリアも一緒に行こう」

「やったぁ！」

お兄ちゃんっ子のロザリアが飛びついてきた。クロエは一人で来いとは言わなかった。だからロザリアを連れていっても問題ないはずだ。次は王城を案内してくれるはずなので、俺と同じく初めて王都に来たロザリアと一緒に見て回るのには都合がいい。

「そうだった。ユリウス、頼んでおいた魔道具の材料が届いているぞ」

「ありがとうございます。すぐに冷温送風機の魔道具の作製に取りかかりますね」

「何台か作れる量があるはずだ。王家にも献上したいので、追加で作ってもらえないだろうか？」

「分かりました。それだと、装飾が必要ですね」

王家に献上する魔道具がその辺りに売られているのと同じものでは格好がつかない。王家専用の特注品にしなければ。うまく行けば、普及版と豪華版の二種類で売りに出すことができるかもしれない。そうなれば、きっと収益の増加が見込めるはずだ。

俺はさっそくロザリアと一緒に魔道具の作製に入った。手慣れた手つきで魔道具を作る俺とロザリアを、アレックスお兄様とカインお兄様が興味津々とばかりに見ていた。

もしかすると、二人も魔道具の沼にハマるかもしれないな。なんなら、そのうち魔法薬の沼に足を踏み入れる人もいるかもしれない。

クロエ辺りはどうかな？　すでに俺の秘密を知っているし、都合がいいのではなかろうか。あ、でも、魔法薬のゲロマズ具合を知っているからな。警戒するかもしれない。

今度、俺が作った魔法薬を飲ませてみようかな？　きっと魔法薬の世界が広がるはずだ。

その日の夜、俺はライオネルを部屋へ呼び出した。どうしても確認しておきたいことがあったからだ。

「ユリウス様、何かありましたかな？　わざわざ呼びつけるということはよほどのことだと思いますが」

「おばあ様たちのことだよ。お父様は犯人は見つかっているって言っていたけど、俺も独自に調べたいと思ってさ」

難しい顔をするライオネル。そうだよね。今さら俺が何かできるとは思えない。でも、このまま何もせずにはいられないのだ。少しでもおばあ様とおじい様、亡くなった人たちの無念を晴らしたい。

「分かりました。私もお供いたしましょう」

「すまないね、ライオネル」

「なんの。私もそう思っていたところですからね」

ライオネルが恐ろしい顔をしている。どうやら死者が多数出ているにもかかわらず、権力争いでゴタゴタしている魔法薬ギルドに思うところがあるようだ。奇遇だな、ライオネル。俺もだよ。魔法薬ギルドは頼りにならない。

翌朝、お父様に王都へ出かける許可をもらった俺は、ロザリアに冷温送風機の魔道具の作製を任せてからタウンハウスを出発した。どうやらうまいこと、ロザリアに不審感を持たれずに外に出ることができたようだ。もっとも、お父様とお母様は気がついていたみたいだけどね。さすがに鋭いな。だが、ライオネルも一緒なので、好きなようにやらせてくれるようである。

いや、もしかすると、お父様とお母様も俺たちと同じ気持ちなのかもしれない。

「まずは現場に行こう。そこで話を聞いて、犯人の人柄を知りたい」

「承知いたしました。お店はあちらです」

どうやら昨晩のうちに調べてくれていたようだ。さすがはライオネル。頼りになる。

現場にたどり着くと、すんなりと話を聞くことができた。もう何度も話しているんだろうな。ちょっとウンザリしたような表情で、現場に詳しい衛兵を教えてもらった。

「突然押しかけてすみません。どうしてもお話が聞きたくて」

「構いませんよ。あの、どなたかの関係者でしょうか？」

「えっと、魔法薬師のマーガレットの孫です」

「なんと！　これは失礼をいたしました」

頭を下げる衛兵さん。突然のことに驚いていると、その昔、おばあ様が作った解毒剤で命拾いをしたことがあるそうだ。命の恩人の孫となれば、そんな態度にもなるか。そのおかげで詳しい話を聞くことができた。衛兵さんも、今の魔法薬ギルドの対応には納得がいっていないようである。

「権力争いよりも、先にすることがあるでしょう。そう思いませんか？」

「ええ、その通りだと思います。でも、まさか犯人から押収されたものがまだここにあるとは思いませんでした」

「権力争いの道具にされて、紛失したら大変ですからね。渡すわけにはいきません」

これは完全に怒っているな。気持ちは分かる。証拠品を意図的に紛失するとか、許されることではない。だがそのおかげで、押収されたものを見ることができた。この点だけは魔法薬ギルドがゴタゴタしていてよかったかもしれない。

犯人に関わる証拠として、犯行時に持っていたものと、犯人の家で見つかったものが保管されていた。さすがに使われた毒は残っていなかった。

「これは、クッキーみたいだけど？」

「そのようですな」

ふと食べかけのクッキーのかけらに目がとまった。時間もそれなりに経過しているため、カビが生えつつあったが、何か妙な感じがする。俺は『鑑定』スキルを使い、その食べ残しを観察した。

……魔法薬の反応がある。どうやらクッキーに混ぜられていたようだ。混じっていたのは〝魅了〟の粉。短時間だが、人を操ることができる魔法薬だ。ゲーム内ではこれを使って、普段の手段では入ることができない、立ち入り禁止の区域に侵入していた。まさかそれを毒殺役に仕立て上げる手段として使うとは。どんな魔法薬でも、使い方によっては悪にでもなるな。俺も魔法薬を作るときは気をつけなければ。

どうやらこの事件の裏には何かが潜んでいるようである。それが何かまでは分からないが、真犯人にはいつか必ず後悔させてやるからな。

「ありがとうございました。少しでも事件のことを知ることができてよかったです」

「いえ、とんでもありません。何かの役に立てたのであれば幸いです」

「もうよろしいのですか、ユリウス様？」

「ああ。帰ろう、ライオネル。帰ってロザリアの手伝いをしないとね」

タウンハウスへ戻った俺はすぐにロザリアを手伝った。そのかいあって冷温送風機の魔道具が一台完成した。二人で結構な数の冷温送風機を作ってきたので、さすがに作業が速くなっているようだ。

断熱用の木材は頼んだ通りに加工されていたので、表面を少し磨くだけで十分だった。

あっという間に俺たちが作り上げたのを見たお兄様たちが感心していた。

「すごいね、二人とも。もう立派な魔道具師だよ」

「ビックリだね。まさかロザリアまでそんなことができるようになってるなんて」

隣にいるロザリアは得意気である。さっそく完成した魔道具を試運転した。作り方に間違いがなかったとはいえ、安全確認は大事だ。最後まで責任を持たないとね。

スイッチを入れると、ブオンと風が吹き出し始めた。

強い風、弱い風、温かい風、冷たい風。どうやら問題なく動くようである。スイッチを切り替えながらお兄様たちがはしゃいでいるとお母様がやってきた。

「ずいぶんと楽しそうね。やっぱりみんながそろっていた方がいいわ。……もしかして、もう完成したのかしら?」

「お母様！　その通りですわ。冷温送風機が完成しましたわ！」

お母様大好きっ子のロザリアがお母様に飛びついた。ロザリアを両手で抱えたお母様が魔道具の方に近づいてくる。どうやらロザリアもおばあ様とおじい様が亡くなったショックから立ち直り、前を向きつつあるようだ。俺もいつまでもウジウジとしていられないな。

「これが髪を乾かす魔道具なのね。使ってみてもいいかしら？」

「もちろんですわ。私がお母様に使い方を教えてあげますわ」

ロザリアが冷温送風機の使い方の説明を始めた。まずは部屋を暖めるべく、温度のツマミを高温の方へとひねった。すぐに暖かい空気が吹き出し始める。これにはお母様も驚いたようである。

「これは……！」

「この風で髪を乾かすことができるんですよ。こんなふうに同じ強さの風が出てくるので、とっても乾かしやすいのです。それに、これだけじゃないんですよ」

そう言うと、今度は低温へとツマミをひねった。すぐに冷たい風が吹き出し始める。今の時期に試験するものではないが、冷温送風機の性能を理解してもらうためには仕方がない。でも寒いぞ。

「今度は冷たい風が出てきたわ」

「お母様、この魔道具は髪を乾かすだけじゃなく、寒い部屋を暖めたり、暑い部屋を冷たくしたりすることができるのですよ」

「暑い部屋を冷たくする……それはすごいわね。今までなかった魔道具じゃないかしら？」

お母様が興奮気味にロザリアを抱きしめている。お母様の腕の中にいるロザリアも、なんだか得意気である。

さすがはロザリア。製作者なだけはあるな。そしてロザリアは魔道具の実演販売に向いているかもしれない。

「ユリウス、ロザリアにまた妙なことを覚えさせたね」

「アレックスお兄様、ロザリアが好きでやっているだけですよ。私が無理やり教えたわけじゃありません」

「そうかもしれないけど、ちょっとやりすぎなんじゃないかな？」

そんなこと言われても……俺はロザリアの味方なので、ロザリアがやりたいと言えばなんでもやらせてあげたいと思っている。やりたいことができない世の中じゃ、生きている価値が半減しちゃうからね。

冷温送風機はその日のお風呂あがりに使用された。女性陣だけでなく、お父様もお兄様たちも使っていた。ずいぶんと評判がよかったみたいである。

寝る時間が近づいたころ、お父様に呼び出された。そして午前中の調査の内容についてライオネルと共にお父様に話した。

「ライオネルと調査した結果、犯人の家から見つかったものの中に食べかけのクッキーがありました。それほど大きなクッキーではなかったのですが、なぜか犯人は一口かじったところで食べるのをやめたみたいなんですよ」

「クッキーか……ユリウスはその食べかけのクッキーが気になったというのだな？」

「はい。もしかすると、そのクッキーに人を操ることができるような魔法薬が使われていたのかもしれません。それで、クッキーを口に入れた瞬間に食べるのをやめたのではないかと思います」

ライオネルが目を大きくして俺を見ている。現場では何も言わなかったからね。でもこんなこと、だれか他の人がいる場所で言えるはずがない。

もし他のだれかがこのことを知ったら、証拠のクッキーが消されてしまう可能性があるからね。

「ユリウス様があの場で何もおっしゃらなかったので、何かあるとは思っていました。しかし、まさかそのようなことを考えていたとは」

ライオネルが首を左右に振っている。その一方で、お父様は顔の前で腕を組み、目を閉じて考え事をしているかのようだった。

「人を操ることができる魔法薬があるのなら、裏で糸を引いている者がいる可能性は高いな。分かった。クッキーも念入りに調べるように言っておこう」

「ありがとうございます」

「ところでユリウス、献上用の冷温送風機はいつごろ完成しそうだ？」

「えっと、あと数日はかかると思います」

さすがに手抜きするわけにはいかないからね。外装をゴージャスにするだけでも、相当な時間がかかるはずである。内部構造も、より安全性を高める必要があるだろう。

「ウム。あれはいい魔道具だ。ぜひとも国王陛下に献上せねばならない」

どうやらお父様は冷温送風機が気に入ったようである。髪の毛を乾かすのに苦労しているのは、髪の長い女性だけではないようだ。そうなると、予想よりもはるかに売れることになるかもしれないな。早めに設計図を売り飛ばさないと。

それから数日をかけて、ロザリアと一緒にああでもない、こうでもないと話しながら内部構造の改良と、外装を作りあげた。

まずは断熱材として利用しているウォルナット材に彫刻を施していく。ナイフを使っているように見せかけて、実は『クラフト』スキルで加工している。ナイフはダミーだ。ナイフで加工していたら、完成までにどれだけ時間がかかるか分からない。

そうとは知らないロザリアが俺の手元を見て感心していた。なんだかすごい罪悪感。

彫刻は国鳥を模したものを彫った。他にも国旗や王家の家紋なんかをデザインとして取り入れている。王城に行ったときに観察しておいてよかった。あ、そうだ。あの謎のツル草の紋様もグルリと入れておこう。

魔道具を作っている間も、毎日、おばあ様とおじい様の葬儀へと出かけた。そしてその度におばあ様とおじい様のことを思い出した。

小さいころに俺が魔法薬を作りたいとねだっても、一切、触らせてくれなかったおばあ様。かわいい孫に対しても、魔法薬に関することになると常に厳格だった。その裏には、魔法薬を作ることに対する、強すぎる責任感があったのだろう。

魔法薬は多くの人を救うことができるが毒にもなるのだ。今回、使われた毒は間違いなく魔法薬の一種だろう。そして人を操ることができる魔法薬も使われていた。

使い方を間違えれば、魔法薬はあっという間に毒になるのだ。

そんな厳しいところがあるおばあ様に対して、おじい様はいつも朗らかだった。怒られた記憶は一切ない。俺がおばあ様に頼んで魔法薬を作らせてもらおうとしたときも、最後まで一緒に頼んでくれたのがおじい様だった。結局、最後は二人しておばあ様に怒られたけどね。いい加減にしなさいって。おばあ様は怒ると怖かったなー。

そんな思い出がよみがえっては、俺は悲しみを忘れるかのように魔道具作りに打ち込んだ。

そうして王族へ献上するのにふさわしい、ロイヤルモデルの冷温送風機を完成させることができたころ。ようやく俺の中で、おばあ様とおじい様が亡くなったという現実を受け入れることができつつあった。

それは俺だけではなく、ロザリアも家族もみんな同じようだった。タウンハウスには穏やかな空気が漂っていた。そんなある日。

「ユリウス、クロエ様がユリウスは元気にしているかと心配していたぞ」

王城での仕事から帰ってきたお父様がそう言った。クロエと王城で会う約束をしていることを忘れていたわけではないが、ちょっと精神状態を元に戻すまでに時間がかかってしまったようである。

これ以上、クロエを心配させるわけにはいかないな。

「それは申し訳ないことをしてしまいました。献上用の冷温送風機は完成したので、いつでも王城へ行けますよ」

「そうか。それはよかった。実は王妃殿下があの魔道具にとても興味を持っていてな。できることなら明日、持っていこうかと思っていたのだよ」

「それならちょうどよかったです。私も一緒に王城へ行きますよ」

「お父様、私も一緒に行きますわ。だって、ユリウスお兄様と一緒に王城へ行くって、約束しましたもの。ね、お兄様？」

そう言ってロザリアが腕にギュッとしがみついてきた。ここ最近はお母様にベッタリだったので、俺の役目も終わったかと思ったのだがそんなことはなかったようである。


翌日、お父様とロザリアと一緒に王城へと登城した。お父様は別ですることがあるらしく、停車場で別れることになった。　冷温送風機はお父様が届けてくれるそうである。

停車場にはすでに案内役の騎士が待っており、すぐに俺たちを来賓室へと連れていった。

高そうな調度品に囲まれてソワソワしながら座っていると、すぐにクロエがやってきた。

「待たせてしまったかしら。あら？　ロザリアちゃんも一緒なのね」

「ご心配にはおよびません。私たちも今来たところです。勉強のため、ロザリアも一緒に連れてきました」

「本日はよろしくお願いします」

二人で臣下の礼をとった。すぐにそれをクロエが制した。

「ちょっとやめてよ、二人とも。なんだか知らない者同士みたいじゃない。今日は私がお城の中を案内してあげるわ。だからいつも通りにしてよね」

「分かったよ。善処はする」

さすがに他に人がいる前で、そんな失礼な態度を取るわけにはいかないが、俺たち三人だけのときなら問題ないだろう。クロエがそれを望んでいるみたいだからね。

こうして俺たちの王城見学が始まった。

第三話

王城七不思議

クロエに最初に案内されたのは小さな中庭だった。とてもよく手入れされていて、まるで一つの芸術品のように草花が咲き乱れていた。中央付近には小さな噴水がある。

「ここは私が手入れしている中庭なのよ」

「クロエが？　それはすごい。間違いなく、植物を育てる才能があるよ。あ、薬草やハーブも育てているんだね。ハーブティーはおいしいもんね」

「あら、詳しいのね」

「それはまあそうかも」

「お兄様はお庭に花壇を作ってますのよ」

俺の代わりにロザリアが答えた。正確に言えば、花壇という名の薬草園なんだけどね。それを聞いたクロエは察したようである。俺の耳元でコッソリと聞いてきた。

「ねえ、もしかして、魔法薬の素材を育てているのかしら？」

「さすがクロエ、鋭いね。その通りだよ」

俺が普通の声で答えたので、俺が魔法薬を作っていることを、ロザリアが知っていることに気がついたはずだ。クロエのトーンが戻った。

「魔法薬ってそんなに簡単に作れるの？」

お、クロエが食いついてきたぞ。これはチャンスかもしれない。クロエを魔法薬の沼に引きずり込むんだ。

「初級魔法薬なら、慣れれば簡単に作れるようになるよ。ちなみに俺はおいしい魔法薬を作ってる」

「おいしい？」

「そう。甘かったり、ミカン味だったり」

「ウソでしょ」

クロエの目がまん丸になった。なんでか分からないけど、クロエの顔が普段よりもかわいらしく思えてしまう。普段のちょっとつり気味の目が柔らかくなるからかな？

「かわいい」

「ちょっと!?　まさか冗談なの？」

クロエの顔が真っ赤になった。冗談ではない。

「本当だよ。試しに飲んでみる？」

「い、いや、ちょっとそれは……」

どうやら魔法薬のゲロマズ具合を体験ずみのようである。まずいな、このままではクロエに逃げられてしまう。一度でも試してもらえれば分かってもらえるはずなのに。

「ロザリアちゃんはユリウスが作った魔法薬を飲んだことがあるのかしら？」

あ、もしかして逃げた？　しかし甘いぞ、クロエ。それはユリウスの罠《わな》だぞ。

「もちろんありますわ。お兄様が作った初級体力回復薬は、甘くて、シュワシュワで、とっても元気になりますのよ」

「甘くて、シュワシュワ!? ど、どういうことなの？」

「飲んでみれば分かるよ、クロエ」

「ヒッ」

そっと肩に手を置くとクロエは小さな悲鳴をあげた。すごく恐怖にゆがんだ顔をしてる。この世界における魔法薬はまだまだそのような認識である。いつかその考え方に革命を起こしてやるぞ。

「まあ、無理にとは言わないけどね。でも興味があったら試してみてよ。味と効き目は俺が保証するからさ。さすがにここには持ってこられないけど、プレゼントするくらいは……できるのかなぁ？」

「ずいぶんと弱気ね。まあ、今は無理でしょうね」

「だよねぇ」

王城に魔法薬を持ってくることができればよかったのだが、今の警戒態勢の中では無理だな。それならタウンハウスにクロエを呼ぶ……わけにはいかないよな。子供だからといって、簡単に王族を呼び出せるわけがない。

今だってそうだ。俺たちからは見えないようにしているのだろうが、柱の陰や、垣根の向こうから、いくつもの視線を感じる。『探索』スキルで確認すると、どうやら俺たちはクロエのお付きの人たちから監視されているようである。

念のため確認すると、バッチリと目が合った。そして軽く会釈をされた。驚いた顔をしてたな。

大丈夫。クロエには内緒にしておくからさ。

今回はクロエからのお願いだから、こうして王城でクロエに会うことができるのだろうな。普通だったらまず無理だ。

次に連れていかれたのは歴代の国王陛下の肖像画が並んでいる回廊だった。王族ではない者が入ってもいいのだろうか？　ロザリアが俺の腕にしがみついている。人気《ひとけ》もなく、ちょっと怖いもんね。

「見てて、面白いものを見せてあげる！」

そう言ってクロエが一枚の肖像画の前で止まった。何をするのかと思ったら、クロエはその肖像画を時計回りに回し始めた。次の瞬間、肖像画の下にポッカリと真っ暗な穴が出現した。これはまさか、隠し通路!?

「ちょっとクロエ!?」

「驚いた？　すごいでしょ」

いやいや、クロエさん、胸を張ってドヤ顔してる場合じゃないですよ。それを見たロザリアは喜んでいた。

「すごいですわ！　階段が現れました！」

ロザリアの言う通り、暗い穴の中に下へと続く階段が見える。これは王都の下水道にでも続いているのかな？　万が一のときはここから逃げるのだろう。

「この先には何があるのですか？」

ロザリアが首をかしげる。

「さあ？　まだ行ったことがないのよね。そうだわ、行ってみましょう！」

「いやいやいやいや！　クロエ、やめておこう。早く穴を塞いで。だれかに見られたらどうするの！」

「何よ、根性なしね」

「そういう問題じゃない」

どうしてクロエはこんなにおてんばなんだ。姉のダニエラ嬢はもっとおしとやかだったぞ。どうなっているんだ。育てられ方が違うのか？　そうなのか？

クロエがしぶしぶ元に戻した。辺りを確認したが、監視役の人以外には見られてはいないようだ。

「クロエ、王族の非常用通路を簡単に人に教えちゃダメだよ。いざという時に使えなかったらどうするつもりなの？」

「そのときは別の通路を使うわ」

「そういう問題じゃない」

ああ、どうしよう。これは王妃殿下に報告して言い聞かせてもらうべきだろうか。俺じゃ無理だ。

「お城には他にもこのような秘密の抜け道があるのですね。すごいですわ！」

「そうよね、ロザリアちゃん。このすごさが分かるだなんてさすがだわ。このお城にはまだ私の知らない通路がたくさんあると思うのよね。だから一緒に探しましょう！　ユリウスも探してくれるわよね？」

「え？」

「お兄様、一緒に探しましょう！」

そう言ってロザリアが上機嫌で俺の腕にしがみついてきた。その無邪気な様子に否定するのが遅れてしまった。そして反対側からクロエにしがみつかれた俺は、仕方なく他の秘密の通路を探すことになった。

さすがにもうないと思うけど……さりげなく振り返ると、ハラハラした様子でこちらの様子をうかがう監視役の姿が見えた。本当にごめんなさい。俺がためらったばかりに。

「他の肖像画の後ろにも隠し通路があるのではないですか？」

ロザリアがいいことを思いついたかのような顔をしている。

「残念だけど、他にはなかったわ」

「それじゃ、あの怪しい石像は？」

俺が指さした方向には大きな石像があった。英雄の姿をモチーフにしたと思われるその石像は、右手で剣を掲げており、左手に持った盾を地面へと少しだけ突き刺していた。

その石像に俺の意識が向いたのには理由がある。先ほどの肖像画の裏にあったのと同じような反応が、あの石像の下からも感じられたのだ。

「あの石像？　確かに怪しいけど、さすがに動かないんじゃないかしら？」

「お兄様十人分くらいの大きさです」

「十人分以上ありそうな気がするけど……」

そんなことを話しつつ、石像に近寄った。三人で押してみたがビクともしない。それもそうか。

台座にしっかりと固定されているもんな。動くとすれば、この台座ごとになりそうだ。どこかに仕掛けがありそうなんだけど。

「この盾……もしかして動くのでは？」

盾がレバーのような役割を果たすのではないかと思った俺は、台座の上に乗ると盾を動かしてみた。クロエとロザリアがそれに続く。

「さすがに動かないんじゃ……キャ！」

「お兄様、動きましたよ！」

ガコンという音を立てて、盾が少しだけ傾いた。それと同時に、台座も同じ方向へとスライドする。現れたのは石造りの階段だった。やっぱりか。

先ほどの隠し通路と違って、空気の流れをそれほど感じないところを見ると、どうやらこの先は行き止まりになっているようだな。

「どうするクロエ？」

「どうするって、行くに決まってるじゃない。ライト」

「お兄様、秘密の宝物があるかもしれませんね」

うれしそうな顔をするロザリア。とてもではないが、やめておこうとは言えない雰囲気である。

嫌な予感もしないし、大丈夫かな？

思った通り、それほど階段を下ることなく小部屋へ到着した。中央には丸いタライのようなものが置かれている。その土台は石材と金属で作られているようだった。なんだろう、これ。魔道具の

ように見えるんだけど。

そう思ったのは俺だけではなかったようだ。相変わらず俺の腕にしがみついた状態で、ロザリアがジッと観察していた。

「お兄様、なんだか魔道具みたいです」

「魔道具？　そうなの、ユリウス？」

「そんな感じではあるね。この容器の中に水を入れて使うのかな？」

タライの中は空だった。水を入れて鏡のように使うのかもしれないな。そうなると、この魔道具は何かを見るためのものなのかもしれない。ロザリアとクロエがいかにも怪しいタライを調べている間に、部屋の中を調べておく。

壁と床は階段と同じく石造りになっている。大きな石を切り出してきて組み合わせてあるようで、同じ大きさの石がピッチリと組み合わさっていた。その間には紙一枚すら入りそうにない。すごい技術だ。

足下の床には幾何学模様の溝が彫られており、この部屋全体が何かの装置のような印象を受けた。

「お兄様、この部分に魔石を入れるみたいですよ」

中央の装置らしきものを調べていたロザリアが何か見つけたようである。ロザリアは金属部分の一部が開閉することを発見したようだ。確かに魔石を入れるのにちょうどよさそうな感じではあるな。

「言われてみれば確かにそうだね。でもこれだと、かなり大きな魔石が必要みたいだ。それにほら、この部分を見てよ」

土台の一部が崩れ落ちている。そこからはくすんだ金属が見え隠れしており、明らかに壊れているのが見て取れた。

「壊れているみたいですね。お兄様、修理できませんか？」

「さすがに無理かな。見覚えのない魔法陣が使われているみたいだ」

その後もロザリアと一緒に調べてみるが、やはり内部構造が壊れているようである。ウンともスンとも言わなかった。

「動きませんね」

「ダメみたいだね。残念。あきらめよう」

「ユリウスの考えだと、これはなんの魔道具なのかしら？」

「この世界のどんな場所でも観察できる魔道具だったんじゃないかな？」

「えええ！　それって、すごいんじゃないの？」

クロエが目を大きくしている。ロザリアも同じような顔をしているな。事実であれば確かにすごい。そしてそんなにすごい魔道具が人知れず放置されているということは、もう動かないのだろう。

「動けばすごい魔道具だろうね」

「そっか、壊れているからこの状態なのね」

クロエが部屋の中を改めて見回している。砂ぼこりや小石なんかが転がっており、長く使われていないのは明らかだった。残念そうに肩を落としたクロエを連れて外へと出た。そして元の状態に戻すべく、盾を反対方向へと押す。再びガコンという音と共に、元の状態へ戻った。ひとまずはこれで大丈夫かな。

「ここのことは秘密にしておいた方がよさそうだね。だれかに見つかったら、クロエが怒られることになる」

「どうして私なのよ！　二人も一緒よ」

「そうならないためにも、秘密にしておかないとね」

「そ、そうね。二人とも、今のことはだれにも秘密よ。いいわね？　さあ、次は図書館へ行くわよ」

ちょっと挙動不審になったクロエに連れられて、ようやく王族のプライベートスペースから抜け出した。

こちら側に来ると明らかに人の通りが増えてきた。たくさんの使用人が忙しそうに行き交っている。その人たちを気にもとめずに進むクロエ。そのまま王城にある図書館にたどり着いた。

「すごい、こんなにたくさんの本があるのか」

図書館ではお静かに。俺は叫びたいのをグッとこらえ、小さな声でつぶやくようにそう言った。ロザリアはその光景に圧倒されたのか、大きく口を開けている。

「すごいでしょ？　ここは選ばれた人しか入ることができない、特別な場所なのよ」

壁には天井付近まで本棚が伸びており、ぎっしりと本が詰まっている。読書スペースでは学者のような人たちが数人、本とにらめっこをしていた。テーブルの上にある本はどれも大変分厚い。

「どうやったら図書館に入ることができるの？　試験とかがあったりするのかな」

「あら、ユリウスも図書館へ自由に入りたいの？　あとで許可をもらっておいてあげるわ」

まさかのコネだったか。分かりやすくていいね。

「よろしくお願いします」

俺は素直にお願いした。

クロエの話によると、この図書館にはこの国だけでなく、他国から集められた本もあるらしい。その中には未知の文明について書かれた本もあるそうだ。それらの本は何が書いてあるか分からないため、禁書になっているという話だった。

「禁書か。ちょっと憧れちゃうな」

「読めない本のどこに憧れる要素があるのよ。隠し通路の方がよっぽど面白いわ」

「……クロエ、もしかして隠し通路を使って、みんなに黙って城の外に出ていたりしないよね？」

クロエが目を合わそうとしない。これはすでにやっている気配がするぞ。すぐに王妃殿下に密告しなければいけないだろう。クロエが行方不明になる前に。

「そうだ、禁書の置いてあるところに行ってみる？」

「え？　いいの？」

「私ならたぶん大丈夫よ」

どうやらクロエには自信があるみたいだな。クロエに連れられて俺たちは図書館の奥へと向かった。密告の件はひとまず保留にしておいてあげよう。

立ち入り禁止のロープが見えてきた。それを気にせずにクロエが入っていく。なんというか、セキュリティーが緩すぎるのではないだろうか？　これならだれでも入れそうな気がする。

クロエに続いて入ると、すぐに司書らしき人が飛んできた。

「ちょっと、その先は立ち入り禁止ですよ！」

どうやらどこかにセンサーの役割を持つ魔道具が置いてあったみたいだ。そうでなければこれほど早く見つからないだろう。セキュリティーが緩いとか思ってすみませんでした。

「あら、ちょっと案内していただけよ」

「クロエ様！　それでもいけません。そこは立ち入り禁止です」

司書さんは王族といえども一歩も引かない構えである。職務に忠実なのだろう。せめて表紙だけでも、と思って眺めていると、どれも表題が読めそうである。

「魔法薬の本もあるみたいだね。ちょっと気になるな」

「お兄様、魔道具の本はないのですか？」

「んー、魔道具ではないけど、機械の仕組みの本があるみたいだな」

なんで機械の本が置いてあるんだ？　一体何が書いてあるんだろうか。

「機械、ですか？」

「うん。たぶんだけど、魔道具と似ているものだと思うよ」

「ねえ、ユリウス、召喚魔法の本とかないの？」

「召喚魔法の本ですか……ありますね。〝だれでも使える召喚魔法・入門編〟っていう本があります。

ちょっと読んでみたい気もしますね」

召喚魔法か。ゲーム内ではそんなものなかったな。召喚できるのはペットみたいなものなのだろうか？　それとも代わりに戦ってくれるのかな。

「その本を取ってよ、ユリウス！」

「なりません！　というか、もしかしてここの本の文字が読めるのですか!?」

司書さんが驚いた。そういえば、だれも読めない未知の本があるって言ってたな。それを俺が読めるのは、俺が転生者だからだろうか。

「読めそうですが、読まない方がよさそうですね。やめておきます」

「なんでよ、ユリウス。もったいない。かわいい使い魔が欲しかったのに……」

「それは物語の話だけにしておいた方がいいと思いますよ」

納得いかないクロエが口をとがらせている。その姿はとてもお姫様には見えない。ただのかわいらしい子供である。

司書さんに見送られて俺たちは禁書の本棚前から追い出された。

「もう！　どうしてそんなに意気地なしなのよ」

「そんなこと言われても、お城の中で問題を起こすわけにはいかないだろう？　そんなことをしたら俺が出禁になっちゃうよ」

「させないわよ、そんなこと！」

追い出された俺たちが子供用の本棚の前で騒いでいると不意に声がかかった。

「あなたたち、何を騒いでいるのかしら？」

「お母様！　どうしてここに？」

おおっと、王妃殿下の登場だ。先ほどまで保護されたばかりの子猫のようにシャーシャー言っていたクロエが突然おとなしくなった。なるほど、王妃殿下の前では猫を被《かぶ》っているというわけか。

「どうしてって、あなたが騒いでいるっていう話が耳に入ったからですよ、クロエ」

ニッコリと笑う王妃殿下。怖い。あ、クロエが縮こまっているぞ。身に覚えがあるらしい。どうやら俺たちの監視役が王妃殿下を呼んだようである。自分たちではクロエを止められないと思ったのだろう。

「ごめんなさいね、ユリウスちゃん。うれしくて、ちょっとはしゃいでいるみたいなのよ。普段のクロエはこんな感じじゃないのよ？」

「お母様！」

クロエが非難の声をあげた。なるほど、いつも窮屈にしているだけに、気を張らなくていいときにその反動が出てしまうんだな。

それがクロエのストレス解消になっているなら、俺は別に構わないけどね。

「いえ、気にしておりませんよ。それよりも、騒いでしまって申し訳ありません」

「いいのよ。ユリウスちゃんが謝る必要はないわ。クロエも、あまり妙なことをユリウスちゃんに教えてはダメよ。王城内にある、秘密の抜け道のこととかね」

最後の方は地をはうような声になっていた。

クロエが縮みあがる。どうやら俺が報告するまでもなく、すでに知っている様子である。これならそのうち、先ほどの地下室のことも王妃殿下の耳に入ることになりそうだな。もしかすると、俺がクロエに万能薬を渡したことについても知っているのかもしれない。

その後はすごすご図書館をあとにした。ちょっと気落ちした様子のクロエに連れられて、だれも人がいないサロンに到着する。

どこからともなく現れた使用人がお茶とお菓子を持ってきてくれた。

「図書館はすごかったね。時間があれば、もっとゆっくりと見たかったよ。魔法薬の本があったから、読んでみたかったな～」

「魔道具の本も読めませんでしたわ。残念です」

「今度、ゆっくりと読みたいね。そうだよね、クロエ？」

「……」

ダメだこりゃ。ショックが大きかったらしい。もしかすると、このあと怒られるのを恐れているのかもしれない。まあ、いい薬にはなるだろう。

そろそろお昼の時間だ。ちょうどいいので、このままここでくつろいでおこう。

「クロエ様、キャロリーナ様がお見えになりましたよ」

「あら、予定よりも来るのが早かったわね」

「え？　キャロが？」

なんでここでミュラン侯爵のご令嬢のキャロが出てくるんだ？

「驚いた？　午後からは一緒にユリウスを案内することになっているのよ」

知らなかった。キャロも王都に来ていたのか。それならみんなで会おうってなったのかもしれないな。この時間からだと、一緒に昼食を取ることになる。にぎやかな昼食になりそうだ。

クロエの機嫌も直ればいいんだけど。

キャロがサロンに到着するとクロエはすぐに立ち直った。そして不満を言い始めた。

「もう、聞いてよね、キャロ。ユリウスが意気地なしなんだから。もうちょっとで使い魔が手に入ったのに！」

「えええ！　っ、使い魔ですか!?」

キャロが目を丸くした。その間にも、俺たちの目の前に次々と料理が運ばれてくる。どうやら、昼食はこのままサロンで食べることになったみたいだ。

クロエからは〝昼食は王族のプライベートスペースにある食堂で食べる〟と聞いていたのだが、どうやら急いで変更したらしい。

あとで怒られるんじゃないのか、大丈夫なのか、クロエ。もしかすると、クロエは自分の行動がひそかに見張られていることに不満を持っているのかもしれない。

でもね、クロエは王族なんだから仕方がないと思うよ。人通りがある場所を歩けば、お城の中であっても、危険なことに巻き込まれることは十分にあるのだから。

「お兄様はどこであの文字を習ったのですか？　私には全然読めませんでした」

「それはえっと」

妹のロザリアの一言に、クロエとキャロの視線がこちらに集まった。それもそうか。だれも読めないはずの禁書の文字を読めるんだからね。そりゃ気になるか。どうしよう。

「なんでか分からないけど読めたんだよね。もしかして俺って、だれかの生まれ変わりなのかも?」

それっぽいことを言っておく。下手にごまかすと余計にこじれるかもしれない。まずはこれで様子見だ。

「生まれ変わり……古代人の生まれ変わりなのかしら? それならあの文字が読めてもおかしくないわ」

クロエが首をひねった。そういえばこの世界では、その昔に超文明を持つ古代人がいたという説が濃厚である。どこかに古代文明の遺跡があるはずと主張する学者もいるらしい。ただし、その証拠は一つも見つかっていない。

「私はユリウスがいにしえの賢者様の生まれ変わりじゃないかと思っているわ。それなら古代文字を読めてもおかしくないもの」

キャロがそう主張した。確かに以前、キャロの前で、みんなには内緒で謎の魔法を使ったことがあるもんな。そう思われても仕方がないかもしれない。

「お兄様はきっと、すごい魔道具師様だったのですよ!」

ロザリアはそう主張した。文字が読めることとはまったく関係ないな。

三者の意見が出そろうと、私の考えが正しいとそれぞれ主張し始めた。昼食そっちのけで騒いでいる。このままじゃ、また怒られるぞ。

「ほら三人とも、まずは昼食を済ませてしまおうよ。せっかくの温かい食事が台無しになるよ」

「ユリウスは自分が何者なのか気にならないのかしら？」

「そんなこと言われても、調べようがないし、例えばの話だからね」

クロエは不服そうだが、俺は自分が何者なのか知っているからなぁ。ここで俺が〝神の使徒です〟とか言ったら大騒ぎになるだろう。絶対に言えない。

「午後からはお城の一番高いところに行くわよ」

そんな中、クロエが高らかに宣言した。なんだかうれしそうだ。何かあるのかな？

「あの一番高い塔に登るんだよね？　ちょっと楽しみだな。あそこからなら、王都が全部見えるんじゃないかと思っているよ」

登ってみたいと思っていたところに行けるとはラッキーだな。どんな眺めなのか、今から楽しみだ。

「塔の一番上にはお姫様が捕まっていたりするのですか？」

「ロザリア、それはないと思うよ。だって、お姫様はここにいるからね」

俺はクロエに目配せした。少々おてんばとはいえ、本物のお姫様がここにいるからね。これで物語のようにお姫様が囚《とら》われていたら驚きだ。

「その昔、問題を起こして閉じ込められたお姫様がいたみたいよ。今はいないけどね」

「ちょ、ちょっと怖くなってきましたわ」

キャロが身震いした。もしかして、キャロも初めて行くことになるのかな？　なるほど、だから俺がこの城を見学するときに合わせてキャロも呼んだのか。クロエとキャロの二人きりだと、キャロが怖がって行かないって言いそうだもんね。

そんなイタズラ好きなクロエに向かって、俺はニヤリと笑った。

「それならクロエもそこに入れられるかもしれないな～」

「な！　そ、そんなことあるわけないわ！」

クロエの顔が引きつっている。先ほどの王妃殿下の顔を思い出しているのかもしれない。うん、王妃殿下ならやりかねないぞ。案外、本当にそうなるかもしれない。

昼食も終わり、午後からの王城見学会が始まった。最初に向かった先は大きなダンスホールだった。

「すごいな、天井があんなに高いところにある」

「大きな絵がたくさんありますわ」

天井からは豪奢《ごうしゃ》なシャンデリアがいくつも下がっており、その向こう側には、この世界の創世を描いたと思われる絵が描かれている。

壁にもロザリアが言ったようにいくつもの絵が飾られている。そのうちの一枚は見たことがないほど大きかった。壁にはあめ色の木材が規則正しく並んでいる。なんの木材なんだろうか。素材がちょっと気になるな。

「すごいでしょ？　このダンスホールは、冬になる前の最後のダンスパーティーが行われるところなのよ」

「人がいないときに来たのは初めてですわ。こんなに広かっただなんて、思いませんでした」

キャロが驚いている。どうやらキャロはそれなりに王都に来ているようだ。クロエの誕生日会に参加したりしているのかな？　ハイネ辺境伯領から王都までは遠いけど、キャロの実家のミュラン侯爵領からは近いのかもしれない。

「この場所が使われるときはいつも人や物であふれているものね。狭く感じるのも分かるわ。そうだわ。せっかくなので踊りましょうよ！」

「え、音楽は？」

「手拍子よ、手拍子！　ほら！」

そう言ってクロエが俺の手を取った。クロエは本当に明るくて、元気で、積極的な女の子だなぁ。それを見たキャロとロザリアが手拍子を始めた。ワルツの手拍子に乗って、ダンスホールに滑り出した。

もちろん俺は貴族の子供なので、先生からしっかりとダンスを学んでいる。そしてこんなこともあろうかと、それはもう熱心に練習していたのだ。いい運動にもなるし、一石二鳥の習い事だと思っている。

クロエはダンスが得意なようで、楽しそうに、俺を引っ張るように踊っていた。

クロエ、もう少し抑えた方がいいんじゃないのか？　楽しいのは分かるけど……。

クロエの次はキャロと踊った。キャロはおとなしい女の子だ。その性格通り、ダンスもリードされるのを待つタイプだった。それで今度は俺がキャロを引っ張る形で踊った。

最後はロザリアと踊る。こちらは何度も一緒にダンスの練習をしたことがあるので、お互いの力量をわきまえている。息ピッタリに踊る俺たちを見て、クロエとキャロが口をそろえて、「ずるいですわ」と言っていた。だって、しょうがないじゃないか。兄妹《きょうだい》だもん。そのおかげでもう一度、二人と踊ることになってしまった。

まだ踊るとクロエとキャロが口を開いたところで待ったをかけた。

「ちょっとクロエ、このままだとダンスだけで時間が終わっちゃうよ。一番高いところに行くんじゃなかったの？」

「ぐぬぬ、そうだったわね。それじゃ、明日はダンスの練習会ね」

ぐぬぬって……クロエが〝お姫様がしちゃいけない顔〟をしていたぞ。それにどうして勝手に明日の予定を決めているんだ。

「明日はダンス用の服と靴を用意して来ますわ」

あ、キャロもやる気なんですね。俺に拒否権はないみたいですね分かります。

なんか二人に、いや、ロザリアを含めて三人に振り回されているような気がする。このままだと将来、奥さんの尻に敷かれることになりそうだ。なんとかしないと。

クロエの後ろをついて行きながらそんなことを考えていると、立ち入り禁止区域に着いた。警備兵の姿もある。

「ちょっと、クロエ、大丈夫なのか？」

「大丈夫よ。ちゃんと許可を取ってあるわ。うふふ」

どうしてそんなにうれしそうなんですかね？　何をたくらんでいるのやら。まさか、塔の一番上からバンジージャンプしようとか考えてないよね？

「キャロ、あのクロエを見てどう思う？」

「何か悪いことを考えているのではないでしょうか？」

「俺もそう思う。クロエの前世はあれだな、イタズラ妖精だな」

ふふふ、と笑いをこぼしたキャロ。それに気がついてクロエが振り向いた。

「何してるの？　入る許可をもらったわよ。さ、行きましょう！」

俺たちが警備兵のところに行くと、敬礼をして通してもらえた。

石造りの廊下を進むとヒンヤリとしてきた。コツコツと不気味に俺たちの足音だけが響いている。

「お兄様、なんだか不気味ですわ」

そう言ってロザリアがピッタリと俺にくっついてきた。まだまだロザリアも子供だな。それに比べると、クロエとキャロはしっかりしていると言えるだろう。

「確かに怖いですわね」

キャロがロザリアにひっついて歩いている。キャロもまだまだ子供だったかー。

そしてそんなことなどお構いなしにズンズンと進んでいくクロエ。俺はそんなクロエが怖い。

「クロエ、何を考えているんだ？」

「うふふ、ここは私でもめったに入ることができない場所なのよね。何か秘密があると思わない？」

「心当たりがあるの？」

「ないわ。それを今から探すのよ！」

思わず転びそうになった。当てはないんかい。どうやらクロエは王城七不思議を生み出したいみたいである。その中の一つは、〝城の一番高い塔にはお宝が眠っている〟とかだろうか。

「ちょっと、何あきれたみたいな顔をしているのよ。私の考えだと、塔の一番上の部屋に何かあると思うのよね。さあ、行くわよ！」

クロエが意気揚々と向かった先は暗いらせん階段だった。階段を上るが同じ景色が続いている。ところどころにある窓から入る光が、不気味に階段を照らしている。

ロザリアが転ばないように手をつなぎながら進むと扉が見えてきた。

「ここが最上階の部屋ね。入るわよ」

どうやら鍵はかかっていないようである。ギィと不気味なきしむ音を立てながら扉が開いた。中にはベッドやテーブルなどの家具が置いてあった。定期的に掃除はしてあるようで、ホコリっぽさはない。

窓には鉄格子がはめられており、そこから身を乗り出すことはできなそうである。

「これはすごい眺めだね。王都が一望できるよ」

「本当ですわね。あんなに遠くまで見渡すことができますわ」

「お兄様、私にも見せて下さい！」

みんなで代わる代わる窓から外の景色を眺めた。お仕置き用の部屋みたいに言われていたが、思ったよりも快適そうである。

その間にクロエは部屋中を探索していた。そんなに広い部屋ではないので、すぐに終わったようである。

「おかしいわね。秘密の抜け道があると思っていたのに」

「この部屋から逃げられるような作りになっていたら意味ないよね？」

「そういえばそうね。それなら天井に秘密があるのかしら？　ユリウス、肩車してよ」

え、肩車!?　お姫様を肩車するの？　ダメでしょ。それにクロエ、スカートだよ？　落ち着け、落ち着くんだ。冷静になれ、俺。

「クロエ、上をよく見てよ。俺たちが肩車しても天井まで届かないよ」

「確かにそうかもね。それなら空を飛べれば……」

ブツブツとクロエが言っている。何がクロエをそこまで駆り立てるのか。やっぱり王族の生活って窮屈なのかな？

「ねえ、ユリウスなら空を飛べるんじゃない？」

キャロが耳元で声を小さくして聞いてきた。

「飛ぶことはできるけど……」

「やっぱり！」

うれしそうなキャロ。まあ、今のところ空を飛ぶつもりはないけどね。そんな俺たちをクロエが不審そうな目で見てきた。

「どうしたの、二人とも？」

「隠し通路があるなら塔じゃなくて、さっきの通路なんじゃないの？」

「確かにそうだわ。戻るわよ！」

どうやらなんとかごまかせたようである。空を飛べることがクロエにバレたら、絶対に飛んでみてと言われたはずだ。危ない危ない。

あ、キャロが期待に満ちた目でこちらを見ているな。なんで俺はキャロの質問に真面目に答えたのだろうか。キャロの期待に応えたかった？　そうかもしれない。女の子にいいところを見せたくなってもいいじゃない。だって、男の子だもん。

俺たちは階段を下りるクロエのあとに続いた。さすがにあのらせん階段の部分にはないだろう。狭すぎるからね。あるとすればやはりあの通路のはずだ。

通路まで戻ると、クロエがさっそく壁を調べ始めた。

「ほら、みんなも手伝ってよ」

「どうすればいいのですか？」

「怪しいところがないか調べるのよ、キャロ」

キャロが首をかしげながらもそれに従った。ロザリアも不思議そうにしつつ壁を触っている。俺はといえば……『探索』スキルを使って怪しい場所を発見していた。

まさか本当にあるだなんて。どうしよう。どうやらその隠し通路は別の部屋へとつながっているようである。その先の部屋は行き止まり。しかも、何かの反応がある。

「どうしたの、ユリウス？　もしかして、何か見つけたの？」

そんな俺の動揺が伝わったのか、みんなの注目が集まった。

「べ、別に何も見つけてないよ？」

「怪しい」

「怪しいですわ」

「お兄様、何を見つけたのですか？」

俺ってそんなに顔に出ちゃうタイプだったかな～？　ポーカーフェイスを習得していたハズなんだけど。これじゃ隠し事ができないな。

「何もない、何もないから。ほら、次の場所に行こう！　この通路には何もなかった。オーケー？」

「オーケー？　じゃない！　ちょっと、何を見つけたか教えてちょうだいよ。余計に気になるじゃない。このままじゃ夜眠れなくなっちゃうわ」

そう、関係ないね。クロエが夜眠れなくても、俺には全然関係がないのだ。

そんな俺の態度に気がついたのか、クロエが再び〝ぐぬぬ〟ってなった。やっぱりお姫様がしていい顔ではないな。

「ふ～ん、そんな態度を取っちゃうんだ。夜眠れない理由を聞かれたら〝ユリウスのことを考えてしまって夜も眠れない〟って言うからね？」

「やめて！　変な誤解されるからやめて！」

まずいですよクロエさん。そんな話がクロエの両親の国王陛下や王妃殿下に伝わったら、誤解されるじゃないですか。

俺は王族なんて堅苦しいところと関わりたくない。すでに片足を突っ込んでいるような気もするが、あきらめたらそこで試合は終了だ。

「ちょっと、なんでそんなに嫌がるのよ！　なんでか分からないけど傷つくわ！　ほら、キャロも何かユリウスに言ってあげてよ」

「え？　私はユリウスが嫌がるなら、別に無理しなくても……」

「まさかの裏切り!?」

どうしたんだクロエ。なんだか性格が別人みたいになってるぞ？

……たぶんこっちが本物のクロエなんだろうな。いつもは王族モードで、神経をすり減らして生きているんだろう。だって、今のクロエの方が生き生きしてるからね。

「分かったよ、クロエ。でも、隠し通路の先にある部屋の中の物には絶対に手を触れないようにね。何が起こるか分からないから。下手をすれば、俺の首くらいじゃすまないかもしれない」

「お兄様……」

俺は隣で心配そうにこちらを見上げるロザリアの頭をなでた。それを聞いたクロエとキャロの顔はこわばっている。

「分かったわ。約束するわ」

クロエに続いてキャロもうなずいている。

あきらめへんのかーい！

俺の首って、そんなに価値がないものなの？　なんだか涙が出ちゃいそう。

第四話

聖竜の卵

隠し通路へと続いている壁の前にやってきた。壁を触ってみたが、特にすり抜けたりはできなそうだ。

「この先にあるのね？」

「うん。そうなんだけど……どこかにスイッチがあるのかな？」

「特には見当たりませんわね」

クロエとキャロが灰色のレンガを積み上げられて造られた壁を調べている。見た目には特に何もない。俺は『鑑定』スキルを発動した。これで壁を見れば……お、何か文字が書いてあるぞ。隠し通路を開く呪文かな？

「開けごま？　なんでこの呪文!?」

その瞬間、音もなくスルスルと目の前のレンガの壁が動き始めた。あっけに取られる俺たちの目の前に、薄暗い通路が現れた。

「ねえ、ユリウス、どうなってるの？」

「こっちが聞きたい」

「さすがは賢者様の生まれ変わりですわね」

「え、キャロ、その設定まだ続いているの？」

「お兄様……」

ロザリアが目を細めるようにしてこちらを見ている。これはあれだ、みんながあきれたときにする目だ。

「やめて、ロザリア。そんな目で俺を見ないで。あと、お父様とお母様には内緒にしておいて」

「無理だと思う」

「私もクロエと同じ意見ですわ」

「まさかの裏切り!?　やれって言ったのは二人じゃない！」

俺の裏切り者発言に明らかな動揺を見せたキャロ。シュババッと俺たちの顔を見渡してから小さく首を振った。

「わ、私は別に……」

「キャロ、止めなかった時点であなたも共犯なのよ。あきらめなさい」

「あうう……」

よし、これでみんな共犯だ。俺だけが怒られることはなくなったぞ。怖いものがなくなった俺は薄暗い通路を進んだ。どうやら壁がほのかに光っているらしく、つまずいたりすることはなかった。

少し歩くと、小さな小部屋に着いた。ここが俺の『探索』スキルで反応があった場所だろう。ただの四角い部屋なのだが、中央に小さな台座が設けられていた。

「何かしら、あれ？」

「クロエ、触っちゃダメだからね」

「分かってるわよ」

四人で中央の台座に向かう。台座の上には真っ白な卵のようなものがあった。パッと見た感じ、ニワトリの卵のようである。

遠巻きに恐る恐るそれを見る俺たち。どう見ても何かの卵だった。

「卵?」

「卵、のように見えるけど……なんの卵だろう?」

「卵に見えますわね」

「お兄様、温めたらひよこが生まれますか?」

ひよこが生まれるのか? さすがにそれはなさそうな気がするけど……それに長い間放置されていたみたいだし、そもそも生まれないんじゃないかな?

「魔法薬の素材じゃないのかな? もしかすると、すごい魔法薬を作れるようになるのかも」

俺がそう言った瞬間、ビクリと卵が反応した。

「ヒッ! い、今、卵が動いたわ!」

クロエが俺にしがみついてきた。それを聞いたキャロとロザリアも俺にくっついた。まるでひっつき虫の親玉になった気分である。

「気のせいだよ、クロエ。さあ、謎も解けたし、帰ろうか」

俺が何事もなかったことにして帰ろうとすると、今度は卵が左右に分かりやすくガタンガタンと動いた。声にならない声を出して、三人がすごい力でしがみついてきた。く、苦しい、しまってる、しまってるから！

「ユリウス、あの卵、何か変よ」

「そうみたいだね。よし逃げよう」

「逃げようって、なんだか追いかけてきそうよ」

「お兄様、怖い」

俺も怖い。なんだあの自己主張の強い卵は。そうだ、こんなときこそ『鑑定』スキルだ。真実はいつも一つ！

聖竜の卵：ふ化待ち。魔力を流すことでふ化させることができる。ふ化させることで主従関係を結ぶことができる。

今すぐ逃げよう。こんな怪しい小部屋、スタコラサッサだぜ！　やべぇ匂いがプンプンする。これは厄介事の匂いだぜぇ〜。俺には分かる。分かるッス！

俺がそう決めたそのとき、卵に変化があった。

「た、卵が浮いてるわ！」

「わわわ！　ど、どうすれば!?」

「卵、落ちたら割れちゃう！」

俺から離れた三人がオロオロし始めた。さっき卵に驚かされたばかりなのに、もうそのことを忘れてしまったようである。もしかすると、卵が動いたことでもうすぐ何かが生まれるとでも思ったのかな？

……あれ、あの卵、なんか俺の方に飛んできてない？

フワフワと浮き上がった聖竜の卵はそのままゆっくりと、見間違いではなく、俺の方へと向かってきた。

「ど、どうするの、これ!?」

俺はアワアワしながら三人に聞いた。

「お兄様の方に向かってますわ！」

「キャッチよキャッチ！　両手で捕まえるのよ！」

「ユリウス、頑張って！」

何をどう頑張るんだよとキャロの声援に心の中でツッコミを入れながらも、頭をフル回転させた。

確かゲーム内では、聖竜の背中に乗ってどこへでも旅することができたはずだ。

移動ツールとして便利な聖竜は課金アイテム。金さえ払えばだれでも入手することができる。もちろん俺も持っていた。そのため、レアリティーは低い。

そんなことを考えている間に聖竜の卵は〝受け取れ〟と言わんばかりに俺の前で浮遊していた。

え？　これ、俺が受け取らなくちゃいけない感じなの？　助けを求めて三人を見たが、三人は期待に満ちた目で俺の方を見ていた。

ええい、ままよ！　俺は観念して聖竜の卵を両手でつかんだ。手の中に確かな重さを感じる。それと同時にドクンドクンと、何かが脈動している感じがする。そしてなんだか、卵が手に吸いつくような奇妙な感触があった。

「ユリウス、どうなの？」

「今にも生まれそうな気がする」

「どうすれば生まれるのですか？」

「えっと、魔力を与えれば生まれ……るかもしれないね」

危ない危ない。なんでそんなこと知っているんだと追及されるところだった。それに魔力を与えるのは俺じゃなくてもいいはずだ。うん、それがいい。クロエかキャロに代わってもらおう。そうすれば、厄介事を二人のどちらかに押しつけることができるぞ。

「魔力を与えると生まれるの？　やってみましょうよ！」

「クロエ、大丈夫なの？」

キャロが不安そうな顔でクロエに聞いている。それはそうだろう。キャロはこの卵がなんの卵か分かっていないからね。中から危険な生き物が生まれてくる可能性だってあるのだ。

……なるほど、こっちの線であきらめさせる手もあるな。フッフッフ。

「クロエ、キャロの言う通りだよ。この卵がなんの卵なのか分からないんだ。もし恐ろしい生き物が生まれてきたらどうするつもりなの？　やめた方がいい……」

【ダイ……チョウダイ……】

「キャー!!」

直接頭の中に響いてきた声に、三人が大声を張り上げた。そして俺の体を問答無用で締め上げた。

ヤバイ……ちぎれる……なんてパワーだ。ええい、三人娘は化け物か！

その声が通路まで聞こえていたのだろう。俺たちをひそかに見守っていた監視役の人たちが血相を変えてやってきた。

「王女殿下！　大丈夫ですか!?　あっ！」

「あ、ああ……え？　あなた、だれ？」

正気を取り戻したクロエがその存在を認識した。監視役の人は困惑している。バツが悪そうにした監視役の人は俺に助けを求めるような目を向けた。

「この人は俺たちの監視役だよ。あの、偶然、隠し通路を見つけて、その先でこの卵を見つけたんですよ。そしたらこの卵のものと思われる声が直接頭の中に聞こえて……」

しどろもどろに監視役の人に説明する。やや納得した感じである。

「え？　さっきの悲しそうな声は、この卵からだったの？」

「卵から声が……？」

クロエとキャロが困惑している。それもそうか。卵から声が聞こえるだなんて、普通は思わないよね。

「お兄様、これはなんの卵なんですか？」

「さあ？　俺にはサッパリ……」

「ユリウス、その卵、私によく見せてよ」

クロエが俺の両手をのぞき込んできた。まずい。確かクロエは『鑑定』スキルを持っている可能性があるんだった。卵の正体がバレると大騒ぎになるぞ。今すぐここから逃げ出したい。

「ちょっと、この卵、〝聖竜の卵〟ですって！　このお城に本当にあったのね！」

「聖竜の卵？」

「本当にあった？」

どうやらキャロは聖竜についてのことは知らないようである。そして〝本当にあった〟ということは、王家には聖竜伝説が残っているということだろう。

「そうよ。その昔、お城に聖竜が卵を産んで立ち去ったっていう言い伝えが残っているのよ。ただの伝承だと思っていたのに、本当だったのね」

一人、感激している様子のクロエ。聖竜の卵と聞いて、心なしかロザリアの目が輝いているような気がする。ロザリア、そんな目をしても、この卵は持って帰らないぞ。

「それじゃ、この卵はクロエのものだね。返しておくよ」

俺は〝ハイ〟とクロエの両手の上に卵を移動させようとした。

「あれ？　どうなってるの、この卵？　俺の手から離れないんだけど!?」

いくら手を傾けても、逆さまにしても、俺の手にひっついたままの卵。まさか、呪いの卵だったりするのかな？

「ユリウス、あなたの手のひらから、魔力が卵に移動しているわ。それでひっついているんじゃないかしら？」

「ウワー、ソウナンダー」

思わず棒読みで答える。やっぱり魔力を吸われていたのか。気のせいではなかったようだ。そういえば、キャロは魔力の流れが見えるんだったな。それなら俺の手から卵に向かって流れている魔力も見えて当然か。

「クロエ、どうするんだ、これ？」

「そ、そうね。まずはお母様に報告しなくちゃいけないわね。急いで戻りましょう。あなたはお母様を一番奥の来賓室まで呼んできてちょうだい」

監視役の人は大きく礼をすると、去っていった。

「私たちも移動しましょう。大騒ぎになるといけないから、ユリウスはその卵を隠してちょうだい」

クロエに言われて、卵を両手で包み込むようにして隠した。大丈夫かな、こんなんで。確かに聖竜の卵が発見されたことが公になれば、大騒ぎになることは間違いないだろう。世紀の大発見だと言われることになるかもしれない。

俺たちは急いで王城の一番奥にある来賓室を目指した。クロエの話だと、この部屋には特殊な細工が施されており、中で話している声が一切外に聞こえないようになっているそうである。この部屋を使えば機密性は高まるだろう。

「ここまで来ればもう大丈夫ね。さてと、どうしようかしら？」

「どうするって……元の位置に戻すべきだと俺は思うけど」

「でもその聖竜の卵は助けを求めていたわ。きっと何か事情があるのよ」

「もう一度、話せたらいいんだけど」

三人娘が俺の手の上に載っている卵を真剣な表情をして見つめていた。

どうやらクロエの『鑑定』スキルでは、卵の名前は分かっても、詳細までは分からなかったみたいである。

最奥の来賓室で俺たちがああでもないこうでもないと話していると、王妃殿下がやってきた。その威厳ある姿に思わず俺の背筋がピンとなった。ロザリアも緊張しているのか、俺の袖をつまんでいる。

「話は聞かせてもらったわ。クロエにはあとでお仕置きが必要ね」

王妃殿下が黒い笑顔で笑った。怖い！

「ヒッ！　お尻ペンペンだけは、お尻ペンペンだけはやめて……」

クロエは俺と同じ年齢のはずなのに、いまだにお尻ペンペンされているのか。ちょっと意外だな。しかもかなり嫌そうだ。どうやらクロエにはよく効くらしい。

「それじゃ、ユリウスちゃんに、クロエのお尻をペンペンしてもらおうかしら？」

「え？」

「え？　ってクロエ、どうしてちょっとうれしそうな顔をしてるんだよ！」

「ししし、してないわよ、そんな顔！」

してた。俺じゃなきゃ見逃してしまうほどの一瞬だったが、ほほが緩んだ。もしかしてクロエは

Mなところがあるのか？　あ、キャロが〝なんかずるい〟みたいな顔をしてる。どうしてこうなった。

「冗談はさておき、どうしたものかしら？」

じょ、冗談ですよね。よかった、本当にクロエのお尻をたたくことにならなくて。それよりも、王妃殿下がほほに手を当てて考え込んでいる。どうやら困っているようだ。

だが、困っているのはこちらも同じ。王妃殿下には悪いが、こちらのペースで話を進めさせてもらおう。

「王妃殿下、卵から手が離れないのですが、どうにかならないのでしょうか？」

俺はそれが本当であることを証明するために、手を傾けたり、逆さまにしたりしたが、やはり卵が手から離れることはなかった。

「やっぱりそうなのね。伝承の通りだわ」

今度は王妃殿下が目を輝かせている。どうやら王妃殿下は聖竜の伝承に詳しいようだ。もしかして、聖竜を研究していたりするのかな？　これは希望が見えてきたかもしれない！

「コホン。いいこと、ユリウスちゃん。落ち着いて、よく聞いてちょうだい」

「はい」

「伝承によると、聖竜の卵は選ばれし者の手によってしか、卵をふ化させることができないそうなのよ。そしてその選ばれし者の手に渡った卵は、ふ化するまで、その手から離れないと記されているわ」

「え？」

それって……食事はいいとして、風呂と、トイレはどうするんだ？

「ユリウスちゃんには聖竜が生まれるまで、手助けが必要ね」

ニッコリと笑う王妃殿下。なんだろう、ちょっとその様子が怖いんだけど。俺を王城にとどめて、観察しようとか思ってます？　珍妙な動物みたいに観察されるのは嫌なんですけど。

「あの、どうやったらふ化させることができるのですか？」

これは早いところふ化させた方がよさそうだ。俺の手助けと聞いて、クロエとキャロの顔がやる気に満ちた顔になっている。

これは……俺とおままごとをするつもりだな！

「聖竜の卵は手のひらを通じて魔力を吸収しているのではないかと書かれていたわ。そしてその魔力が卵に満ちたとき、聖竜がふ化するそうよ」

「それなら、卵に大量の魔力を送り込めばふ化するというわけですね。さっそくやってみます！」

その言葉が聞きたかった。言質《げんち》を取ることができたので、遠慮なく魔力を卵に送ることができるぞ。ふ化のやり方は知っていたけど、俺がそれを勝手にやったら〝なんでそんなことを知っているんだ？〟と言われかねない。だが、これで障害がなくなった。

「ちょっと、ユリウス、大丈夫なの？」

クロエが心配しているようだが、為《な》せば成る。ユリウス・ハイネは男の子！　魔力を大量に流し込むと、卵の殻がひび割れ始めた。ひびの間からは光の筋が見えている。

もう一息だ。魔力を聖竜の卵に！

「ユリウス、そんなにたくさんの魔力を使って、大丈夫なの!?」

そうだった。キャロは魔力が見えるんだった。俺が大量に魔力を流し込んでいることがキャロにはバレバレのようである。あとでなんとか口止めしておかないといけないな。

そんなことを思っている間にも、ひびはどんどん増えていった。う、生まれる！

パァン！　と卵が割れたのと同時に、部屋中が温かい光に包まれた。うお、まぶしっ！

「キュ～！」

光が収まると、俺の手のひらにはバレーボールくらいの大きさの毛玉が乗っかっていた。明らかにサイズ感がおかしい。卵にギュウギュウに詰まっていたのかな？

これが聖竜の子供か。見た目は子犬のような体をしているが、頭には二本の角が生えており、尻尾はワニのように太かった。そして全身がモフモフの毛で覆われている。背中の部分をよく見ると、毛に埋もれた小さな翼が見えた。

「か、かわいいー！」

女性陣が声をそろえて叫んだ。それにビックリした聖竜が俺の胸に飛び込んできた。うん、かわいい。それは認める。

「ま、間違いないわ。これは間違いなく、聖竜の幼少期の姿だわ。伝承と完全に一致しているもの！」

王妃殿下が取り乱している姿を初めて見た。その一方で、聖竜の子供はどこか居心地悪そうに、俺の胸にしがみついていた。なんだか親になった気分。……まさか。

「ねえ、ユリウス、触ってみてもいいかしら？」

「私も触ってみたいな」

「お兄様、私も触ってみたいです」

「いいんじゃないかなー？」

正直、俺に聞かれても困るんだけど。もしかして、俺が聖竜を飼うことにならないよね？　ふ化させたんだから、俺の役割はこれで終わりだよね？　そうだと言ってよ、王妃殿下。

俺は王妃殿下にアイコンタクトを送った。

「ユリウスちゃん、私も触らせてもらってもいいかしら？」

違う、そうじゃない。そうじゃないんだよ、王妃殿下。

俺が許可を出したことが分かったのか、聖竜の子供はおとなしくみんなになでられていた。なんだか和やかな雰囲気になってきた来賓室に再び緊張が走った。

「王妃殿下、国王陛下がいらっしゃいました」

使用人のその言葉でその場の空気が変わった。その空気を敏感に察知したのか、聖竜が俺の膝の上に急いで避難してくる。

来賓室の扉が静かに開いた。

「待たせてしまったな。会議を中断するのに時間がかかってしまったよ」

ヤレヤレ、といった感じで用意されていた席に座る国王陛下。その威厳とはかけ離れた様子に、場の空気が少しだけ緩んだ。

「国王陛下、お話は聞いておりますか？」

「もちろんだよ、ミネルバ。なんでも聖竜の卵が発見されたとか？」

国王陛下が俺たちの方を向いて片方の眉をあげた。どうやら怒ってはいないようだな。どちらかというと、この状況を楽しんでいるような感じである。

「国王陛下、こちらが卵から生まれてきた聖竜でございます」

俺は膝の上にいた聖竜を掲げてみせた。さすがに生まれているとは思っていなかったのか、国王陛下の両目が大きくなった。

「これが聖竜……触ってみてもいいかね？」

「問題ないかと」

やっぱり俺が飼い主みたいになってる！　なんとかそれだけは回避しないといけない。ペットが聖竜とか、シャレにならんでしょ。

聖竜は静かに国王陛下になでられていた。そのまま回収してもらっても構わないんだけどな。

「聖竜の取り扱いについてなんだけど……」

王妃殿下がなんだか言いにくそうに眉を下げている。そんな王妃殿下に注目が集まった。

「構わんよ、ミネルバ。遠慮なく話してくれ」

「伝承によると、聖竜が大きくなるまでには、相当な量の魔力が必要になるそうなのよ。そしてその魔力を効率よく受け渡すことができるのが、聖竜に選ばれし者だけみたいなの。つまり、ユリウスちゃんということになるわね」

「フム……」

え、そうなの？　卵から生まれてからも、魔力を与え続ける必要があるとか、聞いてないよ。でも、効率が悪くてもいいなら、他の人でも魔力を与えられるということか。それなら別に俺じゃなくてもよさそうだ。

お城ではたくさんの魔導師が働いているからね。その人たちから魔力の供給をしてもらえばいいはずだ。

「キュー……」

俺が聖竜を捨てようとしていることに気がついたのか、つぶらな瞳でこちらを見てきた。なんだろう、なんだか胸が締め付けられるような気がする。その声にうながされるように、ロザリアが聖竜を抱きかかえた。

「お兄様……」

ロザリアが上目遣いで俺の方を見てきた。やめてくれ、それは俺に効きすぎる。どうしよう、このままお持ち帰りするか？　そうしちゃうか？

「お父様、ユリウスと聖竜ちゃんを引き離すのはかわいそうよ」

「私もクロエの意見に賛成よ。聖竜ちゃんは魅力的だけど、親と離れ離れにするのはかわいそうだわ」

「そうかもしれんな。それならユリウスに城に住んでもらって、育てるのはどうかな？」

おいおい、何を言い出すんだ、この国王陛下は。そんなことをしたら、俺が息苦しくなるだけだ。

お城に住むのは嫌だ、お城に住むのは嫌だ、お城に住むのは嫌だ……。

「それはいい考えね。さっそくハイネ辺境伯に相談してみましょう」

王妃殿下ー！　ダメだ、完全に聖竜の子供に目がくらんでいる。まずい、このままでは本当にお城に住むことになってしまう。そうなったら、俺の自由気ままなスローライフが！

国王陛下の判断により、急ぎハイネ辺境伯が呼ばれることになった。

ごめんなさい、お父様。不肖な息子のせいでこんなことになってしまって……。いや、待てよ。元々の発端はクロエだぞ。俺が原因じゃない。俺は巻き込まれただけだ。俺は無実だ。

「ねえ、この子の名前は何にするの？」

なぜか上機嫌なクロエがニコニコした表情でこちらを見てきた。つねりたい、そのほっぺ。

「男の子なのかしら？　それとも女の子なのかしら？」

キャロが聖竜を見つめながら首をかしげている。

「聖竜に男女の区別はないそうよ。名前をつけていいのかどうかについては分からないけど、聖竜に名前があったという記録はなかったはずだわ」

王妃殿下がそう言った。ペットみたいに名前をつけるのは失礼なのかもしれないな。聖竜にどれほどの知能があるのかは分からないが、先ほどから言葉に反応を示しているような気がする。それならば、言語を理解していると思って間違いないだろう。

「名前をつけてほしい？」

俺は聖竜の頭をなでながら尋ねた。

「キュ！」

返事があったところを見ると、言葉は通じてそうだ。

「じゃ、タマはどう？」

「キュー！」

「あいたっ！」

鋭い頭突きが胸に刺さった。これは間違いなく、言葉が通じているな。

「お兄様、嫌だって」

「冗談だよ、冗談。言葉が通じているのかを試してみただけだよ」

「キュ……」

聖竜はジットリとした目でこちらを見ていた。かわいいと思うんだけどな。ポチの方がよかった？

「ちゃんと考えてあげましょうよ。聖竜だから……セイちゃん？」

キャロが提案したが、聖竜の反応はイマイチだ。

「安易すぎないかしら？　聖竜はこの世界を創造したミラーレス様の使いだという話を聞いたことがあるわ。だからミラちゃんはどうかしら？」

「キュ！」

クロエの提案に聖竜が反応した。うれしそうな〝キュ！〟である。創造神の名前とかもらって大丈夫なのかな？　ちょっと不安になってきたぞ。創造神と関わりが深くなったらどうしよう。

……いや、すでに関わりが深くなりつつあるのか。なんだか創造神に踊らされているような、胸の奥深くでモヤモヤした感じがする。

それよりもさ、確かキミ、直接、頭の中に語りかけることができたよね？　あれはどうなったのかな？

「国王陛下、ハイネ卿《きょう》がいらっしゃいました」

使用人のだれかがそう言った。思ったよりも早い到着だな。ここまで走ってきたのかもしれない。ごめんね、お父様。

来賓室の扉が開き、少し疲れた様子のお父様が現れた。これはすでに大体の話を聞いているのだろう。もう一度説明する必要はなさそうだ。

「国王陛下、マクシミリアン・ハイネ、参上いたしました」

「休憩中にすまないな」

「いえ……そのようなことはありません。突如、会議が中断したので何事かと思っておりましたが、まさかこんなことになっていようとは。我が息子がご迷惑をおかけしてしまい、申し訳ありません」

お父様が深々と頭を下げた。う、悪いのは俺じゃなくてクロエなのに。あとでクロエはお尻ペンペンの刑だな。

「キュー……」

「ミラちゃんのせいじゃないわよ」

ロザリアがミラをあやしている。それを見たお父様の目はほっこりとしていた。どうやら俺のお父様は娘に甘いようである。

「別に罰しようというわけではない。どうやら聖竜を育てるには魔力が必要になるそうなのだ。そしてその魔力を効率よく聖竜に送ることができるのが、この場ではユリウスしかいないのだよ」

国王陛下が俺に視線を送る。それを肯定するかのように首を縦に振った。ここは長いものに巻かれるべきだろう。

「左様ですか」

「それでな、ユリウスと聖竜を城に迎え入れようと思っているのだが、どうかね？」

それを聞いたお父様が考え込んだ。頼むぞ、お父様。罰ならあとでいくらでも受けますから。この場にいた全員がお父様に注目していた。

「大変ありがたいお言葉ですが、ユリウスは我がハイネ辺境伯領で育てることに決まっております。これは我が母、マーガレットからの遺言です。ハイネ辺境伯家でユリウスを立派な魔法薬師にしてほしい、と……」

え、そうなの？　その話、初耳なんだけど!?

「なんと……！　マーガレットはユリウスを後継者として、すでに認めていたのか？」

国王陛下が、今にも立ち上がらんばかりの勢いで驚いている。

「左様でございます。この話は内密にしていただきたいのですが、母マーガレットが記した魔法薬に関する本は、すでにユリウスへと継承されております」

その場がざわめき出した。本当にだれも知らない話だったようである。みんなの注目が今度は俺に集まった。なんだろう、すごく居心地が悪いぞ。

その中でも、クロエだけはどこか納得しているような顔をしていた。万能薬を渡したときに色々と話したもんなぁ。

「そうか。そういうことならば、城にとどめておくわけにはいかぬか……」

「はい。申し訳ありません」

「よいのだ。少々無理があるとは思っていたからな」

思っていたならやめて下さいよ。胃に穴があくかと思った。だがしかし、国王陛下は本当に残念そうな顔をしている。あ、ミラと離れるのが嫌なら、ここに置いていきますよ？

「キュー……」

「お兄様……」

うん。どうやらロザリアは完全にミラの味方みたいだね。弟か妹が欲しいって言ってたもんね。お母様なら、まだ五人目を産めそうな気がするけど……。

そんな様子を見た国王陛下は目を閉じて、一つうなずいた。

「それではマクシミリアン、一つ頼まれてくれないか？」

「なんなりと」

「この聖竜をハイネ辺境伯領で育ててもらえないだろうか？　やはり親から子を引き離すのはかわいそうだからな」

「かしこまりました」

お父様が深々と頭を下げた。これで決まりだな。ロザリアとミラはうれしそうにじゃれ合っている。もう育てるのはロザリアでいいんじゃないかな？　あ、クロエとキャロと王妃殿下は不満そうだ。

そこまで聖竜のことが気に入ったのか。今度、みんなが寂しくないように聖竜のぬいぐるみをプレゼントしてあげることにしよう。

こうしてようやくお城での長い一日が終わった。実に内容が濃い一日だったと思う。まさか聖竜をお持ち帰りすることになるなんて思わなかった。

「ユリウス、お前は本当に目が離せないな」

お父様がため息をついている。俺も自分のトラブルメーカーっぷりにため息が出そうだ。

「すみません。クロエを止めるべきでした」

「そうだな。何かあったらどうするつもりだったんだ？」

「それはまあ、全力で守るつもりですけど」

「……そうか」

あれ？　納得するの、お父様。もっと怒られるかと思ったのに。そんな俺たちの様子を心配そうにロザリアとミラが見ていた。

そんな二人の頭を、安心させるようになでてあげる。

「そういえば、ミラは話せるんじゃなかったっけ？　ほら、頭の中に声が直接響いてきたよね」

「キュ？」

「確かに〝チョウダイ〟って言ってましたね。あれは〝魔力をちょうだい〟という意味だったのですね。ほら、ミラちゃん、何かしゃべってみてよ」

「キュ？」

首をひねるミラ。どうやらダメそうである。あのときは卵の状態だったし、そのときだけの特殊能力だったのかもしれない。

「アメリアがこれを見てなんと言うか。理由を聞いたら私よりも怒るかもしれないな」

「お父様、そんな怖いこと言わないで下さいよ」

その光景を思い浮かべて思わず苦笑いをしてしまった。やっぱり怒るかな？


ハイネ辺境伯家のタウンハウスに帰ってきた俺たちは、家族の絶句によって迎えられた。

「マックス、そのかわいらしい生き物は何かしら？」

「聖竜だ。詳しいことはこれからユリウスが話すことになる」

あ、お父様が俺に丸投げしてきたぞ。そんなにお母様が怖いのか。ああ、怖いさ。怒ったお母様は怖い。怖いので俺は早々にすべてを吐き出した。

「そういうことだったのね。クロエ様にも困ったものだわ。王妃殿下は〝ようやく落ち着いてきた〟って言ってたけど、表面だけだったみたいね」

お姫様モードのクロエ、ちょっと見てみたい気がする。クロエの本性を知ってしまった今では、たぶん途中で吹き出すと思うけど。

お母様はあきれている様子だったが、膝の上に載せたミラをしきりになでていた。どうやら気に入ったようである。アレックスお兄様とカインお兄様も興味津々な様子だ。

本物のドラゴンだもんね。俺も自分と関わっていなければ、同じ反応をしていたと思う。

その日はミラの歓迎会になった。聖竜が食べ物を食べるのかは分からなかったが、試しに与えてみると、おいしそうに食べてくれた。もしかすると、魔力以外でも育てることができるのではなかろうか。

「ミラちゃんは好き嫌いはなさそうね」

「果物はどうかな？　はい、どうぞ」

「キュ！」

カインお兄様が差し出したオレンジを喜んで食べるミラ。どうやら果物の方がお気に召したようである。これなら果物中心の食事にした方がいいかな？　お風呂にも入れてみた。ぬれるのを嫌うかなと思ったが、そんなことはなさそうだ。体を覆っていた毛が水にぬれたことで、別の生き物みたいになっていたけどね。

「ミラ、かゆいところはない？」

「キュ！」

うーん、分からん。卵の状態のときに話すことができたので、そのうち話せるようになると思うのだが、今はしゃべり出しそうにない。声のトーンから喜んでいるのは分かるんだけどね。

念のため湯船には入れず、用意したタライの中にお湯を張って、そこに入ってもらっている。

これまでで分かったことは、こちらが言っていることはほぼ完全に理解しているということだ。

そして〝キュ〟しか言わない。話せるようになっても、基本的に頭の中に直接話しかけてくること になりそうな気がする。それでも問題ないけどね。

「魔力は勝手に食べてるんだよね？」

「キュ」

「それじゃ、俺がいちいち送り込む必要はないってことかな？」

「キュ」

なるほど、サッパリ分からんが、それで問題がないと言われているような気はする。もし問題があったら、何かアクションを起こしてくれるだろう。それまではそっと見守っておこう。

お風呂からあがると、ロザリアが待ち構えていた。すぐにミラを受け取ると、冷温送風機の前に連れていき、その毛並みを乾かし始めた。ミラもおとなしくしているので、問題はなさそうだ。

「お父様、王城に持っていった冷温送風機はどうなりました？」

リビングルームでくつろいでいたお父様に今日の首尾を聞いてみた。冷温送風機の魔道具を、国王陛下へ献上するって言っていたからね。

「ああ、さすがにすぐには国王陛下に献上できなくてね。使用人に渡しておいたよ。今ごろ、国王陛下の手元に届いているんじゃないかな？」

「そうですか。なんだか次に王城に行くのが怖いですね」

嫌な予感がするのは俺の気のせいだろうか。

「なんだ、また呼ばれたのか？」

「いえ、そうではなくて、王妃殿下たちがミラから離れるのを寂しそうにしていたのですよ。それで、ミラを模したぬいぐるみをプレゼントしようかと思っているのです」

「……そうか。ほどほどにな。やりすぎると、魔法薬師ではなく、ぬいぐるみ職人になってしまうぞ」

やだな、お父様。まさかそんなことあるわけないですよ。ハハハ。

「お父様、おばあ様が私をハイネ辺境伯領で魔法薬師として育ててほしいと言ったのは本当なのですか？」

「鋭いな、ユリウス。お前を立派な魔法薬師にしてほしいと頼まれたのは事実だが、どこで、とは言われなかったよ」

「それじゃあ……」

お父様がうなずいた。

「私がそうしてほしかったのだよ。我がハイネ辺境伯家にはユリウスの力が必要だ。それに王城では息が詰まるだろう？」

お父様がちゃめっけたっぷりにウインクをした。国王陛下に対して平気でウソをつくとはさすがである。だが助かった。

「ありがとうございます、お父様」

俺はお父様に深々と頭を下げた。お父様にはかなわないな。

部屋に戻る前に、使用人に追加の生地を頼んでおいた。今ある材料では一体分しかぬいぐるみを作れない。だがそれでも一体は作れるので、さっそく作り始めた。

「お兄様ー、お兄様！」

「キュ！　キュキュ！」

ロザリアがミラを連れて俺の部屋へとやってきた。あ、ミラ、これはキミの仲間じゃないからね。そんな〝お友達？〟みたいな目をしても、動かないからね。

「お兄様、もしかしてそれは！」

「ああ、王妃殿下たちにプレゼントしようと思ってね」

「え」

あ、ロザリアがションボリしちゃった。これはロザリアにも作ってあげなきゃいけないみたいだな。本物のミラがいるのにそれじゃダメなのか。かわいいままの姿で残したいのかもしれないな。

「もちろん、ロザリアにも作ってあげるよ。少し待っててね」

「ありがとうございます！　お兄様大好き！」

ロザリアがミラを抱きかかえたまま俺に抱きついてきた。間に挟まれたミラがちょっと苦しそうだぞ。ところでキミたち、何しに来たのかね？　と、思っていたら、どうやら俺の部屋で寝るつもりらしい。二人は早くも俺のベッドに潜り込んでいた。ベッドが大きくてよかったぜ。

翌日、朝食が終わると早々にぬいぐるみ作りを再開した。追加の生地も到着したので、あとは全力で生産するだけである。

「精が出るわね、ユリウス」

「お母様、ぬいぐるみを届けたら、先に領都に帰ろうと思っているのですよ」

「あら、てっきり私たちと一緒に帰るのかと思っていたわ。ほら、ロザリアと一緒に王都のお店を見に行く約束をしていたじゃない」

ちょっと困惑しているのか、眉をハの字に下げているお母様。確かにそのつもりだったのだが、聖竜のミラを育てることになってしまったからね。予定を変更する必要があるだろう。

ハイネ辺境伯家が聖竜を育てるというウワサはすぐに貴族たちの間に広がるはずだ。そうなると、家族に迷惑がかかるのはもちろんのこと、ミラが貴族たちの見世物になってしまう。家族の一員になったミラが見世物になるのは遠慮したいところである。

それに、俺たちがいない間の領都のことが気になってもいる。辺境伯家の者がだれもいなくても問題なく領地は運営されるだろうが、それでもだれかがいた方がいいときもある。

そのようなことを話すと、お母様も納得してくれたようである。

「それもそうね。ここよりも領都に戻った方がいいかもしれないわね」

その光景を想像したのか、お母様は困ったような顔をしている。今の俺も似たような顔をしていると思う。

お母様と顔を見合わせていると、足早に使用人がやってきた。その手には手紙が握られている。

「奥方様、旦那様からの手紙が届いております」

「あら、何かあったのかしら？　あらまあ、大変。昼食が終わり次第、ユリウスに王城へくるように書いてあるわ」

「分かりました。準備しておきます」

冷温送風機の件かな？　ぬいぐるみも昼までには完成するし、ちょうどよいタイミングなので渡しておこう。ついでに、王都を出ることも伝えなきゃ。


昼食が終わるとすぐに王城へと向かった。

ぬいぐるみはすでに三人分、完成している。あとは渡すだけである。あ、今日、キャロに会わなかったらどうしよう。そのときはクロエに託せばいいか。まさか二つとも自分のものにとかしないよね？

ハイネ辺境伯家の馬車が王城に到着すると、そこではお父様が待ってくれていた。どうやら使用人が気を利かせて、俺がタウンハウスを出発する直前にお父様へ先触れを出してくれていたようである。

「遅くなりました」

「気にするな。急に呼び出してすまなかったな。その手に持っているのは……もう完成したのか」

お父様が絶句している。だがしかし、俺はぬいぐるみ職人ではないし、なるつもりもない。

「これをお渡ししたら、明日にでも領地に帰ろうと思っているのですよ」

「そうか。早い気もするが、ウワサが広がる前に戻った方がいいかもしれないな。ハイネ辺境伯領まで追いかけてくる人物はそうはいないだろう」

お父様がうなずいている。どうやら俺と同じく大騒ぎになるのは避けたいようである。このままだとタウンハウスへ人が押し寄せてくるかもしれないからね。おばあ様とおじい様のこともあるし、家族は皆、しばらくは静かに過ごしたいと思っているはずだ。

「お父様、何があったのですか？」

「ああ、それが、昨日献上した冷温送風機を追加で欲しいらしくてな。言葉を濁していたが、どうやら取り合いが起きたらしい」

「取り合いが」

「そうだ。それで追加の冷温送風機が欲しいそうだ」

うーん、それだけの用件ならお父様に伝えればいいだけだと思うのだが。それともすぐに欲しいとかなのかな？　まあ、材料さえあればすぐに何台かは作ることができるけどね。

俺が首をひねっていると、お父様がうながした。

「とりあえず、まずは王妃殿下に会ってくれ」

「分かりました。なんだか胃が痛くなりそうですね」

「私はすでに痛いぞ」

「……申し訳ありません」

お父様に案内されてサロンに向かうと、そこにはすでにお茶の準備が整っていた。そこにいたのは王妃殿下とクロエとダニエラ嬢だった。これはまずい。ダニエラ嬢の分のぬいぐるみはないぞ。

「ユリウス・ハイネ、ただいま参上しました」

「ああ、いいのよ、ユリウスちゃん。そんなにかしこまらなくても。それで、そのよくできた聖竜のぬいぐるみは？」

「えっと、あの、プレゼントに……」

「まあまあ！」

パチン、とうれしそうに手をたたいた王妃殿下。クロエとダニエラ嬢の視線も熱い。……これは帰ってからキャロの分のぬいぐるみを追加で作らないといけないやつだな。

ぬいぐるみを三人に渡すと、ものすごく喜んでくれた。ぬいぐるみ作戦は成功と言えるだろう。

「ユリウス、ミラはどうしたの？」

クロエがぬいぐるみをなでながら聞いてきた。

「家でロザリアと一緒にお留守番してます」

「残念だわ。会いたかったのに……」

そう言ったのはダニエラ嬢だった。そういえばあの場にいなかったもんな。そのぬいぐるみで補完してほしい。おっと、このままでは話が進まないな。

「冷温送風機の件でお話があるとうかがいましたが？」

「そうだったわ。あの冷温送風機を作ったのはユリウスちゃんだそうね？　申し訳ないんだけど、あと何台か追加で作ってもらえないかしら？」

「それは構いませんよ。材料さえあれば、すぐにでも作製可能です」

この答えには驚いたようで、三人の目が大きく見開かれている。

「ユリウスはなんでもできちゃうのね」

「いや、それほどでも……」

クロエのストレートな言葉に思わず照れる。

「ユリウスちゃん、王城の中に〝魔道具研究所〟があるんだけど、そこに行って作ってもらえないかしら？　このぬいぐるみをプレゼントしてくれたところを見ると、近いうちにハイネ辺境伯領に帰るつもりなんでしょう？」

「はい。そのつもりです」

「ええっ！　ユリウス、もう帰っちゃうの!?」

クロエが悲鳴に近い声をあげた。それを王妃殿下がたしなめている。どうやらクロエにはまだまだ教育が必要なようである。頑張れクロエ。領都から応援しているぞ。


そんなわけで、俺は今、魔道具研究所にやってきている。室内には数人の人が何やら忙しく働いていたようである。だが今はその手が止まっていた。

「ユリウスちゃん、ここにある道具と材料は自由に使っていいからね。何かあったらすぐに私に言うように」

そう。王妃殿下が直々に研究所にやってきたのだ。きっとみんな胃が痛くなっていることだろう。今の俺のように。

「ねえ、ユリウス、隣で作業するのを見ていてもいいかしら？」

「もちろん構いませんよ、クロエ様」

あ、俺の社交用の態度が気に入らなかったのか、クロエの口がとんがっている。そういうところだぞ。王妃殿下に怒られるのは。予想通り、クロエは王妃殿下にチョップを食らっていた。

王妃殿下に頼まれた台数は二台。ついでに研究所の魔道具師に作り方を教えることにした。そうすれば、追加注文があっても、壊れたときにも、どちらにも対応できる。

そのことを研究員に話すとすぐにみんな集まってきた。さすがは研究員。貪欲だな。

「この魔法陣を使います。装置の外形はこうやって作ります」

あんまり時間もないので、サクサク作っていく。何台も作っているので簡単だ。研究員たちはすでにメモを取る係と、作業をしっかりと観察する係に分かれていた。さすがだな。

「すごい。あっという間に作ることができるのね」

「一度でも魔道具を完成させることができれば、あとは同じことを繰り返すだけですからね。すぐに慣れるものですよ」

スイスイと魔法陣を作り、装置に組み込んでゆく。さすがに外側の装飾にこだわることができなかったので、使用した木の木目を生かすような作りにした。

それほど時間をかけずに一台目が完成した。二台目は質問を受けながら、研究員の人たちに実際に作ってもらった。

さすがは魔道具研究所の職員だけあって、すぐに覚えてくれた。そして〝これはいいものだ〟とほめてくれた。照れる。

追加の冷温送風機を作り終えたころにはもう日が暮れ始めていた。二台目を魔道具研究所の職員に教えながら作っていたので、思ったよりも時間がかかってしまった。

クロエにお茶にしないかと誘われたが、さすがに時間が遅かったので丁重にお断りした。

「ユリウスはいつごろ帰るのかしら？」

「明日はキャロのところにあいさつに行くつもりだから、その次の日に出発することになるかな。キャロにも聖竜のぬいぐるみを渡さないといけないからね」

「そうなのね。私もユリウスと一緒にハイネ辺境伯領へ行けたらよかったのに……」

「さすがに王女様が簡単に王都を離れるわけにはいかないんじゃないかな」

あはは、と苦笑いを返した。クロエ一人が特定の領地に何度も行くのは醜聞が広まるかもしれない。間違いなく、周囲の人たちに誤解される。その理由がミラに会いたいだけだったとしても。仮に、俺とクロエが婚約することが内定していれば話は別かもしれないが。

だがしかし、今のところそんな話はないし、アレックスお兄様と王女のダニエラ嬢がいい感じの仲になっている。国王陛下としても、ハイネ辺境伯家とつながりを持つのは一組で十分だと考えるはずだ。魔法薬のことなら、アレックスお兄様とダニエラ嬢のつながりから広めることができるだろうからね。

クロエと別れた俺は迎えにきてくれたお父様と共に王城をあとにした。

「お父様、明日はミュラン侯爵家にあいさつをして、その次の日に領都へ帰ろうと思います」

「分かった。帰りの馬車を手配をしておこう。あと少しの時間しかないが、それまでゆっくりとしておくといい」

帰ったらすぐに追加のぬいぐるみを作らないといけないな。あれ？　もしかして、キャロの姉であるヒルダ嬢の分まで作らないといけないのかな？　ゆっくりしている場合じゃないぞ。

ハイネ辺境伯家のタウンハウスに到着したころには、すでに夕食の準備ができつつあった。

夕食の時間まではあと少しということで、みんながリビングルームに集まっていた。ミラはお母様の膝の上に陣取っており、それをカインお兄様がなでている。俺がいない間にずいぶんみんなと仲良くなったようである。

「お母様、お父様にはすでに伝えてありますが、二日後に領地に向けて旅立つことにしてます」

「早い気もするけど、仕方がないわね。問題が起こる前に領地に戻った方がいいのは確かだものね。ロザリアはどうするのかしら？」

「お兄様とミラちゃんと一緒に帰りますわ」

すでに決めていたのか、ロザリアが明るい声でそう言った。お母様大好きなロザリアは本当はまだ一緒にいたいのではなかろうか。

「ロザリア、無理しなくてもいいんだよ。俺は一人でも大丈夫だから。それにほら、王都を見学したいって言ってたじゃないか」

ロザリアはいやいやと首を振った。

「お兄様と一緒に帰りますわ」

そう言ってから、ギュッと俺にしがみついてきた。そこまで言うなら、これ以上何も言うまい。

ロザリアも覚悟の上でそう言っているのだろうから。ロザリアの意見も尊重しなくちゃね。

そんなロザリアの様子を見てお母様も決心がついたようである。

「分かったわ。それじゃ、明日は私と一緒に王都を見て回りましょう」

「はい！　そうしますわ」

どうやらお母様とロザリアの間で話がまとまったようである。これなら大丈夫そうだな。

翌日、ぬいぐるみを作り終えた俺はミュラン侯爵家へとあいさつへ向かった。俺が明日帰ることを話すと、キャロは驚いていた。だが、その理由を話すと、納得してくれたようである。

「それなら仕方がないわね。クロエ様からは三人で一緒に王都へ出かけないかと言われていたけど、またの機会になりそうね。ユリウスにもらったこのミラちゃんのぬいぐるみ、大事にするわ」

「そうしてもらえるとうれしいよ」

キャロと握手をしてからミュラン侯爵家をあとにした。さあ、急いで帰る準備をしないといけないぞ。のんびりとはしていられないのだ。

第五話

ハイネ辺境伯領への帰還

ハイネ辺境伯家のタウンハウスへ帰ると、玄関でアレックスお兄様が出迎えてくれた。学園へ行っていたはずなのにずいぶんと帰ってくるのが早いな。

「アレックスお兄様、帰ってきていたのですね。学園はどうでしたか？」

「まだ本格的に授業が再開されていなくてね。だから授業数が少なめなのさ。学年末の最終テストは例年通りに実施されるみたいだから、あとは帰ってから自習するようにってことだろう」

「大丈夫なんですか？」

「実は王立学園での一番の目的は人脈を広げることなんだ。勉強だけなら、家庭教師を雇った方が効率がいいと思うよ」

なるほどね。それならますます俺が王都の学園に行く必要はなさそうだな。王都には王立学園とは別に、魔法薬師専用の学校があるのだろうか？　まあ俺は領都にある魔法薬師の資格が取れる学園に行くつもりだけどね。

「お帰り、ユリウス。領都に帰る準備はできているわよ」

「ありがとうございます、お母様。念のため、あとで荷物をチェックしておきますね」

「ええ、そうしてちょうだい」

夕食までの間に俺は準備された荷物のチェックを行った。その間、俺を見つけたミラがベッタリとひっついていた。

「お兄様、ミラちゃんが大変だったのよ。きっとお兄様を探していたのですわ。寂しそうに何回も鳴いていました」

「ごめん、ごめん。ミラを捨てたわけじゃないからね。あいさつをしに行ってただけだからさ」

「キュー」

うーん、さすがに長時間、放置しすぎたか。でも一緒に連れていくわけにはいかなかったからなぁ。領都に帰ってからはどこに行くときも連れていくようにしよう。あ、でもそれをすると、今度はロザリアが寂しがることになるのか。

どうしたものかと考えながらも、荷物のチェックと夕食を終わらせた。俺とロザリアが領地に帰るということで、豪華な晩餐会《ばんさんかい》になっていた。

「ユリウス、領地に戻ってからも手紙を絶やさないようにな。兄として、ロザリアをしっかりと守るのだぞ」

「もちろんですよ、お父様」

我がハイネ辺境伯家で唯一のお姫様なだけあって、お父様はロザリアに甘かった。本当は手元に置いておきたかったはずだ。それでもロザリアの意志を優先したのは、それだけロザリアが大事だということだろう。

翌日、俺たちは王都に残る家族に見送られて領都へと旅立った。ハイネ辺境伯領までは最低でも四日はかかる。王都へ行くときは急いでいたのでその日程で強行したのだが、俺にもロザリアにも負担が大きかった。そのため、帰りは余裕を持った日程にすることにした。生まれたばかりのミラもいるからね。無理はできない。余裕を持って五日から六日の日程にしてもらった。

「この日程なら途中で野宿を挟む必要はないみたいだね。さすがはライオネル」

「ありがとうございます。ユリウス様、ロザリア様、そしてミラ様に野宿をさせるわけにはいきませんからね」

ライオネルから受け取った行程表を見ながらそう言った。行きと同じようにしっかりと宿も押さえているようである。これなら俺たちだけでなく、騎士たちの負担も最小限ですむだろう。

「お兄様、私は野宿でもよかったですよ？」

「ロザリア、野宿がどんな感じなのか知ってる？　虫がたくさん出てくるんだよ？　足がたくさんある虫とか、天井からぶら下がってくる虫とか……」

「ヒッ！」

ロザリアがミラにしがみついた。だがしかし、ミラは虫をごちそうだと思っているのか、〝おいしそうな予感がするデシ〟とでも言いたそうな顔で、舌なめずりをしていた。

どうやらロザリアには覚悟が足らなかったようである。

秋が深まり、気温も下がってきているとはいえ、この世界の生き物はたくましいのだ。雪で閉ざされるまで、いや、雪に閉ざされても活動するのをやめない昆虫がたくさんいる。

そのおかげで、虫よけのお香や、かゆみ止め軟こうが冬でも重宝されるのだ。

「お兄様の力でなんとかならないのですか？」

「うーん、さすがに難しい……こともないのか？」

魔物だけでなく、虫も入らないように設定した結界の魔道具を作ればもしかして。

「お兄様？」

「い、いや、さすがに俺でも無理だよ。無理、無理」

あははと笑う俺をロザリアが目を細めて見ていた。

王都を出発してから二日目までは問題なく進むことができた。だが、王都から離れるに従って、街の規模はどんどん小さくなっていった。

今日泊まる場所はまだ大きい方だ。ここから先は町、もしくは村に泊まることになるらしい。それでも野宿ではないのでずっとマシなのだそうだが。

街に到着したのは夕暮れ時。そのまま街の中を見ることもなく宿に入った。すでに俺たちがくることは伝わっていたようで、すぐに店主が迎えてくれた。

ロザリアはまだ元気そうだ。お尻が痛くなるといけないからと言って、ふかふかのクッションを用意してもらったのがよかったのかもしれない。おかげで俺の尻もまだ大丈夫そうだ。

ミラもまだまだ元気そうである。とはいっても、俺とロザリアの膝の上で、ずっと眠っていただけなのではあるが。寝る子は育つって言うからね。しっかり育ってほしい。

夕食を食べながらライオネルに尋ねた。旅行中の食事はさすがにみんな一緒だ。

「ライオネル、この先、魔物が発生していたり、盗賊が出没したりしているといった情報はないのか？」

「今のところありません。もちろん、斥候を出して進んでいるので心配はいりませんよ」

「そうか」

この時期は冬が到来する前の大事な時期である。ハイネ辺境伯領と王都を結ぶこの街道は、冬ごもりするための食料や生活必需品を載せた荷馬車が多く行き来する。そしてそれを狙った盗賊があちこちで出没するのだ。道沿いの領主が巡回の兵士を派遣しているとはいっても、油断はできない。

食事が終わると、あとは体を拭いて眠るだけである。明日に備えて早く寝る。これが旅の基本である。基本なんだけど、一人で寝るのが寂しいからといってロザリアが俺のベッドへ潜り込んできた。もちろんミラも一緒である。

「ロザリア、ミラが一緒なんだから、自分のベッドで寝なさい」

「心配はいりませんわ。ミラちゃんもお兄様と一緒に寝たいって言ってました。そうよね、ミラちゃん」

「キュ！」

……どうやらロザリアは俺の意見に一切、耳を傾けるつもりはないみたいだな。さすがはお兄ちゃん大好きっ子である。なんかもうすでに寝る体勢に入っているし、あきらめよう。

翌朝、朝食を終えるとすぐに出発した。天気は快晴。天気がご機嫌斜めになる前にできるだけ進んでおきたいところである。

だんだんと道が悪くなっていく。ガタン、と大きく馬車が揺れることが何度もあった。

「ロザリア、大丈夫かい？」

「お兄様……ちょっと気分が悪いですわ」

ロザリアが俺にもたれかかってきた。そんなロザリアを優しく抱き寄せる。ミラも心配そうにこちらを見上げている。どうやらロザリアは馬車に酔ったみたいだな。これはまずい。

王都へ向かうときに馬車酔いしなかったのは、おばあ様とおじい様が心配だったからなのだろう。それどころではなかったのだ。俺もそうだったし。

だが心に余裕ができたことで、馬車の揺れが気になってしまったようだ。

ここは用意しておいたあれを使おう。

「こんなこともあろうかと酔い止めを作っておいたよ」

「酔い止めですか？」

「そう。これを飲めば、気分が悪くなくなるよ」

馬車を止めてもらって少し休憩することにした。魔法でコップに水をそそぐと、酔い止めと一緒に渡した。

「甘いけど、かまないようにね。かんだら苦いよ。水でゴックンと飲むんだよ」

「分かりましたわ」

ロザリアは素直に従ってくれた。その様子をライオネルが食い入るように見つめている。

すぐに回復したロザリアは、その後は上機嫌で揺れる馬車に乗っていた。だんだんと気分が悪くなってきた俺も酔い止めを飲んだ。やはり王都へ向かうときは気を張っていたんだな。病は気からとはよく言ったものである。

予定通りにたどり着いた次の町で、ライオネルがここぞとばかりに聞いてきた。

「ユリウス様、先ほどユリウス様とロザリア様が飲んでいた薬は一体なんでしょうか？」

「あれは酔い止めだよ。知らない？」

「はい。初めて見ました。それで、その酔い止めを飲むと、もしかして、馬車酔いしなくなるのでしょうか？」

「そうだよ。もちろん、効かない人もいるかもしれないけどね」

おっと、もしかしてこの世界には、まだ酔い止めがないのかな？　確かゲーム内に出てくる酔い止めは魔法薬ギルドの納品アイテムの一つだったはず。だから一般的に売っていると思っていたのだが、どうやら違ったみたいである。

「ユリウス様、もしよろしければ、その酔い止めも騎士団の常備薬として、用意していただけないでしょうか？　騎士の中にも、どうしても馬車酔いしてしまう者がいるのです」

「分かったよ。用意しておく。そうだな、他にこんな薬があったらいいなっていうのがあれば教えてほしい」

「そうですな、改めて皆にも聞いておきますが、今一番欲しいのは腹下しを抑える薬ですな」

「分かった。酔い止めと一緒に準備しておくよ」

そうか。下痢止めもなかったのか。忘れずに作っておこう。あとは水虫薬もあった方がよさそうだな。たぶん必要なはずだ。みんな丈夫な革のブーツを履いているからね。

そうなると、やっぱり魔法薬の素材を自分の力で買えないのが痛手だな。国から認められた魔法薬師にならなければ、購入することができないのだ。それさえなんとかできればいいのに。

順調に旅すること四日目。ハイネ辺境伯領を目指す俺たちの後ろには、いつの間にか、いくつもの隊商の姿があった。話を聞いてみると、どうやら食品を大量に運んでいるらしい。

なんだか俺たちの戦力をあてにしているみたいなところがあるなと思っていたら、移動の休憩の合間にこっそりお金を持ってきた。

「ライオネル、どうしよう、これ？」

「おそらくですが、我々の戦力をあてにしているのでしょう。騎士団が一緒なら、盗賊も手が出せないでしょうからね。本来、ついでに守ってもらおうという行為は許されるものではありませんですが、ユリウス様はそれを許されるのでしょう？」

「うん。そのつもりだけど」

「それならもらっておくべきです。そうでなければ、あの隊商はついてこられなくなりますよ」

隊商にももちろん護衛が何人かいるようだが、こちらには鎧《よろい》で身を固めた騎士が多数いる。しかもどの騎士も、毎日しっかりと鍛錬を行っているのだ。戦力としてはこちらの方がずっと上だろう。

俺たちが隊商を護衛していると言っても過言ではなさそうである。

それに、ハイネ辺境伯領へ食糧を運んでくれる大事な商人たちだ。俺はあきらめてお金を受け取ることにした。

今日の天気は薄曇りだ。秋もだいぶ深まってきており、日差しがないとずいぶんと寒く感じる。馬車の窓を閉めると、少しだけ寒さが和らいだ。

「冷温送風機を小さくして、馬車に備え付けられるようにしてもいいかもしれないな」

「お兄様、あれをもっと小さくできるのですか？」

「直接体が触れない位置に設置できれば、木の外枠はいらなくなるからね。ソファーの下にでも置けばなんとかなりそうな気がする」

ソファーも暖まるし、いい考えなのではなかろうか？　まあ、熱対策は必要だし、馬車を勝手に改造していいのかどうかは分からないけどね。馬車を作っている商会に怒られるかな？

競馬を始めてからは領内の馬の売れ行きは好調だ。それにつられて馬車の売り上げも好調だと聞いている。ここで車内の温度を調整できる魔道具が完備された馬車が登場すれば、それなりに売れそうな気がする。

そんなことを考えていると、突如、ミラが騒ぎ始めた。しきりに何かを訴えるかのように声をあげている。

「キュ、キュ！」

「ミラ、落ち着いて。何があったんだ？」

「キュ！」

「分からん……ロザリアはどう思う？」

「トイレ、ではなさそうですね」

「キュ！」

その可能性はあるぞ、ロザリア。念のため馬車を止めさせた。不安になったのか、ロザリアが俺の腕にしがみついている。

「お兄様、大丈夫、ですよね？」

「大丈夫だよ。何があってもロザリアは俺が守るから」

「キュ！」

「もちろんミラも守るからね」

「キュ！　キュ！」

だが、何やらミラとは意見の食い違いがあるようだ。外に出たミラが俺のズボンを口で引っ張って、森の方へと連れていく。何かあるのかな？

まさか。『探索』スキルを使って、ミラが先ほどからしきりに警戒している方角を調べる。すぐにスキルに反応があった。この大きな岩のような反応はおそらくグレートビッグボアだ。

「ライオネル、グレートビッグボアだ。進行方向左手からこちらに向かってきている！」

「なんですと？　すぐに迎え撃つ準備をします！」

慌ただしく騎士たちが動き出す。後ろから来ている隊商にも、すぐに連絡が行ったようである。

俺たちだけなら急いで通り抜けることもできた。だがそれをすると、後ろからついてきている隊商に相当な被害が出ることだろう。ここで戦うしかない。

「お兄様、大丈夫なのですか？」

「大丈夫だ、問題ない。だからロザリアは馬車の中で静かに待っているんだよ。ミラも一緒だ」

「キュ」

ロザリアがミラを抱いてうなずいた。涙目になっている妹を置いていくのは心苦しいが、俺が行くのが一番被害が出ない。ワイバーンのときの失敗は二度と繰り返さない。これ、ゲーマーの鉄則。

馬車にロザリアを押し込むとライオネルが俺のもとへとやってきた。

「本来なら、ユリウス様にもロザリア様たちと一緒に馬車にいてもらいたいのですが、聞き入れないのでしょう？」

「もちろんさ。状況は？」

俺の決意を込めた返事にライオネルが左右に首を振った。ライオネルには迷惑ばかりをかけてしまうな。でも、それだけライオネルを頼りにしているということだ。そのことはきっとライオネルも分かってくれているはず。

「迎え撃つ準備はすぐに整います。おそらく我々が狙われたのは、隊商の運ぶ荷物のせいでしょうな」

「食べ物の匂いにつられたってこと？」

「そうです。冬に備えて食料が必要なのは魔物も同じです」

そうなのか。グレートビッグボアは食料を巣穴まで持って帰るつもりなのかな？　いや、これは違うぞ……。

「ライオネル、グレートビッグボア以外にも小型の魔物もいるようだ」

「まさか、ビッグボアも一緒なのですか？　なるほど、確かにあり得ることですな。それで、どうしてユリウス様はそのことが分かるのでしょう？」

ライオネルが探るような目をこちらに向けている。まずいな。スキルのことはできれば内緒にしておきたい。よし、ごまかそう。

「ライオネル、そんなことより迎え打つ準備を整えろ。ビッグボアの数は六だ」

「承知いたしました。直ちに」

ライオネルが走った。ふう、ヤレヤレだぜ。なんとか話をそらすことができたぞ。まあ、ビッグボアが増えたところで大した問題じゃないんだけどね。そんなに強い魔物ではないので簡単に倒すことができるだろう。

騎士たちが戦闘態勢を整えている場所に向かった。隊商の護衛は自分たちの車列を守るべく周囲を警戒しているようだ。そっちには何もいないと言ってもたぶん無駄だろうな。騎士たちが俺のことを信じている、いや、盲信しているからこそ、この戦闘態勢が取れるのだ。

「見えました！　先頭がグレートビッグボアです！　で、でかい！」

木の上にいる斥候が叫び声をあげた。遠くから足音が聞こえてきたと思ったら、すぐにズシンズシンと音が大きくなっていく。

「後方にビッグボアが六体います！」

あらかじめそのことを知っていた騎士たちが動揺することはなかった。慌てたのは後ろの隊商の護衛たち。なぜか慌てふためきながら、車列の周りをウロウロしていた。

斥候は弓矢で攻撃を始めた。たぶん、グレートビッグボアには大したダメージを与えることはできないだろう。硬い毛皮が矢をはじくはずだ。それでも相手の動きの阻害にはなる。

木々をなぎ倒しながらグレートビッグボアが街道に躍り出た。

初めてグレートビッグボアと遭遇したときは、ゲーム内だと分かっていながらもその迫力に圧倒されたものだ。今ではすっかり慣れてしまったけどね。

「ウインドブレード！」

グレートビッグボアは真っ二つになり、その場に大きな魔石を残した。大将があっという間にやられたことも知らずに、子分のビッグボアたちが飛び出してきた。

「アースニードル！」

地面から一斉に、硬い石でできた針が何本も突き出た。あっという間にビッグボアたちが串刺しになり、魔石だけが残る。

「うん。まあ、こんなもんかな。魔石を回収しておいてね。新しい魔道具を作るときに使うかもしれないからさ」

よしよし、今回は被害をゼロで抑えたぞ。本気を出せばどうと言うことはないのだ。さすがだな、俺。騎士たちがけげんそうな顔をしながら魔石を拾っているのが印象的だった。はて？

「ユリウス様、ちょっと」

馬車に戻ろうとしたところをライオネルに呼び止められた。なんだか目が細くなっているぞ。この目には見覚えがある。あきれた人がする目だ。

「どうした、ライオネル？　魔石の回収が終わったらすぐに出発するぞ」

「それはもちろんですが、ユリウス様が先頭に立って戦うのはどうかと思います。万が一のことがあったら、我々の立つ瀬がありません」

おっと、どうやら仕事を取られて怒っているようだ。活躍の場がなかったら〝護衛なんていらないじゃん〟とか言われるとでも思ったのかな？　そんなこと言うつもりはまったくないのに。そしてどうやら俺のことが心配だったようである。

「大丈夫だよ。そんじょそこらの魔物には後れを取ることはないからさ。ドラゴンだって片手で倒せるぞ？」

ハァ、とライオネルが深いため息をついた。同時に首も左右に振っている。なんだろう、ライオネル、ちょっと老けた？

「そうかもしれませんが、それでも危険なことに首を突っ込んではいけません」

「善処するよ」

「いえ、善処ではなく、やめて下さい」

「あ、ああ、分かったよ。やめておくよ」

ライオネルのただならぬ気迫に押されてしまった。どうやら本気でやめてほしいみたいだ。これからはライオネルがいないのを確認してから行動するようにしよう。

馬車に戻ると妹のロザリアが飛びついてきた。涙で顔はグショグショである。ミラの自慢の毛並みも若干湿っていた。慌ててハンカチで二人を拭いてあげる。それで少しはロザリアも安心したようだ。

「お兄様、外が静かになりましたけど、どうなったのですか？」

「すべて片づいたよ。すぐに馬車も出発するはずさ」

ロザリアを膝に載せ、頭をなでながら待っているとほどなくして馬車が動き出した。そこからは特に問題なく馬車は進み、次の町にたどり着いた。

たどり着くと同時に、商人から再びお金が贈られてきた。別に脅したわけではない。商人からのほんのお礼である。たぶん。

宿に入ると、少しではあるがお酒を騎士たちに振る舞った。もちろんお金の出所は商人からもらったお礼である。

旅の途中はみんなで一緒にご飯を食べる。これをロザリアも気に入ったみたいで、楽しそうにしていた。俺も楽しい。屋敷でもそうしてくれたらいいのにと思う。

「それにしても、ユリウス様には驚かされっぱなしですよ」

「そうですとも。あの大きなグレートビッグボアを魔法で簡単に倒してしまうのですからね」

「そうそう。ビッグボアもあっという間に全部倒してしまうし。俺たちがいる必要あるかなって、正直、思いましたね」

ちょっとお酒に酔っておしゃべりになった騎士たちが面白半分で話している。それを食い入るように聞いていたロザリア。なんだろう、あとでお父様とお母様に告げ口されそうな気がする。

「お兄様、どんな魔法を使ったのですか？」

「え？　なんだったかな～、思い出せないな～。ライオネルたちが倒したんじゃないの？」

ロザリアが〝ウソつき〟みたいな目で俺を見ている。やめて、そんな目で俺を見ないで。どうやってごまかそうかと思っていると、俺の代わりに隣に座っていたライオネルが口を開いた。

「ロザリア様、ユリウス様は〝ウインドブレード〟と〝アースニードル〟という魔法を使ったのですよ。ロザリア様はこの魔法をご存じですかな？」

あ、ライオネルがロザリアに余計な知識を植えつけている！　ロザリアがちょこんと首をかしげた。くそう、かわいいじゃないか。

「どちらも聞いたことがない魔法です。お兄様はその魔法を先生から教えてもらったのですか？」

まずい、どうしよう。そうだと言えば、今度ロザリアがカーネル先生にその魔法について聞くかもしれない。そのとき返ってくる答えは〝そんな魔法は教えてない〟だろう。

本で読んで覚えたことにするか？　いや、それだと、あとでその本を見せてくれと言われかねない。

「ゆ、夢で見たんだよ。夢で。いや～、俺には魔法の才能が眠っているみたいでさ～」

てへぺろ、と舌を出してみせた。ロザリアとミラとライオネルがねっとりとした目で俺を見ている。くっ、ごまかしきれないか？

「おっと、忘れるところでした。ユリウス様はどうして魔物が来るのが分かったのですか？」

周囲で騒いでいたはずの騎士たちの視線がいつの間にか俺に集まっていた。

この場を切り抜ける方法、この場を切り抜ける方法……。

「か、勘だよ、勘。どうも第六感が優れているみたいでさ。それに、ミラが魔物がいるぞって教えてくれたからね。その方向に意識を集中していたら、魔物の動きが手に取るように分かったんだよ。あはは……」

シン……と静まり返る。だれも笑わない。ここ、笑うところだったのに。それじゃ、奥の手を使うしかないな。

「あー、だれも俺の話を信じてくれないのかー。もう魔法薬を提供するの、やめようかなー？」

チラチラと視線を送ると、明らかに騎士たちの顔色が悪くなったのが分かった。一度でも蜜の味を知ってしまうと、もう元には戻れないのだよ。お分かりかな？

「そ、そうですよね！　さすがはユリウス様！」

「ユリウス様の第六感、マジ半端ねぇ！」

「さすがユリウス様！　そこがしびれる、憧れる！」

ドッと騎士たちが騒ぎ出した。その様子を見て、さすがのライオネルもこれ以上追及するのをやめてくれた。ただ、ロザリアのほほは膨らんでおり、ミラは半眼でこちらを見ていたけどね。だがそれも、ひたすらなでまわして、ひたすら甘やかすことでなんとかなったようである。

グレートビッグボアに遭遇するという、思わぬアクシデントがあったものの、その後の旅は順調に進んだ。ハイネ辺境伯領の領都が近づくにつれて再び街道の幅が広くなっていった。

「ロザリア、もうすぐ領都に着くみたいだよ」

「馬車の旅がこんなに大変だとは思いませんでしたわ。お尻が痛いです」

どうやらふかふかクッションでも限界があったようである。もう少し揺れが抑えられた馬車だったらよかったんだけどね。その辺りの技術はまだ発達していないのかな？　魔道具があるくらいだから、バネくらい開発されてもよさそうなんだけど。

「それじゃ、お尻が痛くならないような魔道具を作らないといけないね」

「そんな魔道具を作れるのですか？」

「んー、無理かなー？」

「むう！」

ほほをリスのように膨らませたロザリアが、ポコポコと俺をたたいてきた。どうやら俺にからかわれたことに気がついたらしい。そのほほをつついて空気を抜いていると、ライオネルから声がかかった。

「ユリウス様、ロザリア様、領都が見えて参りました」

馬車の窓から二人で身を乗り出すと、前方に懐かしい光景が広がった。とは言ったものの、一ヶ月も留守にしていなかったんだけどね。

王都を出発して六日後、俺たちは無事に領都へと帰ってくることができた。屋敷に到着すると、使用人と騎士たちが出迎えてくれた。

「ユリウス様、お帰りなさいませ」

「お帰りなさいませ」

「ただいま。特に変わりはなかったかな？」

「はい。問題はありません」

どうやら何事もなかったようである。ちょっと安心した。荷物を下ろし、一息ついたところでライオネルを呼んだ。まずはお互いの知っていることのすり合わせが必要だ。

ロザリアには、ミラに屋敷内を案内するように言ってある。ミラはこちらの言葉を理解することができるので、屋敷内のどこに行ってはよくて、ダメなのかを教えておいて損はないだろう。

まあ、ロザリアに聞かれたらまずい話をするから、その対策でもあるんだけどね。

「ライオネル、俺がおばあ様からプレゼントをもらったことを知っているか？」

「プレゼント？　いえ、そのような話は聞いておりません」

ライオネルが首をひねりながら答えた。どうやらお父様は魔法薬の本のことをできる限り秘密にしておきたいようである。

「そうか。それじゃ、万能薬のことをお父様に話したか？」

「はい。お話ししました。大変驚いておりましたが、マーガレット様が亡くなった今、そのことについては秘密にしておくそうです」

なるほどね。もしかするとお父様は、俺がタウンハウスに到着した時点では、まだ俺にあの本を渡すつもりはなかったのかもしれない。きっと時期を見て渡すつもりだったのだろう。ところが、ライオネルから俺が万能薬を作ったことを聞いた。お父様はどう思っただろうか？

少なくとも、俺が適当に素材を混ぜて作ったとは思わないだろう。それならば、どうやって俺が万能薬の作り方を知ったか。きっと、おばあ様にひそかに教えてもらったと思うはずだ。それはつまり、おばあ様がすでに俺の実力を評価しているということにつながる。

俺が次々と使いやすい魔法薬を生み出しているのは、おばあ様の薫陶のたまものだと思ったことだろう。それでお父様は急きょ、おばあ様秘蔵の魔法薬の本を俺に渡したのだ。

それはおそらく、俺が魔法薬を作ることを黙認するということと捉えていい。

ライオネルは信頼できる。話してもいいだろう。というか、話して手伝ってもらわなくてはいけない。

「ライオネル、実はお父様から、おばあ様が生涯にわたって書き続けた魔法薬の本を受け取ったんだ。それはきっと、おばあ様が俺のことを後継者として認めたということだと思う」

ちょっと驚いた表情をしたライオネルだったが、すぐに大きくうなずいた。

「おそらくそうでしょう」

「それじゃ、おばあ様が使っていた魔法薬の調合部屋を使ってもいいってことだよね？」

「そう、かもしれません」

ライオネルがちょっと言葉につまった。一体何を言い出す気だと思っていることだろう。なに、ライオネルくん、そんなに難しいことではないよ。

「別館にある設備の方が最新式みたいだから、本館にその設備を丸ごと移したいと思ってるんだよ。動かすのを手伝ってほしい」

「設備をですか？　まあ、そのくらいならなんとか……」

ちょっと安心した様子である。ついでにあの色々な素材が入っていた箱も一緒に持ってきてもらおう。中に入っている素材の質はあまりよくないが、箱はずいぶんと立派だった。魔法陣で改造すれば、長期保存できる素材入れに転用できるだろう。

翌日、ライオネルはすぐに行動を開始してくれた。本館にあった古い設備は廃棄し、新しいものへと入れ替えてゆく。もちろん、使えそうなものは取ってある。ここで魔法薬を作る人員が増えたときに対応できるようにするためだ。蒸留水なんかはよく使うので、常にだれかに作っておいてもらいたいくらいである。

その間に俺は長期保存容器の改良を行った。俺がまた新しい魔道具を作っていると思ったロザリアがしきりにのぞきにきた。ミラも手伝いたいと思っているのか俺にひっついている。かわいい。ついつい作業が遅れてしまう。

「お兄様、この長期保存容器を使えば、食べ物もずっとおいしいままになりますよね？」

「そうだね。でもまあ、温度調節機能をつける必要があるかもしれないけどね」

さすがにできあがった料理を長期保存するのは難しいだろう。あくまでも最適な温度と湿度を保つくらいである。だがそれさえできれば、ほとんどの魔法薬の素材を品質の高い状態で長く保管することができるはずだ。

以前作った〝長期保存用の箱〟は密閉性がイマイチだったので、そこまで長くは保存することはできなかった。当時はすぐに素材を使っていたのでそれで問題がなかったのだが、これからはレアな素材も集める必要が出てくるだろう。

そしてそれらのレア素材はすぐに使うわけではない。そのためどうしても長期保存する必要が出てくる。そこでこのおばあ様が使っていた、密閉性の高い箱が役に立つ。

「ユリウス様、装置の入れ替えが終わりました。このあとはどうしますか？」

「それなんだけど、おばあ様は薬草園を作ってはいなかったんだよな？」

「はい。そのようなお話はうかがっておりません。魔法薬に使う素材のすべてを、魔法薬ギルドから購入していたはずです」

さすがに俺が魔法薬の素材を買うのはまずいだろう。使用人の中に魔法薬師がいれば、そこから購入することもできたのだが、それは無理そうだ。それならば、自分で栽培するしかない。

「薬草園を拡張したいと思っている。おばあ様とおじい様が使っていた温室を使うことはできないかな？」

そうなのだ。実はハイネ辺境伯家には立派な温室があるのだ。聞いたところによると、この温室はおばあ様が高位の魔法薬師として国に迎えられたときに、国が用意してくれたものらしい。

国はきっと、魔法薬に必要な素材の栽培に使ってもらおうと思っていたはずだ。しかし、おばあ様はそれをしなかった。俺が聞いているのは温室があるという話だけである。

おばあ様の過去に何があったのか。今はもう、それを聞くことができない。だが、お父様なら何か知っているかもしれない。いつの日か聞いてみたいところである。

「分かりました。すぐに調べて参ります」

そう言うとライオネルは足早にこの場を去っていった。

魔法薬を作るための設備の移動も終わり、新しい長期保存用の箱も完成した。これでいつでも魔法薬を作る準備は整ったと言えるだろう。見せてもらおうか、最新設備とやらの性能を！

だがしかし、今から作業するには遅すぎた。もう夕食の時間である。俺が特に指示を出さなくても夕食はしっかりと準備されている。さすがは辺境伯家といったところだな。俺の出番は非常時しかなさそうである。

「少し、寂しいですわね」

広い食堂には俺とロザリア、そしてミラしかいなかった。ミラは目の前に出された果物に夢中のようで、体を果汁まみれにしながら食べている。これはお風呂でしっかりと洗ってあげないといけないやつだな。

「騎士たちや使用人たちと一緒に食べることができたらよかったんだけど、さすがにそうはいかないからね。それでも今はミラが加わっている。前よりはにぎやかになってるよ」

「キュ？」

名前を呼ばれたミラが俺の方に飛んできた。

やめて、服がベトベトになるから！　あーあ、やっぱりダメだったよ。

そんな俺とミラの様子を見てロザリアが笑っている。これで少しは気が紛れたかな？

食事が終わるとお風呂の時間である。当たり前のように俺が風呂に入っているときに、ミラを連れて入ってくるロザリア。

ロザリア、さっき〝私がミラちゃんを連れて、一緒にお風呂に入りますわ！〟って言ってたよね？

これはちょっと違うんじゃないかな？

シャワーを使って丁寧にミラの体についたベトベトの果汁を洗い落とす。これがなかなか厄介だった。

「ミラ、もう少しキレイに食べられないのか？」

「キュ？」

なんのことかサッパリ分からないとばかりに、首をちょこんとかしげるミラ。そのかわいい仕草にロザリアが悲鳴をあげて抱きついている。

うーん、ダメそうだな。これはミラ専用のよだれかけのようなものを作ってあげた方がいいな。いや、いっそのことミラの服でも作るか？

お風呂からあがると、ロザリアにミラを乾かしてもらうように頼んでおいた。さっそくロザリアは自分が作った冷温送風機のところにミラを連れていって乾かし始めた。その隣では使用人がロザリアの髪を乾かしている。

俺はこのすきに自分の部屋へと戻った。部屋の鍵をしっかりとかけると『亜空間』スキルを発動して、中からおばあ様から受け継いだ魔法薬の本を取り出した。ごっそりと何かが抜けるのを感じながら、机の上に本を広げる。

もらったときにチラリと見たが、今度はしっかりと、隅々まで読むことにした。おばあ様はこの世界で魔法薬師として五本の指に入るほどの実力者だ。そのおばあ様が書いたものならば、この世界における魔法薬の諸事情がハッキリと分かるはずである。

パラリとページをめくる。まずは見出しが書いてあり、魔法薬の名前がズラリと並んでいる。だがしかし、表記の一部が間違っているものがあるようで、読めない文字があった。

字は間違いなくおばあ様のものだ。高位の魔法薬師であるおばあ様が字を間違えるのか？　それにしては間違いが多いような気がする。

疑問に思いながら最初の魔法薬の作り方が載っているページを読み進めた。そこには初級回復薬の作り方が載っていた。しっかりと図解されており、これを読めばだれでも作ることができるだろう。

製法は……俺の知っている作り方とよく似ていた。少なくとも、おばあ様がやっていたように、薬草を煮詰めたりはしていない。

おかしいな？　それにまた、表記が間違っているところがあるぞ。前後の文字から何が書いてあるのかは推測できるけど気になるな。

その後も間違いの表記があるページが続いた。そして三分の二ほど読み進めたところで、再び目次があった。今度の目次には文字の間違いはない。

恐る恐る初級回復薬の作り方のページをめくると、そこにはおばあ様が作っていたやり方が書いてあった。例のゲロマズ初級回復薬の作り方である。

「なんだこれ、どうなってるんだ。何が起きているんだ？」

俺はもう一度、最初のページに戻った。そして気がついた。

前半部分に使われている文字が、俺たちが使っている文字とは違う。

俺がそれをスラスラと読めたのは、きっとゲーム内補正がかかっているからだろう。つまり、今の俺はどんな言語でも読むことができるというわけだ。そういえば、王城の図書館にあった禁書も読めたな。あれも、だれも読めない書物だったはずである。

本の中に読めない文字がいくつもあったのは、おばあ様が写本した本の表記自体が間違っていたか、おばあ様の書き間違いなのだろう。

失われた古代文字か。どうやらそれと共に魔法薬の作り方も失われてしまったみたいである。その時代に一体何があったのだろうか。

どうやら偶然発見された本の図解を見て、当時の魔法薬師たちは魔法薬を作ったみたいだな。

初級回復薬のページには薬草をコップに入れ、下から火であぶっている図があった。これを参考にしたのだろう。だが、どのタイミングで火を止めればいいのか、分からなかったようだ。

でもそれなら、色々と試行錯誤すれば正解にたどり着けそうなんだけどな。

いや待てよ。他の魔法薬師がこの本を欲しがるだろうってお父様が言っていたな。そうなると、古代人の魔法薬の作り方が載っている本は、それほど数がないのかもしれない。それを弟子だけに受け継いでいたと仮定すると、魔法薬の改良は遅々として進まなかったことだろう。

結局、残りの三分の一がおばあ様が実際に魔法薬を作るときに使っていたレシピのようである。だがそのどれもが頭を抱えてしまいそうな作り方だった。

ゲロマズ魔法薬、ここにきわまれり。

まさに〝一命を取り留めることができるだけでもありがたや〟である。

「お兄様〜、お兄様！」

「キュー！」

ガチャガチャとドアノブを回して扉が開かなかったことに驚いたロザリアが叫び声をあげた。それにつられてミラも悲鳴をあげる。これはまずい。

俺は急いでベッドの下に隠してある金庫に本をしまうと、扉を開けた。

「どうしたんだい、二人とも。そんな声を出して」

「え？　だって、お兄様の部屋のドアが……」

「キュ……」

悲鳴を聞きつけた使用人たちが何事かとやってきた。これはうかうか本を読んでいる暇はなさそうだぞ。さてどうしよう。

集まって来た使用人たちに〝部屋のドアに鍵がかかっていたことにロザリアが驚いただけだ〟と説明すると、ヤレヤレ、といった様子で戻っていった。心配をかけてごめんなさい。

「どうしたんだい、ロザリア？」

「どうしたって、お兄様、そろそろ寝る時間ですよ」

「ええ！　もうそんな時間なの？」

部屋の壁にかけてある時計を見ると、確かにロザリアの言う通り、寝る時間に差し掛かろうとしていた。どうやら思った以上に長い時間、魔法薬の本を読みふけっていたようである。

「ロザリア、それなら別に、ミラと二人で、自分の部屋で寝てもいいんだよ？」

「でも、ミラちゃんも三人の方がいいって……」

「キュ」

そうなの？　キュしか言ってないから分からなかったよ。まあ、みんなが帰ってくるまで寂しいのは確かだろう。家族全員がそろうまではなるべく一緒に過ごすのがいいのかもしれない。俺たちはそのまま川の字になって眠った。

ちなみにロザリアはベッタリと俺にくっついて眠り、その間にミラが挟まるように眠っていた。ミラはよくそんな窮屈な状態で眠れるよね。さすがは聖竜といったところなのだろうか。不思議だ。


翌日から俺は温室の手入れに集中することにした。もうすぐ冬がやってくる。それまでに温室内に薬草園を作っておけば、冬でも収穫することができるようになる。今から頑張れば、なんとかなるはずである。他の作業は後回しだ。

「お兄様、今日は何をするのですか？」

「今日は温室の手入れをするつもりだよ」

「私も手伝いますわ」

「キュ！」

「ありがとう」

とは言ったものの、ロザリアとミラが役に立つかどうかは微妙である。ミラはともかく、ロザリアを泥だらけにするわけにはいかない。どうしたものか。こんなことなら作業着でも準備しておけばよかった。

朝食が終わるとすぐに騎士団の宿舎へと向かう。俺一人の力では無理なので、ここは同志の力を借りる必要がある。ライオネルはすでにこうなることを想定していたようで、すぐに騎士たちが集められた。

騎士たちを引き連れて別館の近くにある温室へと向かった。大きなガラスの窓がいくつもついているが、そのどれにもツタが絡みついている。あれでは十分な光を取り込むことはできないだろう。

「初めて温室に来たけど、おばあ様が俺たちをここに連れてこなかったのも納得だな」

そこには俺が想像していたのとはまったく違う光景が広がっていた。外壁だけでなく、内壁にもツタがはびこっているようだ。

そして中はとにかく荒れ放題。管理していたのかも怪しいくらいで、乾燥した地面の上にはまばらに雑草が生えているだけだった。おそらく水やりなどは行われていなかったのだろう。

薄々感じてはいたのだが、おばあ様はあまり積極的には魔法薬に関わろうとしていなかったようである。最初からそうだったのか、途中からそうなったのか、今となっては分からない。

間違いなく言えることは、新しい魔法薬を作ろうだとか、魔法薬の品質をあげようだとかは思っていなかったようである。それがこの温室のありようだ。

「ユリウス様、まずは何から始めましょうか？」

「まずはツタを取り除くところからだな。あとは中を片づけて、温室の機能が使えるのかを調べないといけない」

「かしこまりました。直ちに作業を開始します」

そう言うと、ライオネルを含めた騎士団のみんなが作業を開始した。この人数なら午前中には終わりそうである。

「ロザリア、ミラ、俺たちは温室の中を片づけよう」

「分かりましたわ」

「キュ」

温室の中に足を踏み入れると、ムワッとした生暖かい空気と共に、カビの匂いがした。ロザリアとミラが顔をしかめた。俺も同じ顔をしていると思う。中には鉢植えなどの園芸用の道具が置いてあった。

「一応、何かしらを育てようとはしていたのかな?」

「これは土が入った袋ですわ。お母様が花壇を作るときに使っていましたわ」

「どれどれ……確かにそうだね。でも、もうずいぶんと古い土みたいだから使えないね」

温室内にあるものを見る限り、どうも最初からこの状態ではなかったようである。おそらく、その昔はここで薬草を栽培していたのだろう。それがあるときパッタリとやめてしまったかのようである。

古い土やいらないものを外に運び終わるころには、温室の壁に絡みついていたツタ類はすべて取り除かれていた。温室の中には再び暖かな光が差し込むようになっている。

温室の扉を全開にして、中の空気を入れ替える。

「よし、それじゃ、温室の設備が機能するかを調べよう。どこで操作するのかな？」

「こちらです。ここにあるパネルで操作できます」

ライオネルが案内してくれた場所は、温室内の片隅にある金属製の箱だった。箱を開けると、中にはダイアルとボタンがあった。ダイアルで温度を調節して、ボタンでオン・オフを切り替えるみたいである。すぐ隣に魔石を入れるスペースがあったが、中身は空だった。

「お兄様、これは一体どのような魔道具なのですか？」

「たぶんだけど、この部屋を暖める魔道具だと思う。見た感じでは暖かい空気を出すタイプではなさそうだな」

室内には特に魔道具は見当たらなかった。そうなると、もしかして地面の中にあるのかな？『探索』スキルを使うと、地面の中に配管のようなものがあることに気がついた。その配管は外へと続いているようである。

配管をたどると、ちょうど操作パネルの裏側へと続いていた。そこには浴槽のようなものがあった。中は空である。

「お兄様、これは？」

「たぶんだけど、ここで水を温めて、その温かい水を地面の下にある配管に流していたんじゃないのかな？」

「この下に配管があるのですか？」

「そうだよ。どんな状態かを確かめたいから、試しに掘り起こしてみよう」

騎士たちに指示を出して掘ってもらった。すると、三十センチほど掘ったところで、金属製の配管が姿を現した。これだけの配管を作るのは大変だったことだろう。それを地面に埋めて温室にしているのだ。この温室にはかなりのお金がかかっているはずである。

「本当に出てきましたわ。どうして分かったのですか？」

「え？　えっと、勘かなぁ」

「キュ……」

ミラが半眼でこちらを見てきた。これは信じていない目である。ロザリアみたいに信じてくれたらよかったのに。

あらわになった金属製の配管をよく見ると、ところどころが腐食していた。どうやら温室を作った当時の技術では、腐食しない配管は作れなかったようである。

「どうやらこのままじゃ使えないみたいだね。しょうがない、全部掘り起こそう。土が腐食した金属で汚染されるといけないからね」

とは言ったものの、地下に埋設されている配管はかなりの長さがある。これを騎士たちに掘ってもらうのは骨が折れる作業になるだろう。

ならばどうするか。魔法を使うでしょ。

「ちょっと下がってて……ガイアコントロール！　からのアースニードル！」

硬くなっていた土を柔らかくしたあとで、配管を石のくいで持ち上げた。これで温室に埋められていた配管が地表にむき出しになった。

「これは思った以上に腐食が進んでいたな。掘り出して正解だったよ」

最初に掘り出した場所はまだマシな箇所だったようであり、むき出しになった部分には原形をとどめていない場所もあった。

「お兄様、前から思っていたのですが、魔法を使うのがとても上手ですわよね？　どうしてですか？」

「そ、それは……先生に習ったからだよ」

「キュ……」

あ、またミラが半眼でこちらをにらんでいる。ミラがしゃべれなくて助かったぜ。ふう、ヤレヤレだぜと思いながら、あっけに取られている騎士たちに指示を出す。

「配管を全部撤去してくれ。どうやら別の方法で温室を暖める必要がありそうだ」

「どうなさるおつもりですか？」

「冷温送風機を改造したものを温室に取りつけようかと思っている」

配管を埋設する方法はやめた方がいいな。メンテナンスが面倒くさい。そこで俺は温室全体を温めることができる空調設備を作ろうと思っていた。

「新しい魔道具を作るのですね」

「そういうことになるね」

「さすがはお兄様ですわ！」

目を輝かせたロザリアが俺に抱きついてきた。とてもうれしそうである。そしてこの目は知っている。この目は魔道具師の目だ。

どうやらロザリアはそちらの道に進むことになりそうだな。まあ、それはそれでいいのかもしれない。俺の代わりに魔道具を作ってもらうことにしよう。適材適所とはまさにこのことを言うのだろう。

「ライオネル、これから魔道具を作ってくるから、その間に土作りを頼む」

「かしこまりました」

ライオネルと共に騎士たちも敬礼した。騎士たちは薬草園の警備だけでなく、管理も手伝ってくれている。そのため、土作りもできるようになっているのだ。任せてしまって大丈夫だろう。その間に魔道具を作ってしまおう。そんなに難しくはないので、すぐに完成するはずだ。

第六話

やっぱり楽しいものづくり！

屋敷に戻るとさっそく作業を開始した。必要なものは冷温送風機。それに水の魔法陣を組み込んで、湿度を一定に保つことができるようにするのだ。閉め切った室内で冷温送風機を使った場合、湿度がどうなるのかは検証したことがないので分からない。

実際に温室内で薬草を育て始めてから、〝空気が乾燥しすぎて枯れました〟では非常に困る。そうならないためにも先手を打っておくべきだろう。必要なかったらそのときはそのときだ。

作り慣れた冷温送風機を作り、そこに新しい魔法陣を組み込む。天井に設置して使いたいので、今回は横に平たい形にした。さらに、少しでも室内の空気の流れがよくなるように、風の吹き出し口に羽板をつけて拡散するように工夫してある。

「できたぞ。急いで作った割にはそれなりのものができたと思う」

「さすがですわ、お兄様。さっそく使ってみましょう！」

ワクワクした表情のロザリアが試運転を開始する。空気の排出量はこれまでの冷温送風機よりもずっと大きい。勢いよく、ブオンと風が吹き出した。

「キャ！」

「キュ！」

楽しそうに二人が風を受けている。ミラにいたっては、風に負けじと小さな羽で飛んでいた。あの小さな羽でどうやって飛んでいるのか、とても疑問である。だが、楽しそうで何より。

室内用冷温送風機が完成したところで昼食をとった。午後からさっそく取りつけに行こう。大きくなりすぎて子供の力では持ち上げられなくなっていたので、使用人に持ってきてもらった。

「そうそう、その位置がいいかな」

「まさか本当にすぐに作ってくるとは思いませんでした」

「冷温送風機を改造しただけだからね。すぐに終わるさ」

ライオネルはあきれながらも設置するのを手伝ってくれている。午前中に頼んでおいた土作りは順調なようである。あと四分の一ほどで終わりそうだ。これなら今日中に薬草や毒消草の苗を植えることができそうだな。

まずは枯れても大きな損害を受けない、この二つで始めてみようと思う。温室栽培は初めてだ。何が起こるか分からない。しっかりとデータを取ってから次の段階に移行したいところである。

室内用冷温送風機が無事に設置されたのでさっそく動かしてみる。温室内に温かく、湿った空気が流れ始めた。

「今のところは問題なさそうだね。あとは様子見だな」

「ユリウス様、この魔道具はお屋敷の中にも設置した方がよろしいのではないですか？」

「そうだね。それならついでに騎士団の宿舎にも設置しておこうかな？　そうすれば薪《まき》の消費もずいぶんと抑えられるだろうからね」

冬になると薪の消費が激しくなる。それにつられて当然薪の値段も高くなる。最終的には魔石の値段を超えてくるだろう。費用削減のためにもハイネ辺境伯家全体に設置してもいいかもしれない。

そうと決まればさっそく量産開始だ。次からはロザリアにも手伝ってもらえるので楽できるぞ。

そうだ、小型のものも作って、馬車に取りつけられるようにしておこう。そうすれば、馬車での旅も、もっと快適になるはずだ。

屋敷に戻った俺たちはすぐに魔道具作りに入った。ロザリアに作り方を詳しく教えながら、同時に設計図も作る。もちろんあとで領内の魔道具ギルドに売りつけるためである。

魔道具の開発はするから普及は任せたぞ。その分のもうけはあげるからさ。

ロザリアと一緒に魔道具を作っていると、温室の土作りが完了したとの報告があった。

「ロザリア、俺は温室に行くけど、どうする？」

「ここで魔道具を作っていますわ」

「分かったよ。ケガだけはしないように気をつけてね」

予想はしていたけど、やっぱりフラれてしまった。どうやらロザリアは魔法薬には興味がないようだ。どこかに助手になってくれそうな人はいないかな。

ロザリアを使用人に託すと、ミラと一緒に温室へ向かった。温室内に入るとすぐに、ムワッとした湿った空気が迎えてくれた。どうやら新しい魔道具は問題なく機能しているようである。

地面には先ほどとは違い、畝がいくつも並んでいた。これならすぐに苗を植えることができそうだ。温室の片隅にはすでに薬草と毒消草の苗が用意してある。さすが、気が利くな。

本当なら騎士団の人たちにこんなことをやらせるべきではないのだが、ライオネルと騎士たちにも手伝ってもらうことにした。みんなは喜んで引き受けてくれた。

「それじゃ、苗を植えよう。こっちが薬草でこっちが毒消草だ。間隔は広めに、手のひら二つ分くらいにしておこう」

「ずいぶんと広いですね」

いつもは拳一つ分の間隔で植えているのを知っているライオネルが驚いている。

「一度、広い間隔で植えたらどうなるのかやってみたかったんだ。それでもまだ、温室の広さには余裕があるから問題ないよ」

みんなへの説明を終えると、俺たちは黙々と等間隔に苗を植えた。その間、ミラは温室の中を飛び回っていた。退屈していないかと心配だったが、それも無用だったようである。

植え終わったらタップリと水をあげないといけない。近くの水場からくんできた水をじょうろに移し替えて水やりをする。

ちょっと効率が悪いな。スプリンクラーでも作ろうかな？　そうしよう。

「水やりが大変そうだから、楽になるような魔道具を考えておくよ」

「それはありがたいのですが、もう次の魔道具を思いついたのですか？」

ライオネルがあきれている。もうってなんだよ、もうって。

これはまずいな。スプリンクラーの魔道具はコッソリ作って、コッソリ設置しておこう。これ以上、ライオネルの関心を引くのはやめた方がいいような気がする。危険だ。危ない。

その後はなんとかごまかしながら作業を終わらせた。

「ただいま、ロザリア」

「お帰りなさい！」

屋敷へ戻ってくるとロザリアが抱きついてきた。どうやら魔道具を作っていても、寂しかったようである。これは兄離れするまでにはまだまだ時間がかかりそうだぞ。

そんなロザリアは何かに気がついたようである。ちょっと首をかしげて俺を見上げた。

「お兄様、なんだかずいぶんと疲れているみたいですね？」

「うん、まあ色々とね。ロザリアの方は順調みたいだね」

見ると、二台目の室内用冷温送風機の作製に取りかかっていた。……え？　早くない？　確かにもうすぐ日が暮れる時間帯になるけど、この作製速度は異常だ。もしかして、ロザリアって魔道具師としての才能があるのかな？　驚いてロザリアを観察していると……『クラフト』スキルを使っていた。いつの間に覚えたんだ。

「ロザリア、いつの間にそんなことができるようになったんだい？」

「何がですか？」

小首をかしげるかわいい妹。はわはわする口元をそのままに、近くにあった鉄板を『クラフト』スキルを使って手で軽く曲げた。それをロザリアに渡す。

「こういうことだよ」

その様子に驚いたロザリアだったが、渡された鉄板を同じく手で元通りに戻した。そして目を大きくさせて、自分の両手をジッと見ていた。

「気がつかなかったです。お兄様、これは一体？」

「これは……特殊な魔法みたいなものかなぁ？」

心配そうな瞳でこちらを見上げるロザリア。そういえば、この世界でスキルの話をハッキリとは聞いたことがないな。存在しているのは間違いないんだけどね。

もしかすると、まだよく知られていないのかもしれない。そうだとすると、気をつけて取り扱わないといけない案件になるぞ。

「特殊な魔法……」

ロザリアが再び自分の両手を見つめた。どう説明したらよいものか。カーネル先生に聞いたら何か分かるかもしれない。下手に俺が教えると、逆に混乱させてしまうだろう。

「大丈夫だよ、ロザリア。俺も同じことができるからね。今まで気にしたことがなかったけど、確かに変な感じだよね。今度、魔法の先生に聞いてみよう」

無言でうなずくロザリア。どうやら納得はしてもらえたようである。ロザリアがあまり考えすぎないように話をそらす。

「そろそろ夕食の時間になるからね。今日はここまでにして、片づけよう」

「分かりましたわ」

ロザリアと二人で部屋の中を片づける。あとでコッソリ魔道具を作っていたらロザリアに怒られるかな？　どうしたものか。

「キュ」

「ミラちゃんも手伝ってくれるのね。ありがとう」

「キュ！」

どうやらミラはずいぶんとロザリアにもなついているようだ。ミラが人見知りじゃなくてよかった。これなら安心して他の人にも紹介できそうだ。友達にも紹介しないといけないからね。


翌日、午前中は魔法の授業である。そこでさっそくカーネル先生に昨日のことについて尋ねた。

「なるほど。それは私たちが〝潜在能力〟と呼んでいる現象ですね」

「潜在能力？」

「そうです。魔法のように特別な現象を起こすのですが、その原理がまったく分かっていないのです。それに、だれでも使えるわけではありません」

なるほど。確かにそのスキルを習得しなければ使うことができないからね。だれでも使えるわけではないし、だれもがスキルを習得できるわけではないようだ。

「それに魔法のように、呪文を詠唱する必要がありませんからね。そのため私たちの間では魔法とは別物として扱われています」

どうも謎の特殊能力のように取り扱われているみたいだな。研究もあまり進んでいなそうだ。まあ、特定の人しか使えないなら研究も滞るか。

「カーネル先生、他にはどんなものがあるんですか？」

ロザリアが眉をポヨポヨさせながら聞いた。

「他に分かっているのは、物を鑑定する能力、魔力の流れを見る能力、魔物を察知する能力などがありますね。他にもあるのでしょうが、本人が無意識で使っているものが多いために、気がつかないのがほとんどですね」

なるほどね。気がついても、異端者と思われたくないから言わないか。

先生の説明でとりあえずは納得した様子のロザリア。自分の力がおかしなものではないと分かって、少しは安心したようである。

魔法の授業が終わり、昼食を終えると、午後からは領都の視察に向かうことにした。王都に行っていた間に何か問題があったとは聞いていないが、ジャイルとクリストファーに顔を見せておかないといけないだろう。もしかすると、心配しているかもしれない。

「午後からは領都に行くけど、ロザリアはどうする？」

「私も行きますわ」

「キュ！」

二人も一緒に来てくれるようだ。ミラを二人に紹介しようと思っていたので、ちょうどよかった。使いをジャイルとクリストファーに送ると、すぐに二人が屋敷にやってきた。

「お待たせしました」

「いきなり呼び出してすまない。二人にもちゃんと紹介しようと思ってね」

ミラのことはジャイルの父親のライオネルから聞いていることだろう。クリストファーはジャイルからその話を聞いているはずだ。そのため特に驚いた様子はなかった。もちろん興味深そうにガン見していたけどね。

「これが我が家で育てることになった聖竜のミラだよ。ミラ、こっちがジャイルでこっちがクリストファーだ」

「キュ」

ミラが返事をして、首を縦に振った。分かったということなのだろう。それを見た二人が驚いた。

「ユリウス様、もしかしてミラ様は俺たちの言葉が分かるのですか？」

「うん。分かるよ。だから変なことは言わないようにね。かみつかれるかもしれないから」

「かみつく……」

ミラはそんなことをしないだろうが、念のためである。クリストファーが伸ばそうとしていた手を慌てて引っ込めた。

「それじゃ、紹介も終わったことだし、さっそく出かけよう。何か変わったことはあったか？」

「特にはありません。冬に備えて薪が売れ始めたくらいでしょうか」

「うん。いつも通りだね」

ハイネ辺境伯家の家紋のついた馬車が出発した。領内を走ると、こちらを振り向く人たちもいるが、敵意のある目でこちらを見ている人はいなかった。どうやら領民からは嫌われていなそうだ。

俺は魔法薬ギルドの前で馬車を止めてもらった。おばあ様のことを報告した方がいいと思ったからだ。それに魔法薬ギルドで売っている素材をこの目で確認しておきたかった。

「ロザリアとミラは馬車の中で待っていてくれ。なるべくすぐに戻ってくるよ」

そう言ってジャイルとクリストファーと共に馬車を降りた。ライオネルに馬車のことを頼むと、騎士たちを連れて魔法薬ギルドの中へと入った。

受付の人にギルドマスターを呼んでくれるように頼んでいる間に商品を見て回る。

品質はあまりよくないが、それなりの素材がそろっているようだ。置いてある目録を見ると、貴重な素材は奥の金庫にしまってあるらしい。どんな構造の金庫なのかは分からないが、あまり質のよい状態で保存されてないような気がする。高位魔法薬師のおばあ様でさえ、ただの気密性の高い箱を使っていただけだったからね。

種が採れる素材がいくつかあったので購入したかったのだが、今の俺にはその資格がなかった。だれか身近に魔法薬師がいたら代わりに買ってもらえたのに。魔法薬師を雇うか？　それもありなような気がしてきた。

そうこうしているうちに、奥から慌てた様子のギルドマスターがやってきた。

「お待たせしてしまって申し訳ありません」

「いや、構わないよ。先触れを出さなかったのはこっちだからね」

小太りのおじさんが汗をハンカチで拭いながらやってきた。どうやらかなり急いできたようだった。先触れを出しておけばよかったな。すぐに用件を終わらせるつもりだったので、大事にしたくないと思った結果がこれだよ。

自己紹介をしてもらい、本題に入った。

「そうですか。マーガレット様がお亡くなりになったと。無念だったことでしょうな。ユリウス様が大きくなれば自分のあとを継いでくれると、いつも楽しそうに話していたのを昨日のことのように思い出します」

ギルドマスターは泣いていた。ずいぶんとおばあ様と親しかったようである。

おばあ様のために泣いてくれるだなんて、いい人だったんだな。こんなことなら、おばあ様が生きている間に、無理やりにでも魔法薬ギルドに来ておくべきだったな。そしたらもっとギルドマスターのことを知ることができたのに。

これは俺がおばあ様の後継者であることを言うべきか？　いや、危険か。おばあ様の持っていた魔法薬の本が俺の手元にあることに気がつくかもしれない。

おばあ様はギルドマスターのことを信頼していたかもしれないが、俺は会ったばかりだからね。用心するに越したことはないだろう。

魔法薬ギルドでおばあ様についての報告を終えると、再び馬車は領都の通りを走り出した。いくつか欲しい素材があったが買うのは難しい。それなら自力で採取しに行くしかないだろう。

「どうしたんですか、ユリウス様。なんだか難しい顔をしてますよ？」

「クリストファー、また素材採取に行こうかなと思ってさ」

「またですか！　ユリウス様、騎士団や冒険者に頼んだ方がよろしいのではないですか？」

「確かにそうかもしれない」

クリストファーの言う通り、自分で行かなくともだれかに頼めばいいのか。冒険者なら素材採取依頼には慣れているだろうし、問題ないはずだ。それに、魔法薬ギルドで売っている素材は魔法薬師の資格がないと買えないが、素材を採ってきてもらう分には問題ない。

問題としては、『栽培』スキルや、『移植』スキルを持っていないだろうから、植え替えが困難なことだろうか。あとは品質が悪いものを採取してくるかもしれない。

いや待てよ。採取方法を細かく指定しておけばなんとかなるのではなかろうか？　うん、試してみよう。

「よし、冒険者に頼んで素材を集めてもらおう。ついでにレアな素材も頼んでおこうかな」

お金ならある。俺がお金を使える場所など限られているので、こうして冒険者にお金を回すのは領都の経済を発展させるのに効果的だろう。

グルリと領都を見て回ったが、特に問題はなさそうだった。クリストファーが言っていたように、薪を大量に売り出している店が多かった。これだけの薪を毎年消費していたら、そのうち領都付近の木々は全部なくなってしまうのではなかろうか？　植林とかちゃんとやっているのかな。ちょっと不安になってきたぞ。

「ライオネル、領都で売られている薪がどこから持ってこられているか知ってる？」

「薪ですか？　領都近くのクレール山から切り出していますよ。毎年そこでお世話になってます」

「クレール山か。今度、視察に行きたいな。領都でも重要な場所だよね？」

俺の問いにライオネルが眉をひそめた。少し考え込んでいるようである。あれ、もしかして俺、何かまずいこと言っちゃいました？

「可能かと思いますが、これまでハイネ辺境伯家の者が行ったことがありません。そのため、準備に少々時間がかかるかもしれません」

「え、そうなの？　なんで？」

ますます困ったような顔になるライオネル。もしかして、視察に行ってはいけない、何か深い理由があるのだろうか。

「それが、先代様のお父様の時代に、山道がなく移動が困難なので、無理をしてまで視察に来なくても大丈夫だと言われておりまして。実際にこれまでの間、一度も問題はありませんでしたからね。それに先日、今年も問題なしという手紙をいただいております」

「その手紙って、毎年来る手紙なの？」

「いえ、今回が初めてですな」

何その手紙。めちゃくちゃ怪しい予感がするんだけど。こちらから聞いたわけでもないのに、どうして先手を打つかのように手紙を送ってくるのか。

「……それでも視察に行くべきだと思うけどな。もし何か問題を隠していたりしたら大変なことになる。それじゃ、いきなり行って驚かせようかな」

「それはちょっとイタズラがすぎるのではないですかな？」

苦笑いするライオネル。どうやら冗談だと思ったようである。本気だったのに。結局ライオネルは首を縦には振ってくれなかった。

クレール山ってそんなに行きにくい場所にあるのかな？　あとでどんな山なのか調べておこう。

そういえば領地の地形について、あまりよく知らないな。

先生が教えてくれるのはこの国の歴史や、王国全体の地理ばかりだもんな。ときにはハイネ辺境伯領の歴史や地理を学ぶのもいいかもしれない。


領都の視察を終えて屋敷に帰ってきた俺は、すぐに冒険者への依頼書の作成に取りかかった。

もちろん依頼書の作り方など分からないのでライオネルに聞いた。〝そんなもの使用人に丸投げするのが普通だ〟というニュアンスのことを言われたが、俺は自分で依頼書を作れるようになりたかった。

自分で依頼書を作れるようになれば、内緒の依頼もできるようになるからね。そのうちだれも使っていないような素材をお願いするかもしれないし。

まずは簡単な依頼内容を書き上げた。依頼しようと思っているのは、冬虫夏草とポイズントードの粘液である。これらがあればライオネルから頼まれた下痢止めと水虫薬が作れるようになる。

どちらの魔法薬もゲーム内ではただの納品アイテムだったけど、この世界では普通に使うことができるはずだ。

最近、魔道具やぬいぐるみばかり作ってたからね。この辺りで俺がぬいぐるみ職人でないことを見せておかなければならないな。

「おっと、その前に作っておかなければならないものがあったな」

俺はハンカチを取り出すと小さな前掛けを作った。もちろんミラの前掛けである。三つ作ったので、ローテーションで使えばなんとかなるはず。これで食事の際のベトベトから解放されるといいなぁ。

タイミングよく夕食の準備ができたと呼びにきたので、さっそく前掛けを持ってダイニングルームへ向かった。相変わらず三人だけの食事はちょっと寂しい。

「ミラ、おいで」

「キュ？」

近寄ってきたミラに手早く前掛けをセットする。うん、少し大きいけど、これなら広範囲をカバーできるぞ。短時間で作ったものの、乙女心をくすぐるようなフリルをつけてある。

「か、かわいいですわ！　まるでぬいぐるみですわ！」

そう言ってロザリアがミラを抱きしめている。うん、まあ、ミラはある意味、動くぬいぐるみだからね。前掛けをつけたことでそれに拍車がかかってしまった。

前掛けをつけられて嫌がるかなと思っていたが、そんなそぶりもなく、むしろ喜んでいるようだった。ロザリアに自慢するかのように、胸を反らしている。

シャクシャクと果物をかじるミラの胸元に果汁が飛ぶ。だがしかし、それを前掛けがしっかりと防いでいた。

完璧だ。自分の才能が怖い。でもミラの顔には果物の汁がかかっているんだよね。これはプロレスラーみたいなマスクも必要か？

「キュ？」

俺がちょっとズレたことを考えていることに気がついたのか、ミラが首をひねっている。そんなかわいいミラの頭をなでながら食事の時間は過ぎていった。

「ロザリア、新しい魔道具を作ろうかと思っているんだ。今度はボタンを押すと、勝手に草花に水やりをしてくれる魔道具だ。どんな魔道具にするか、一緒に考えてくれないかな？」

「もちろんですわ。それならまずは水が出る魔法陣が必要ですわね」

ロザリアを一人前の魔道具師にするべく、俺は行動を開始した。まずは自分の力で新しい魔道具を開発する力をつけさせる必要がある。そのためには、これまでみたいにすでに完成した魔道具と設計図を見せて作らせるだけではダメだ。

そこに行き着くまでの、発想、試作、失敗、改善のサイクルを何度も回す力が必要になってくる。魔道具作りが甘くないことも、同時に教えておかなければならないからね。今回の俺はアドバイザーに徹するのだ。

夕食をすませ、ロザリアと新しい魔道具についてあれこれと話したあとはお風呂の時間だ。今回はミラに前掛けをつけていたおかげで〝洗うのが楽になる〟と思ったのだが、結局ミラの全身を洗うことになった。

どうやらお風呂で全身を洗ってもらうのがお気に召したらしい。ミラはキレイ好きなようである。大きくなったらどうしよう。ミラ専用の風呂場を作らなければならないかもしれないな。

「ミラ、毎日お風呂に入らなくてもいいんだぞ」

「キュ」

ミラは首を左右に振った。答えはノーである。

もしかすると、ミラはまだ生まれたばかりで寂しいだけなのではないだろうか。もう少し大きくなればきっと落ち着くはずだ。そう思うことにしよう。

「お兄様、ミラちゃんは私たちと一緒にお風呂に入りたいのですよ。仲間はずれにしたらかわいそうですわ」

「キュ！」

「うん、そうだね……」

というか、ロザリアもそろそろお兄ちゃん離れしてほしいぞ。今はまだお互いに子供なので許されているかもしれないが、そろそろ世間体が悪くなるぞ。来年辺りからは本格的にまずいと思う。

「お花への水やりはこのシャワーみたいにすればよさそうですわね」

シャワーの魔道具からお湯を出しながら、その様子を観察するロザリア。いいところに気がついたな。このシャワーの魔道具を少し工夫すれば、水やりの魔道具をどのような形にすればいいかひらめくはずだ。

「ロザリア、しっかりと観察して、じっくりと考えてみるといいよ」

「お兄様はもう思いついたのですか？」

「まあね。でも、まだ秘密だよ」

「むう」

ロザリアが口をとがらせて膨れた。簡単に教えたらロザリアのためにならないからね。ここは心を鬼にするんだ。ミラと水遊びをしながら、その表情に気がつかないフリをした。

翌日、朝食の席で、昨日のうちに作成しておいた依頼書を冒険者ギルドに届けるようにお願いした。

依頼書は二枚。冬虫夏草とポイズントードの粘液である。どちらも庭で育てることができない素材だがレアな素材ではない。今の時期なら問題なく採取できるだろう。

採取したものをすぐに納品してもらえれば、品質が高い状態で手元に届くはずだ。

今日の午前中はマナー講習だった。それが終わればダンスの練習。その合間に、お茶会の招待状を書くとしよう。

「お茶会を開いてミラを友達に紹介しようと思っているんだけど、ロザリアはどうする？」

ミラはハイネ辺境伯領で育てることになったのだ。いずれ領民にもその存在がバレる。それならあらかじめ紹介していても問題ないだろう。

「私も友達を呼んでも構いませんか？」

「もちろんだよ。あとで人数と名前を教えてね。招待状もちゃんと書くんだよ」

「分かりましたわ」

ロザリアもミラをみんなに紹介したかったのだろう。弾むような笑顔を見せた。何が起こるのか分からないミラは交互に俺たちの顔を見ていたが、楽しいことが起こるのだろうと予見したようで、飛び跳ねていた。

朝食が終わると、先生がハイネ辺境伯家に到着するまでの間に、薬草園と温室の水やりに向かった。水をくんで水やりをするのが面倒だったので、魔法で水やりをする。

「ユリウス様は本当に魔法を使うのが上手ですな」

一緒に来ていたライオネルが今さらながら感心したような声をあげた。〝そうかな？〟と言葉を濁しつつ、ササッと水やりをする。

これは早いところスプリンクラーの魔道具が必要だな。ロザリアをせっつかないと。

「ライオネル、昨日言っていた、クレール山の視察の件はどうなりそうだ？」

「ただいま連絡をとっておりますので、間もなく返答がくるかと思います」

「そうか。よろしく頼むよ。ここから見える限りでは山には木が生い茂っているし、問題ないとは思うけど、念のため、現状を自分の目で見ておきたいからね」

薪燃料から魔石燃料に替われば、林業を営む人たちが困ることになるかもしれない。その辺りも見極めておく必要があるな。

不用意に需要を変化させて、ハイネ辺境伯領の経済がガタガタになったら、俺もゆっくりと魔法薬の研究をするわけにもいかなくなるだろう。さすがにそれは困る。アレックスお兄様には頑張ってもらうつもりだけど、俺も頑張らなければ。

水やりを終えるとマナー講習の時間になった。これからはお城で食事をする機会が増えるかもしれない。そのときに恥ずかしい思いをしなくてすむように、しっかりと習得しておかないとね。

マナー講習のあとは昼食を挟んでダンスの練習だ。今日はマナー講習があったので、お昼の時間も食事のマナーを習った。おかげでなんだか食べた気がしなかった。

確か、パンにスープ、それに野菜サラダと小さなステーキがあったはずなのだが、味を全然覚えていない。

それなりに食事のマナーは習得していると思っていたのだが、まだまだ心に余裕はできていないようである。そういえば、食事中になんの会話をしたかも覚えていないな。こりゃダメだ。もっと練習する必要があるようだ。

ロザリアも俺と同じ思いだったのか、光を失ったような目でミラを抱いていた。

「ほら、ロザリア、ダンスの練習の時間だよ。ミラを放しなさい」

「キュ」

元気をなくしたロザリアを心配したのか、ミラがひっついている。大丈夫だよ、ミラ。そうやってロザリアは大人の階段を上っていくのさ。

俺はミラを引きはがすと、ロザリアの手を引いてダンスホールのあいている場所へと向かった。

「ロザリア、あまりミラに心配をかけてはいけないよ。このダンスの時間が終われば、あとは自由時間だ。一緒に新しい魔道具を考えるんだろう？」

「そうでしたわ。お兄様と一緒に新しい魔道具を作るのでしたわね！」

そう言うと、ロザリアの目に光が戻った。よし、なんとかなりそうだぞ。今度から、マナー講習とダンスの練習は別の日にするようにお願いしよう。マナー講習のダメージが大きすぎる。先生も悪気はないんだけどね。ただ、俺たちを一人前の紳士と淑女にしようと使命感に駆られているだけなんだよ。

第七話

クレール山の危機

ハイネ辺境伯家には大きなダンスホールがある。辺境伯領はだてじゃない。土地だけは有り余っているのだ。そのため、屋敷は大きいし、部屋も広い。そして当然、ダンスホールも大きいのだ。屋敷の敷地内には騎士たちが暮らす宿舎も入っているし、今さらながら本当に大きいと思った。そんなことを思ったのはきっと、これだけ大きなダンスホールの中でポツンと二人で練習しているからだろう。

「二人とも、ずいぶんと上手になりましたが、まだまだこのくらいで満足してはいけませんよ。もう一回。それではパートナーをガッカリさせてしまいますよ」

そう言うと先生が再び手拍子を始めた。この先生、なかなかスパルタなんだよね。ロザリアの目に色がなかったのはマナー講習のダメージだけでなく、午後に予定されていた、ダンスの練習が原因だったのかもしれない。

俺も頑張って練習するが、いかんせんゲーム内ではダンスというイベントはなかった。そのため、ダンススキルなんてものは習得していない。今回ばかりは自力で頑張らなくてはならないのだ。だが、練習の成果は出たようで、王都でのダンスイベントでは恥をかかずにすんだ。よく頑張ったぞ、俺。

そんな感じで二人そろってしごかれた。練習が終わったころには心も体もヘトヘトだった。なんとか先生にお礼を言って玄関から送り出すと、俺たちはその場でへたり込んだ。

「キュー！」

「ど、どうしたのですか？」

「ユリウス様、何かあったのですか！」

驚いた様子のミラが飛びついてきた。その後ろからは、ジャイルとクリストファーも駆けつけてきた。俺たちがダンスの授業を受けている間、二人にミラをお願いしていたのだ。

心配そうに俺とロザリアに頭突きするミラ。ちょっと痛いが、これも愛情表現だと思っておこう。

「ちょっとダンスの先生に絞られちゃってね」

「そうでしたか」

「その……お疲れ様でした」

苦笑いするジャイルとクリストファー。自分たちが同じ目に遭わなくてよかった、といったところだろうか。でも二人が俺の側近になれば、そのうちダンスパーティーに呼ばれることもあるだろう。もしかして、二人にも参加してもらった方がよいのではなかろうか。

そんなことを考えつつ、ミラとジャイル、クリストファーを連れてサロンへと向かった。俺たちがサロンに移動していることを察した使用人たちが、先回りしてお茶の用意をしてくれていた。

「あー、生き返るー。ロザリアも生き返った？」

「まあまあですわ」

そう言いながら、しきりにミラの頭をなでているロザリア。魂が抜けているようである。

こりゃダメそうだな。普段、ずいぶんと甘やかされて育てられているから、厳しくされたことでかなりのダメージを受けているようだ。

ロザリアもそろそろ甘やかしモードから、アメとムチモードに切り替えた方がいいのかもしれない。

「ユリウス様、こちらにいらっしゃいましたか」

「どうしたんだ、ライオネル？」

「クレール山の管理者から手紙が来ましたよ」

「来たか」

俺はライオネルから手紙を受け取ると風魔法で封を切った。斬！　ただの風魔法の無駄遣いである。ペーパーナイフで切れよ、みたいな目でライオネルが見ている。一度やってみたかったんだよ。許して。

「なになに……どうやら視察に行ってもいいみたいだな。だが、見学する場所はこちらが指定する、か。こりゃ何かを隠してるな」

そう言いながらライオネルに手紙を渡した。怪しい。これは不正を隠すやつらがする手口だぜぇ。

俺からその手紙を受け取ったライオネルも渋い顔をしている。

「確かに怪しいですな。視察に行くときは、護衛兵の数を増やしておきましょう」

「そうだね。普段の三倍くらいにして、圧をかけるとしよう。クックック……」

「お兄様が悪の笑い顔をしていますわ」

「キュ」

あ、危険がある可能性があるから、ロザリアとミラは連れていかないからね。キミたちはお留守番である。汚いことをするのは俺一人で十分だ。

その後はライオネルと打ち合わせをして、ロザリアとの約束通りに魔道具作りの話に入った。ジャイルとクリストファーは訓練場へ向かうらしい。口には出さなかったが、俺がクレール山が怪しいと言ったことで、警戒しているのかもしれない。いいことだ。

夜の時間にはお茶会の招待状を書いておいた。しばらくは忙しくなりそうだぞ。


翌日、朝食をすませ、昨日書いた招待状を届けるように使用人に頼むと、騎士団を引き連れてクレール山へ向かった。

相手から届いた手紙への返事は書いていない。相手に対処の時間を与えない作戦である。まさかこんなにすぐに来るとは思うまい。フッフッフ。

俺だけが出かけることを告げると、ロザリアとミラからは不満の声があがった。だがこれも、領地を任されている俺の役目だと言ってなんとか説得した。ロザリアがわがままな子供のままで大人になったら困るからね。我慢も練習が必要だ。

クレール山は領都からそれほど離れていない。ゆっくり進んでも一、二時間ほどでたどり着くはずだ。山と言ってもそれほど高くはない。大人なら歩いて登れるし、馬で行くことも可能だ。

だがそれでも、山は山である。山でしか採れない素材が転がっているかもしれない。俺は期待に胸を膨らませて馬上から地面を見ていた。

「ユリウス様、危険ですからちゃんと前を見て下さい」

「でもライオネル、何かいいものが落ちてるかも……」

「ユリウス様」

「はい」

どうやらしつけの必要があるのは俺も同じようである。でも新しい素材が――そのとき、前方にウニのようなトゲがついた物体が目に入った。チーゴの実だ！

「ライオネル、あのトゲがついた丸い物を回収してほしい」

「あれですか？　分かりました」

ライオネルが騎士に指示を出すと、いくつか拾って袋に入れていた。そのうちの何個かを見せてもらう。

うん、これは間違いなくチーゴの実だ。これを使った魔法薬は魔力を回復する効果があるのだ。効果は低いが、手軽に使えるのが魅力である。これで庭でチーゴの木を育てることができるな。今から準備しておこう。

そうこうしている間にクレール山に到着した。ふもとはちょっとした集落になっており、どうやらそこにこの山で働いている人たちが暮らしているようである。すぐにこの山を治めている地主のところへとあいさつに向かう。そして驚きをもって迎えられた。

「これはユリウス様ではありませんか！　その、まだお迎えの準備が……」

「そんなものは不要だよ。今回はたまたまこの辺りに来てさ、ついでにクレール山を見ようかと思ったんだ。案内してもらえるよね？」

「あ……えっと……」

盛大に目が泳いでいる地主を無理やり連れてクレール山の山頂へと向かった。山頂までの道はよく手入れされており、馬でも問題なく進むことができる。今のところおかしな点はないのだが。

「ユリウス様、あれをご覧下さい！」

先行して安全確保をしていた騎士の一人が慌ただしく駆け戻ってきた。なんだ、何があった？

急いで馬を走らせてもらうと、そこにははげ山が広がっていた。

どうやら木が生い茂っていたのは、領都の方角から見える部分だけだったようである。

「これはどういうことなのか、説明してもらえるだろうな？」

うなだれる地主が下を向いたままでうなずいた。

地主から話を聞くために先ほどの地主の屋敷まで戻ってきた。数人の騎士たちにははげ山の調査を引き続き行ってもらっている。屋敷のテーブルを挟んで向かい合って、どうしたものかと考えていると、隣に座っているライオネルの眉間に深いシワがあるのが見えた。

普段よりも高く眉をつり上げたライオネルが地主をにらむ。地主が縮みあがった。

「どういうことだ？」

俺が尋ねるよりも先に、ライオネルが低い声を発した。どうやらかなり怒っているようである。

「そ、そ、それが、五年ほど前から、だんだんと薪《まき》の需要に供給が追いつかなくなりましてですね」

「そうなった場合、すぐに連絡する取り決めになっていたはずだが？」

さらに縮む地主。もちろんこれはハイネ辺境伯家も悪い。相手からの報告を真に受けて、実際の状態を調べなかったのだから。しっかりと薪の売れ行きを確認しておけば、こんな事態にはならなかったはずだ。

だがしかし、領都の方角から真実が見えないようにしていたことは、悪意があったとしか思えない。せめて隠すようなことさえしなければよかったのに。

「そのことが発覚すると、山を取り上げられると思いました」

助けを求めるかのように、地主が俺の方をチラチラと見た。これは子供の俺を懐柔しようと思っているのかな？　ヤレヤレだな。

「その程度のことでは山を取り上げることなどしないよ。対策を考えるまでだ。だが、今回の件は悪質だ。厳しい処置と取らざるを得ないね」

「そ、そんな……」

俺の言葉に地主はうなだれていた。ライオネルも当然の処置だと思っているのだろう。深くうなずいている。地主の処分はあとで考えるとして、今ははげ山をどうするかだな。このままだと生態系が崩れて、不毛な場所になってしまう恐れがある。それだけはなんとか防がなくてはならない。

「一時的に薪は他から買い入れるしかないな。その間に植林して、山を再生するしかないだろう」

「すぐに調査に向かった騎士たちが戻ってくると思います。その報告を聞いてから考えましょう」

「そうだな」

その後は地主の処分について話し合った。当然、この山は当分の間、ハイネ辺境伯家が直接管理することになった。地主の一家と作業員はそのまま雇うことになる。処分としては甘いが、山を管理するための人手は必要だ。それに、正式な処分はお父様が下すのが筋である。俺の一存ではさすがに総入れ替えをするのは無理だった。

騎士たちが戻ってきた。報告を受けると、かなり厳しい状態であることが分かった。

山には一応、木の苗木が植えてあったそうである。だが、植えた時期が遅かったのか、もうすぐ冬がくるというのに、生長の度合いがよくないそうだ。このままでは冬の間にほとんどが枯れてしまう可能性があるらしい。これはまずい。

「おい、どうしてこんなことになってるんだ？」

「そ、それが、苗木の生育が悪くて、この時期まで植えることができなかったのですよ」

「それなら来年の春に回してもよかったんじゃないか？」

「……」

これはダメだな。俺はお父様に地主の交代を進言することに決めた。

今後、一切の伐採を禁止して、俺たちは帰路についた。帰ってからはやることが山積みだ。まずは本格的な冬を迎える前に、薪を他の領地から購入しなければならない。この時期は他の領地も薪の確保に忙しいはずだ。うまく手に入るかな？　考えるだけで頭が痛い。

そして頭が痛い問題はもう一つ。苗木の件だ。幸いなことに、冬が本格化するまではもう少し時間がある。その間になんとかせねば。

「よし、植物栄養剤を作ろう」

「植物栄養剤？　なんですかな、それは？」

俺のつぶやきを拾ったライオネルが尋ねてきた。名前からして、魔法薬であることには気がついているだろう。

「植物の生育を助ける効果がある魔法薬だよ。これを使えば、苗木の生育を加速することができるはずだ。もう少し大きくなれば、冬に耐えられる苗木も増えるはずだ」

「確かにそうかもしれませんが、そのような魔法薬が本当にあるのですか？」

「それがね、あるんだよライオネル。おばあ様から受け継いだ魔法薬の本に書いてあってさ」

もちろん、ウソである。そんな記述は一切ない。だがそこに俺が作り方を書き込めば、あら不思議。すでに植物栄養剤という魔法薬がこの世界にあったかのようになるのだ。

素晴らしい。実に素晴らしいぞ、魔法薬の本。偽装工作に最適だ。

「さすがはマーガレット様。このような事態になることも想定されていたのでしょうか？」

「た、たぶんね」

やめて、ライオネル。そんなキラキラした目で俺を見ないで。心にくるから。

魔法薬に必要な素材はそろっている。薬草にチーゴの実、そして蒸留水だ。俺は急いで騎士たちに先ほどのトゲだらけの木の実をたくさん拾ってくるように指示してから、屋敷へと戻った。

「お兄様、お帰りなさいませ！」

「キュ！」

屋敷に着くとロザリアとミラが飛びついてきた。半日ほどしか離れていなかったのだが、もう寂しくなったのかな？　二人をなでてから一休みすると、すぐに薪の手配を始めた。王都にいるお父様に向けた手紙も書いた。これであとは魔法薬作りに専念することができるぞ。

三時のおやつのころになると、騎士たちが大量のチーゴの実を持ってきてくれた。これなら十分な量を作ることができるはずだ。余った実は魔力回復薬に回そう。

「ロザリア、俺は今から魔法薬調合室にこもるけど、どうする？」

「ここで魔道具を作ってますわ」

ロザリアは俺がいない間にも色々と試作品を作っていたようである。設計図はほとんどできあがっているので、あとは色々と試行錯誤するだけのようだな。

頑張れロザリア。俺は魔法薬作りに専念するから。

「ミラはどうする？」

「キュ」

ロザリアの膝の上にミラが座った。どうやらロザリアのところにいるようだ。まさかロザリア、ミラに変なことを吹き込まなかったよね？　魔法薬を作るときにすごい匂いがするとか、目が痛くなるとか。

まあいいか。邪魔者がいなくてよかったと思うことにしよう。だけど涙が出ちゃいそう。そんなに嫌か。

調合室に入るとすぐに蒸留水の準備に取りかかった。まずはこれを大量に作らなければいけない。おばあ様の調合室にあった装置は最新式だった。だがしかし、蒸留装置には冷却装置がついていなかった。

「なんで冷却装置がついてないんだよ。効率が悪いだろ！　あ、そういえば、蒸留水じゃなくて、ただの井戸水を使って魔法薬を作っていたんだっけ。それじゃ、冷却装置なんて開発されるわけないか」

どうする？　自分で冷却装置を作るしかないのか？　どうやらそうするしかなさそうだな。俺は急いで適当な魔道具の材料を持ってくると冷却装置を作った。

構造自体は簡単だ。箱の中で冷やした水を細い管に流し、それを水蒸気が通過するガラス管に巻きつけるだけである。

細い管はガラス製で、『ラボラトリー』スキルと『クラフト』スキルを駆使して作製したインチキアイテムである。この世界の住人が再現できることを願うばかりだ。これは当分の間、この冷却装置を他の人には見せられないな。

改造した蒸留装置で大量の蒸留水を作っていると、冒険者ギルドに依頼していた素材が届いたと連絡があった。

思ったよりも早かったな。これなら今後も魔法薬ギルドを利用しなくてもいいのではないだろうか？　その分、値段は割高になるけどね。あとは品質の問題か。

使用人が持ってきた冬虫夏草とポイズントードの粘液を確認する。品質は高品質と普通のものが混じっているな。個人的には微妙なところだが、魔法薬ギルドで買うよりかはずっと品質がよい。あそこは普通以下のものしかなかったからね。

やはり品質の高い素材が欲しいなら自分の足で探すのが一番のようだ。お父様が王都から帰ってきたら、もっと戦闘訓練を増やしてもらえるように頼んでみようかな。さすがに自分の実力を認めてもらえなければ、一人で外に出させてはくれないだろう。いつまでも内緒で出かけるわけにはいかないからね。

そうこうしている間に、十分な量の蒸留水ができあがった。品質はもちろん最高品質。チーゴの実も高品質のものが多かったので、品質の高い植物栄養剤ができそうだ。

臼にチーゴの実を入れて、きねを使って軽く潰していく。この方が煮詰めたときにたくさんの栄養成分が出てくるのだ。

黙々とチーゴの実を潰し終わると、蒸留水を入れた大鍋の中に投入する。それを火にかけて、グツグツと沸騰させた。その間に、薬草を乾燥させてから細かく砕いておく。

薬草は味付け程度にしか使わないため、そこまでたくさんの量は必要ない。これが大量に薬草が必要になるとしたら、植物栄養剤を作ることはできなかっただろう。

薬草は色んな種類の魔法薬に利用する。いくらあっても足りないのだ。薬草の生長が早くて本当に助かった。雑草並みにたくましく生えてくるもんな。もしかすると、雑草なのかもしれないけど。

大鍋の中の液体が紫色になったら火を止めて、様子を見ながら薬草を加えていく。よくかき混ぜながら少しずつ、少しずつ。ここが植物栄養剤のキモとなる部分だ。薬草を入れる量が多くても少

なくてもいけない。

ヒッヒッヒと言いながらかき混ぜたいのをグッと抑えて薬草を入れていく。調合室から変な声が聞こえてきたらさすがにホラーだ。

液体の色が紫色から、急に薄い黄緑色に変わった。薬草の投入を即座にやめる。これで完成だ。

植物栄養剤：高品質。植物を生長させる。効果（大）。

うん、問題はなさそうだ。あるとすれば、この植物栄養剤はすべての植物の生長を促進させることである。そのため、適当にまくと周囲の雑草まで急成長することになる。ピンポイントに苗木の根元にだけ与えるのが理想だ。騎士たちと従業員たちに頑張ってもらおう。

「欲しかった素材も届いたことだし、ライオネルに頼まれていた下痢止めを作っておこう。ついでに水虫薬も作るんだったな」

下痢止めは冬虫夏草で、水虫薬はポイズントードの粘液を利用すれば作製可能だ。こちらはたぶんそんなに数は必要ないだろうから、ちゃちゃっと作っておく。

冬虫夏草をよく乾燥させてから、乳鉢で細かく砕く。そこに塩、砂糖、黒コショウ、毒消草の種を混ぜ、よく混ぜながら、さらに砕く。

できあがった粉に蒸留水を少し加えて練り合わせる。それを錠剤サイズに丸めてから乾燥させれば完成だ。『乾燥』スキルを使ったのであっという間だった。

下痢止め：高品質。腹痛を治す。無味無臭。

「これで騎士たちのおなかの悩みも解消されるな。次は足の悩みも解消しないとな。特にだれも何も言わないけど、あの靴の中はグジョグジョのはずだ。乾燥機能つきの靴……はさすがに作るのは無理かな」

ポイズントードの粘液を蒸留水に入れて軽く煮詰める。これでポイズントードの粘液が持つ毒性を弱めることができる。その中に蜂蜜とサフラン、ミント、薬草を入れる。

沸騰しないようにグツグツと煮込んだあとで、一度ろ過する。できた溶液を片手鍋に移し、沸騰させながら蜜ロウを加えてゆく。粘り気が出てきたら完成だ。

水虫薬：高品質。水虫を治す。効果（大）。爽やかな香り。

「品質は高品質だけど、まあよしとしよう。香りも問題なさそうだし、使ってもらえるといいな」

気がつくと、すでに日が暮れていた。どれだけ集中していたんだ。慌てて装置と道具を片づけると、下痢止めと水虫薬を持って調合室から出た。さすがにあれだけの量の植物栄養剤を持っていくことはできない。あとから騎士たちに取りに来てもらおう。

途中ですれ違った使用人に夕食の準備について聞くと、あと一時間ほどかかるということだった。

それじゃ、その間に魔法薬を渡しに行こう。俺はその足で騎士団の宿舎へと向かった。

「ライオネル、いるか？」

「ユリウス様、何かありましたかな？」

執務室ではライオネルが何やら事務的な作業をしていた。騎士団長にもなると、剣を振っているだけではなく、ペンを振る必要もあるようだ。大変だな。そしてその仕事を増やしているのは他ならぬ俺だった。

……なんだか申し訳ないな。今度何か差し入れを持ってこよう。初級体力回復薬でいいかな？

「ライオネルに頼まれていた魔法薬を持ってきたよ。はい、これが〝下痢止め〟の魔法薬だ。水で飲むようにね。味も匂いもないから飲みやすいと思うよ」

「覚えていて下さったのですね。部下たちもきっと喜ぶはずです」

ライオネルの目元が緩んだ。どうやらずいぶんと前から欲しいと思っていたようだ。それならもっと早く言ってくれればよかったのに。

「それでこっちは水虫薬だよ。騎士たちの中に水虫に困っている人がいるんじゃないかと思ってね」

「水虫薬……？」

ライオネルの動きがピタリと止まった。

え、何その反応。もしかして、もしかしちゃったりするのかな？

「う、うん、水虫薬だよ。それを水虫があるところに塗れば治るはずだよ」

「マーガレット様はこのような魔法薬も作れたのですか？」

「え？　う、うん、そうみたいだね」

「どうしてもっと早く作って下さらなかったのか……必ずや部下たちが喜ぶことでしょう」

深々とライオネルが頭を下げた。まさか、泣いてないよね、ライオネル？　でもこの感じだと、ライオネルが水虫なのではなくて、どうやら部下に水虫の者がいるようだ。

これはシャワールームの使い方を徹底した方がいいな。タオルは共有しない。足拭きマットも共有しない。うん、早めに手を打とう。

水虫対策のことをライオネルにレクチャーすると、すぐに対策を取ってくれることになった。呼び出された騎士にもう一度、水虫対策について説明すると、慌ただしく執務室から出ていった。

「これで騎士団から水虫を撲滅することができますぞ。ありがとうございます、ユリウス様。水虫の悩みを抱えている者が少なくなかったのですよ」

「そ、そうだったんだね。もっと早く水虫薬を作ってあげればよかったね」

これは世の中に水虫で悩む人は多そうだな。この魔法薬を広めれば多くの人が喜びそうだし、ずいぶんとお金を稼ぐことができそうな気がするんだけど……俺が作っているのがバレるとよくないんだよね。それに魔法薬のレシピを魔法薬ギルドに売るわけにはいかない。

過去に何があったか分からないけど、やけに魔法薬については規制が強いんだよね。そのため、魔法薬のレシピを公開するにはいくつもの許可を得なければならないようなのだ。

そしてそのためには、最低限、高位の魔法薬師にならなければいけない。先は長いな。

「ユリウス様、このご恩は一生忘れませんぞ」

そんなに!?　闇ルートでも作って、ひそかに売りに出そうかな？　うん、いいかもしれないぞ。

「あ、そうだ、ライオネル。植物栄養剤が完成したから、明日でいいからだれかを取りに来させてよ。それから、またクレール山に行くから準備しておいてくれないか？」

「もう完成したのですか!?　分かりました。直ちに準備に取りかかります」

ライオネルの目が大きく見開かれ、ほほは引きつっている。あ、これはさすがにやりすぎたかもしれない。魔法薬の作製は明日にすればよかったかな？　でも急ぎの案件だったしな。放ってはおけない。

「よろしく頼むよ」

引きつりそうな顔を押さえながら、俺は執務室をあとにした。帰り道、ワアッという歓声と共に〝ユリウス様、バンザーイ！〟という声が聞こえてきた。

俺は逃げるようにその場を去った。


屋敷に戻ると、夕食の準備ができたと告げられた。ダイニングルームに行くと、そこにはすでにロザリアとミラの姿があった。

「遅くなったかな？」

「私たちも今来たところですわ。お兄様、どこかに行っていたのですか？」

「ちょっと騎士団の宿舎に魔法薬を届けに行ってきたんだよ」

「そうだったのですね。ミラちゃんがしきりに窓の外を見ていたのは、きっとお兄様を探していたのですね」

「キュ」

ミラがそうですと言っているかのように声を発した。もしかして、ミラに心配をかけてしまったかな？　俺はミラを安心させるようにその頭をなでた。

「心配をかけてごめんね、ミラ。次からは、出かけるときは声をかけるようにするよ」

「キュ！」

どうやらお許しをもらえたようである。ミラが手に頭をこすりつけてきた。俺とミラがじゃれ合っている間に食事が運ばれてきた。いつものように祈りをささげてから食べ始める。まずは気になる話題からだな。

「ロザリア、魔道具作りは順調に進んでるかな？」

「水が出る仕組みは完成してますわ。でも、魔道具の形が決まりません。遠くまで水を飛ばすのがうまくいかなくて、色々と試しているところですわ」

それなりに順調に進んでいるようである。ロザリアが楽しそうに笑いながら話しているのが印象的だった。失敗しても楽しめる。それがものづくりには大事だからね。

「お兄様の方はどうだったのですか？」

「問題ないよ。魔法薬も作り終えたし、近いうちにまた出かけることになりそうだ」

「さすがはお兄様ですわ！」

ロザリアが手放しで喜んでくれた。まあ、前世の知識というか、ゲーム内知識のおかげなんですけどね。なんだかむずがゆい。おっと、そうだ、そうだ。

「ロザリアにも魔道具を作るための工作室が必要だと思うんだ」

「工作室ですか？」

「そうだよ。自分の部屋やサロンで作るには限界があるからね。それに今回のように、水を使う場合は試すことができなくて困るでしょ？　だから魔道具を作る専門の部屋があった方がいいんじゃないかと思ってね」

魔道具を専門に作るつもりはなかったので必要ないと思っていたんだけど、ロザリアが魔道具を作るようになるのなら必要だろう。部屋を汚したりしたら大変だ。もうすでに手遅れになっているかもしれないけど。使用人に聞くのが怖い。

「そのような部屋があったらうれしいですけど、お父様に用意してもらえるでしょうか？」

「大丈夫なんじゃないかな？　部屋は余っているだろうし、これからお客様を迎えるときは別館も使えるようになるからね」

「そうですわね。お父様にお願いしてみますわ」

ロザリアが笑顔でそう言った。まあ、娘に甘いお父様ならたぶん大丈夫だろう。俺も一緒に使うと言って説得すれば大丈夫なはずだ。

ロザリアが今のように、自由に、好き勝手にできる時間はそれほど多くはないだろう。将来はどこかの貴族のところに嫁ぐことになる。それまでの間くらいは、せめて好きなことをさせてあげたい。

俺の場合はおばあ様と同じように、ハイネ辺境伯家のお抱え魔法薬師になって魔法薬を作り続けることになるはずだ。後ろ盾も十分だし、自然豊かな辺境の地で品質の高い素材を取り扱うことができる。

ロザリアが平民の子だったら、一流の女性魔道具師として世に羽ばたくことができたかもしれないのに。とても残念だ。だが、どこかの貴族の夫人になれば、地位もお金も確保することができる。悪いことばかりではないはずだ。

「キュー？」

「ん？　どうしたんだい、ミラ？　食べさせてほしいのかな？」

どうやら顔に憂いが出ていたようである。ミラが目尻を下げて俺の顔をのぞき込んだ。安心させるように笑いかけてから、オレンジをミラの口に入れてあげる。ミラはそれをうれしそうに食べていた。

翌日、まずは昨日作った植物栄養剤の効果を試すことにした。この魔法薬はゲーム内では納品アイテムとしてだけでなく、世界樹を復活させるイベント用のアイテムとしても使われていた。

そのときは確か原液を使っており、ポンという音と共に巨大な世界樹を誕生させていた。そのことを考慮すると、原液で使うのは非常にまずい。希釈する必要があるのは間違いないだろう。

「お兄様、どこかへお出かけですか？」

「キュ？」

「ちょっと庭の散歩に行こうかと思ってさ」

「私もついて行きますわ！」

「キュ！」

ロザリアとミラに捕まってしまった！

だがしかし、ただの散歩へ行くだけなのに、一緒に行くのを断ることはできないだろう。そんなことをすれば余計に怪しまれるし、下手すると二人から嫌われてしまうかもしれない。そんな危険は犯せない。

「それじゃあ一緒に行こう。ちょっと遠くまで行くからそのつもりでいてね」

出かける準備を始めたロザリア。その間に俺は今回の試験で使うオレンジの苗木を持ってきた。ミラがオレンジを好きそうなので、オレンジの木があれば喜ぶかなと思ったのだ。

「キュ？」

「これはオレンジが実る木だよ。大きくなったら、たくさんオレンジが採れるはずだよ」

「キュ〜！」

俺の胸に頭突きをしてきたミラ。喜んでいるようだ。そうこうしているうちに、準備を整えたロザリアが戻ってきた。大きめの帽子を被《かぶ》り、準備は万端のようである。

そんな二人を連れて、庭の奥へとやってきた。ハイネ辺境伯家の庭はものすごく広いのだ。仮に畑を作っても、まだまだ土地は余っていそうである。

「この辺りでいいかな？」

「何をするのですか？」

「この苗木を植えるんだよ」

そう言いながら麻袋から苗を取り出し、適当な場所に植えた。そんな俺の様子を興味津々とばかりに二人が見ている。

植物栄養剤の希釈倍率は十倍くらいでいいかな？　持ってきた容器に魔法で水を入れ、そこに目分量で植物栄養剤を入れる。大体あってる。たぶん。

「お兄様、それは？」

「キュ？」

「これはね、植物栄養剤という魔法薬なんだよ。これをこの苗木に使うとね、元気なオレンジの木になるんだよ」

「キュ〜！」

「すごいです、お兄様！」

二人がとても喜んでくれている。よしよし、おにいちゃん、頑張っちゃうからね〜。こんなことならもう少し濃くてもよかったかもしれない。その方が育ちがよくなるだろうからね。

そんなことを考えつつ、苗木に植物栄養剤を与えた。その瞬間、なんだかぞわっと嫌な予感がした。それは俺だけじゃなかったようである。

「キュ、キュ！」

「え、ミラちゃん？」

グイグイとミラがロザリアの服を引っ張っている。俺も慌ててロザリアとミラを抱きかかえて後ろへ下がった。まさか。

後方でポンという音がする。まさか……ね？

「すごいですわ、お兄様！　大きな木が育ちました！　あれは、オレンジ？」

「キュ、キュ！」

「あ、ミラ！」

俺が止める間もなく、ミラがオレンジの木に飛びかかった。振り返った視線の先にはたわわにオレンジを実らせた巨木があった。やっちまったぜ。

「キュ、キュ！」

「ああ、よしよし、食べやすいように切ってあげるよ。ロザリアもどうかな。ただし、このことはみんなには内緒だよ？」

「内緒、ですか？」

「キュ？」

「そう、内緒。そうでないと、食べさせない」

「分かりました。お兄様とミラちゃんと、三人だけの秘密ですね」

「キュ！」

ふう、どうやらなんとかなりそうだ。これから定期的にオレンジを収穫すれば、なんとか二人の目をごまかすことができるだろう。他の人には〝始めからありましたが、何か？〟みたいな態度で接しよう。それでなんとかなるはず。なるよね？

オレンジの苗で実験したことで分かったことがある。希釈倍率が十倍ではダメだ。ならば倍プッシュの二十倍、いや、それでも不安なので三十倍に希釈して使うことにしよう。これならきっと大丈夫なはずだ。たぶん。

本当はもう一回試してみたかったけど、さすがにこれ以上、庭にオレンジの木が増えるのはまずいだろう。絶対に目立つ。どうかバレませんように。

色々と不安になりながら屋敷へ戻ると、騎士たちが玄関に集まりつつあった。俺たちが戻ってくるのを見つけると、すぐに声をかけてきた。

「ユリウス様、騎士団長から準備が整ったと聞きました」

「助かるよ。このタルを運んでほしい」

「承知いたしました」

屋敷にやってきた騎士たちに植物栄養剤が入ったタルを運んでもらい、出かける準備を始める。

ライオネルが昨日のうちに手配を整えてくれていたおかげで、午前中のうちからクレール山に行くことができるようになったのだ。

ライオネルには感謝だな。ライオネルにも、騎士たちにも何か差し入れを持っていかないといけないな。すでに魔法薬という差し入れをしているかもしれないが、気持ちの問題である。

俺たちが準備をしていると、ロザリアとミラがやってきた。

「お兄様、今度はどこへお出かけするのですか？」

「クレール山に行ってくるよ」

「キュ！」

ミラが俺にしがみついてきた。どうやら一緒に行きたいみたいだな。昨日の視察でクレール山に危険がないことが分かっている。二人を連れていっても問題ないはずだ。

「ミラも一緒に来るかい？」

「キュ！」

「そうか。それじゃ一緒に行こう。ロザリアはどうする？」

「私は魔道具を作っていますわ」

どうやらロザリアは完全に魔道具作りにハマっているようである。結婚してからも魔道具作りを許してくれる旦那さんに出会えるといいね。

俺たちは準備を整えてライオネルが迎えにくるのを待った。その間に、何か騎士たちへの差し入れの品を買ってくるように使用人たちに頼んでおいた。もちろん使用人たちの分も買ってくるように言っている。

騎士団だけえこひいきしていると思われたら困るからね。ハイネ辺境伯家で働いている人は全員が大事だ。上も下も、右も左もない。もちろんお金は俺の懐から出す。今のところ、大したお金の使い所がないので、お金がたまっているのだ。

「ユリウス様、お待たせしてしまいましたか？」

「いや、そんなことはないよ。今日はミラも一緒に行くことになった。問題があるなら言ってくれ」

ライオネルは玄関に並ぶミラを見た。ミラが捨てられた子犬のような目でライオネルを見ているような気がした。

ミラ、いつの間にそんな仕草を覚えたんだ。まさか、ロザリアに教わった？

「……問題ありません。ですが、勝手な行動は慎んでいただきますよ」

「もちろんだよ」

「キュ」

その返事に大きくうなずくライオネル。もしかしてライオネルはミラの言葉も分かるのかな？ちょっと気になるところだ。

俺たちを乗せた馬車はまっすぐにクレール山へと向かう。後方からは植物栄養剤を積んだ荷馬車がついてきている。

ほどなくしてクレール山のふもとにある地主の家に到着した。今回はしっかりと事前に連絡をしていたので出迎えてくれた。

道すがらにチーゴの実が落ちていないか探していたがさすがになかった。どうやら騎士たちが取り尽くしたみたいである。優秀だな、ウチの騎士団。

「お待ちしておりました、ユリウス様」

「魔法薬の使い方を説明するから、従業員を集めてくれないか？」

「かしこまりました」

そう言って地主は頭を下げると足早に去っていった。従業員が集まってくる前に水の準備をしておこう。俺は騎士たちに水をタルにくんでくるように頼んだ。

そうこうしているうちに続々と人が集まってきた。俺はライオネルが用意してくれたお立ち台に上ると一つせきをした。ちょっと恥ずかしいぞ、これ。

「あー、昨日、この山の現状を確認させてもらった。このままでは山に植林したばかりの苗木は全滅する！」

「ま、まさか、本当にそんなことに？」

本当は全滅する可能性があるだけなのだが、全滅することにしておいた。この方が従業員の不安をあおることができて、より一層働いてくれるはずだ。なんだか悪いことをしている気がするが、木のため、山のため、ひいては領民のためだ。そのためにはほら吹きにでもなろう。

「だが安心してほしい。偉大なる魔法薬師が〝植物栄養剤〟という魔法薬を開発していた。これを使えば苗木を救うことができるだろう」

「おおお！」

「そしてその植物栄養剤はここにある！」

「おおおおお!!」

俺がタルを指し示すと、歓喜の声があがった。偉い人はこうやって人々を扇動していたのかな？

〝ねえねえどんな気持ち？〟と聞かれたら〝とっても後ろめたいです〟と答えるだろう。

「この植物栄養剤の使い方を説明する。間違った使い方をすることのないように」

真剣にうなずきを返してきた従業員と騎士たちに説明を始めた。使い方はそれほど難しくない。

植物栄養剤は必ず希釈して使うこと、苗の根元にコップ一杯ほどあげること。これだけである。

「間違っても残ったからといって、その辺りにまかないように。この植物栄養剤はすべての植物に影響を与える。当然、雑草にもだ。適当にその辺りにまけば、雑草だらけになることを忘れないようにしてほしい。それから、念のため魔法薬をまいたらすぐにその場から離れるように」

俺の力強い演説に、全員が真剣な目をして耳を傾けていた。立てよ従業員、クレール山を救うために。

説明が終わると、いよいよ散布開始だ。希釈ミスがないように、俺がしっかりと監視しながら、騎士たちに三十倍に薄めてもらう。

それを用意してもらった小タルに移し替え、それぞれが決められた範囲の苗木に植物栄養剤を与えるのだ。

はげ山にみんなが散っていった。おそらくはこれで苗木たちは厳しい冬を乗り越えることができるだろう。そして数年後には立派な木に育ってくれるはずだ。

俺は目を閉じ、両手を組んで、やりきった表情をしてうなずいた。

そのとき、遠くで〝ポン〟という音が聞こえたような気がした。気のせいだよね？

「ユリウス様、見て下さい！　苗木がもうあんなに大きくなりましたよ！」

騎士のだれかがそう言った。

……見たくない、見たくないぞ、そんな光景。隣にいるであろうライオネルが半眼でこちらを見ている光景が目に浮かぶ。ポンポンという音も相変わらず聞こえてくる。幻聴ではなさそうだ。

「……ユリウス様、これは一体？」

「あー、その、なんだ、希釈倍率を間違えたかな？　三十倍じゃなくて、五十倍にしておけばよかったかな？　あはは……」

目を開けた先には、先ほどまでのはげ山が、大人の二倍の背丈まで伸びた木々に覆われていた。

オーマイガッ！　さすがはゲーム内イベントで世界樹をよみがえらせただけはあるな。念のため、離れるように指示しておいてよかった。危うく大惨事になるところだった。

目の前では木々が生い茂る森が広がりつつあった。これではもうはげ山とは呼べまい。これからはフサフサ山と呼ぼう。

俺の完璧な予定では、苗木がひとまわりほど生長して、無事に冬を越せるくらいの大きさになるだけのはずだったのに。どうしてこうなった。

さてどうするか。お父様の手紙には〝クレール山がはげ山になっている〟と書くつもりだったのだが、そうはいかなくなってしまった。

ここの地主を断罪しなければならないと思っているのだが、その証拠が薄らいでしまったぞ。これは困った。

「キュ」

「ああ、ミラ、ちょっと頭が痛いことになっていてね。そうだ、ミラも一緒に様子を見に行こうか」

「キュ！」

別に近くまで行かなくてもいいのかもしれないが、気を紛らわせるために護衛を引き連れて山に向かった。

「キュー！」

うれしそうに飛び回るミラ。どうやら屋敷の中よりも、外の方が好きなようである。大自然の中にいる方がミラにとってはいいのかもしれないな。屋敷は四方を壁に囲まれていて狭いからね。

やはりこの山をハイネ辺境伯家の管理下に置きたいところだ。そうすれば、ミラをこの山で放し飼いにすることができるかもしれない。

「ユリウス様、植物栄養剤の効果は素晴らしいですね。これを使えば魔法薬に必要な草花も簡単に育てることができるのではないですか？」

最近、薬草園の管理に心血をそそいでいる騎士が目を輝かせながら聞いてきた。まあ、そう思うのも無理はないか。でも、そうはうまくいかないのだ。

「植物栄養剤は同じ土地で連続して使うことができないんだ。そんなことをすれば、すぐに土地が枯れてしまうからね。少なくとも一年は間隔を開けなければいけないんだよ」

「なるほど。そこまで研究が進んでいたのですね。さすがは高位魔法薬師のマーガレット様だ」

どうやら納得してくれたようである。その声はとても落ち着いたものであった。まあ急ぎで素材が欲しい場合には、とても役に立つ魔法薬なんだけどね。

ミラと共に山の中を散策する。特に問題はなさそうである。

お父様には正直に書こう。クレール山がはげ山になっていたので対処した。今は木々が生い茂っている。これしかない。

植物栄養剤を使い切ったのを確認した俺は〝山の管理を怠らないように〟と指示を出してから帰路についた。屋敷に着くころには昼食の時間帯になっていそうだ。

クレール山から帰ってくると、すぐに昼食が用意された。どうやら屋敷に先触れを出していてくれたらしい。本当によくできてるな、ウチの騎士団。

手を洗ってから食堂に向かう。もちろんミラの手足も洗っている。ミラに前掛けをすると、小脇に抱えて食堂に入った。そこにはすでにロザリアの姿があった。

「ただいま、ロザリア」

「お帰りなさいませ、お兄様。ミラちゃんもお帰り！」

「キュ！」

昼食を食べながら午前中にあった出来事を話した。そして改めて、庭にオレンジの大樹をポンと生長させたことを口止めした。こうでも言っておかないと、俺の新しい武勇伝として披露されかねないからね。さすがにあのポンと木が生長する光景は異様だ。俺でも分かる。

「ミラを外で放し飼いにする、ですか？」

「そうだよ。自然が多い場所に連れていくとミラが喜ぶんだ。だから屋敷の中よりも、もっと広い場所で育てた方がいいんじゃないかと思ってさ」

「お庭ではダメなのですか？」

庭か。確かにハイネ辺境伯家には広い庭があるからね。イヌのように庭で放し飼いにすることは可能かもしれない。でも、聖竜って確かかなり大きくなるはずなんだよね。そうなると、いつかは必ず手狭になるはずだ。

その点、クレール山なら広さとしては問題ないだろう。ここからもそう遠くないし、管理下に置けば、入山規制をすることも可能だ。将来のことを考えるとこっちの方がいいだろう。

でもロザリアとしてはミラと離れたくないんだろうな。もう少しミラが大きくなるまではこのままでもいいのかもしれない。ちょっとロザリアに甘すぎるかな？

「それじゃ、しばらくは庭で放し飼いにしてみよう。ミラもそれでいい？」

「キュ！」

元気よく答えたので、たぶんいいということなのだろう。ひとまずはそれで様子見だな。手狭になりそうなら山に移そう。

ロザリアが作っている魔道具はもう少し時間がかかりそうだ。いくつかアドバイスをしておいたので、そろそろ完成するんじゃないかな？

昼食後は王都にいるお父様に手紙を書くと同時に、レア素材の依頼を冒険者ギルドにすることにした。ミラをロザリアに預けると、俺は自分の部屋に引きこもった。

お父様への手紙はともかく、レア素材を依頼しているところをだれかに知られるのはまずいような気がする。

お父様やライオネルは俺がレア素材を使って万能薬を作ったことを知っているが、ほとんどの人はそのことを知らない。どうしてそんな素材を欲しがるのかと言われると、答えようがないのだ。

レア素材の収集癖があって、なんて今さら言っても説得力がないだろう。だがしかし、なんとかしてレア素材を集めないことには、追加の万能薬を作ることができない。切り札の手持ちは多いに越したことはないからね。

「今手持ちにない素材はケアレス草、パープルスライムの粉末、ガガンボの抜け殻、マルクの実、世界樹の葉、ドラゴンの血か。ドラゴンの血はミラからもらえばなんとかなりそうだな。嫌がるかもしれないけど……」

ミラが採血を嫌がる様子を思い浮かべて、できれば野生のドラゴンから血を採取する方向で考えようと思った。

ケアレス草はエルフの森の奥地で採れるはず。パープルスライムはどこかの岩場の魔境にいるんじゃないかな……。まずい、まずは依頼をする前に、地理の勉強をした方がいいな。でも、冒険者ならそれらの素材がどこで採れるかを知っているかもしれない。冒険者ギルドに丸投げしてみるか？

レア素材を入手するまでにどれだけ時間がかかるか分からない。ここは俺の地理の勉強と、冒険者ギルドの力を借りることの両面から攻めることにしよう。さっそく依頼書の作成を始めないといけないな。引き受けてくれる冒険者がいたらいいんだけど。

第八話

ひそかな野望

手紙と依頼書を書き終えた。時刻はちょうど三時のおやつの時間に差し掛かろうとしている。ロザリアはまだサロンで魔道具を作っているのだろうか？　俺は書き終わった書類を内ポケットに入れると部屋を出た。

通りかかった使用人にお茶の準備を頼むとそのままサロンへと向かう。そこにはやはりロザリアの姿があった。何やら腕を組んで眉間にシワを寄せている。どうやら思い通りに進んでいないようだ。

「どうしたの、ロザリア？　そんな難しい顔をして。かわいい顔が台無しだよ」

「お兄様！」

「キュ！」

ミラが鋭いタックルを繰り出してきた。思わず〝ぐえ〟という声が出そうになるのをなんとかこらえる。これぞ紳士のたしなみ。

「お茶の準備を頼んでおいたから一休みしよう。そうすれば何かいい考えが浮かぶかもしれないよ」

「そうだといいんですけど」

「キュ」

どうやらミラも一緒に考えてくれていたようである。偉いぞミラ。とりあえずミラをナデナデしておいた。実にうれしそうである。それにしてもロザリアはだいぶ参っているようだな。

すぐに使用人がお茶セットを準備してくれた。今日は領都で有名なお店のクッキーのようである。中央を飾る赤いジャムがみずみずしい光を放っていた。

クッキーを食べながらロザリアの悩みを聞くことにしよう。もちろん、ミラにも食べさせている。実においしそうだ。

「ロザリア、何か問題があったのかな？」

「持ち運びができるシャワーのようにしたいのですが、どうしても大きくて、重くなってしまうのです」

なるほど。ロザリアは魔道具の小型化に苦戦しているようである。そういえばランプの魔道具のように小型化されている魔道具もあるが、大がかりな魔道具の方が多い。

その理由の一つが、魔法陣の大きさによって、引き起こされる効果が増減するからである。つまり、一度に多くの水を出したかったら、魔法陣を大型化するしかないのだ。そしてその分、魔道具も大きくなる。

「そんなに大きな魔法陣にしなくてもいいんじゃないの？」

「それだと水が勢いよく出ないのですわ。それじゃ、遠くまで水が飛ばせません」

あー、なるほど。俺が〝あまり動かずに、遠くまで水やりをしたい〟と言ったのを真剣に考えてくれているようである。なんだか悪いことをしてしまったな。俺が楽したかっただけだなんて、今さら言えそうにない雰囲気だ。これはなんとかしないといけないな。

「それなら、管を細くするといいよ」

「細く、ですか？　お兄様、あとでもっとよく教えて下さい」

さすがにお茶の時間にテーブル上に魔道具を出すのはよくないと思ったのか、自重しているようである。偉いぞ、ロザリア。俺だったら、たぶんテーブルの上に魔道具を出してお母様に怒られていたな。

「分かったよ。それじゃこの時間が終わったら一緒にやってみようか」

「はい！」

お茶の時間をしている間に、先ほど書いた書類をお父様のところと、冒険者ギルドに送るように使用人へ頼んでおいた。

どちらも次の動きがあるまでにはしばらくかかることだろう。その間に、ハイネ辺境伯家で開催するお茶会の準備をしておくことにしよう。

今回のお茶会は何もかも俺がセッティングしなければならない。お母様が準備しているのをそれなりに観察していたので、なんとかなると思うけど……まあ、使用人もいることだし、最悪、丸投げすればいいか。こんなことを言ったら〝主体性がない〟って怒られそうだけど。

お茶の時間が終わるとさっそく魔道具作りを始めた。できればロザリアに全部任せたかったのだけど、さすがにまだ早すぎたようである。でもまあ、いい経験にはなったと思う。次の魔道具に期待だな。

「この管をもっと細くするんだよ。そうすると、水の勢いが強くなるよ」

「それなら大きな魔法陣じゃなくても遠くまで水を飛ばすことができそうですわね。もっと管を細く……なかなか難しいですわ」

ロザリアがぐぬぬみたいな顔をしながら金属を加工している。『クラフト』スキルを持っているのでなんとかなっているのがすごいな。つなぎ目の部分をキレイに一体化すると完成だ。俺はその間に先端につけるヘッドを小型化していた。

「これを取りつけて様子を見てみよう。次は魔法陣の小型化だな。どのくらいの大きさがちょうどいいのか分からないから、何種類か作っておこう。ロザリアはこの大きさの魔法陣をお願いね」

「分かりましたわ」

ロザリアには比較的大きな魔法陣を頼んだ。その間に俺が小さな魔法陣を描いてゆく。たぶんこの方が早いと思う。魔法陣は小さくなればなるほど描くのが困難になる。その分、神経も時間もかかるのだ。

五パターンくらいの魔法陣を作成すると、それに合わせた収納箱を作製する。これは金属の板を曲げて作るだけなので簡単だ。あっという間に試験用の装置が完成した。

「よし、それじゃ、試験をしよう。まずは庭に水をまいてみようか」

「どんな風になるのか楽しみです」

うれしそうな顔をして、ロザリアが腕にしがみついてきた。ミラは反対の腕にしがみついている。

これじゃ試作品を持つことができない。しょうがないので、完成した試作機を使用人に持ってきてもらった。数も多いし、それなりに重いからね。その方が楽だし、安全だろう。

先端の水が出るノズルの部分は共通なので、作ったのは一つだけだ。これでよさそうなら量産する。ダメそうなら改良してから量産する。どちらに転んでもよし。

ズラリと五台の試作機が庭に並んだ。なかなかいい面構えをしていると思う。ロザリアが先端のノズルを一番小さな装置につなぐ。しっかりとつながっていることを確認できたのか、こちらを向いて大きくうなずいた。

よし、やるぞ。念のため、ロザリアには下がってもらう。ロザリアを水浸しにしたらゲンコツではすまないだろう。

「ではゆくぞ。試作一号機、スイッチ、オン！」

ペショペショと弱々しい水がノズルの先端から滴り落ちた。魔法陣が小さすぎたようだ。結構頑張って描いたのに。

その水をミラがおいしそうに飲んでいた。あーあ、顔がビショビショになってる。ロザリアにミラを捕まえておくように言っておくべきだったな。失敗した。

その後も試運転は続き、下から三番目の大きさの魔法陣を組み込んだ〝試作三号機〟がちょうどよい勢いと、本体の大きさを兼ね備えていた。これで確定していいと思う。

ミラはもう、全身がビチョビチョになっていた。屋敷に入れる前にタオルでよく拭いておかないと。

四号機は水の勢いにノズルが耐えられずに吹き飛んだ。結果は分かってはいるが、五号機も試した。当然、先ほどよりも勢いよくノズルが吹き飛んだ。ミラがものすごく喜んでいたな。どうやらお気に召したようである。飛んでいったノズルを口にくわえて俺のところに持ってきた。尻尾をブンブン振っている。

これはあれかな、投げた棒をイヌが拾ってくる感じなのかな？　ドラゴンも同じ遊びをするみたいである。これは王妃殿下に報告するべきだろうか？

そして俺は、五号機の先端が吹き飛んだ拍子に吹き出した水でビショビショになっていた。よかった。ロザリアに試験をやらせなくて本当によかった。ミラが拾ってきたノズルを遠くに投げながらそう思った。

俺たちはこの新しい魔道具に〝散水器〟という名前をつけた。名前は製作者が自由につけられることになっているのだ。もっとオリジナリティーあふれる名前にすればよかったかな？

サロンに持ち帰った試作三号機を改良する。試験では水の出る魔法陣を組み込んだ本体部分を地面に置いて使っていたのだが、ロザリアが言っていたように、それを持ち運べる形にした方がいいだろう。

そうなるとやはり便利なのは、本体を背中に背負うタイプだろうな。可能な限り小型化したとはいえ、遠足に持っていくリュックサックくらいの大きさがある。それならいっそのことリュックサック型のようにしようと思う。

これまで見た魔道具の中で、背中に背負うタイプのものは見たことがない。かなり画期的な製品になるのではないだろうか。ビジュアル的にもインパクトがありそうだ。

「ロザリア、この散水器を背中に背負うことができるようにしようと思う」

「背中にですか？　分かりましたわ」

そう言うとすぐに皮革を引っ張り出した。うん、これなら丈夫だし、問題なさそうだな。ロザリアは金属の部品とうまく組み合わせて、リュックサックのように加工した。

作業もスピーディーで洗練されている。だてにいくつもの魔道具を作っていないな。どうやら小さくても一人前のようである。

ちょこちょこと背負いやすいように修正しながら改良型散水器が完成した。無骨だった金属のケースにも彫金を施している。使い方も一緒に彫っているので、初めて使う人でも安心だ。

「完成しましたわ」

「おめでとう、ロザリア。ロザリアの開発した魔道具第一号だね」

「でも、私一人の力ではありませんわ」

困ったように眉を下げるロザリア。どうやらロザリアは納得していないようだ。魔道具として、すべて自分の力で作ったものを第一号にしたいのかもしれない。

「それじゃ、俺とロザリアの共同開発ということにしておこう。それならロザリアの名前もウワサになるだろうからね」

こうして完成した散水器は次の日の朝までサロンに飾ってあった。

翌日、さっそく使い心地を試してみることになった。俺はランドセルのような散水器を背負い、薬草園へと向かった。

「何もユリウス様がやらなくても、私がやりますのに……」

「そうですよ。ユリウス様に何かあったらどうするんですか」

騎士たちには止められたが、開発者の一人としては自分で使い心地を試したかった。これは開発者としての責務である。

「大丈夫。この散水器については俺がよく知っている。自分で使って、不満点を洗い出して、より完璧なものに仕上げるのが魔道具師としての仕事だよ」

「ユリウス様、いつの間に魔道具師になったのですか？」

「……そうだった。俺、魔道具師じゃなくて、魔法薬師になるんだった」

俺は素直に騎士たちの意見に従った。一人の騎士に散水器を背負わせると、使い方を説明した。彼なら問題なく水やりをしてくれるはずだ。

この騎士は薬草園の警備担当なのだが、そのついでに薬草を管理し育てることができるようになっていた。そのうち彼に役職手当をつけないといけないな。薬草園専属にしてもいいと思っている。

「重さと背負い心地はどうだ？」

「ちょっと私には小さいですね。重さは気になりません」

「なるほど。それじゃ、ベルトの長さを調整できるように改良しよう。それじゃ、試しに水をまいてみてくれ」

「分かりました」

騎士が薬草園の上方にノズルを向けた。この伸びたノズルの先端から、細かいシャワー状の水が噴き出るようになっている。これで広範囲に水をまくことができるはずだ。

スイッチを押すのと同時に、勢いよく水が先端から噴き出した。飛距離もなかなかである。

「キュ！」

「ちょ、ミラ、ダメだって！」

飛び出そうとしたミラを全力で抱きかかえた。朝からずぶぬれになるのはやめていただきたい。

騎士が早くも慣れた手つきでまんべんなく薬草園に水をまき始めた。その口元はキレイにあがっている。

「お兄様、うまくいったみたいですわね！」

少し興奮した様子のロザリアが俺の腕にしがみついてきた。

「ああ、そうみたいだね。これで毎回、井戸まで水をくみに行く手間を省くことができるぞ」

俺がやり遂げた感じでうなずいていると、庭の水やりをしていた庭師たちがやってきてしきりに感心していた。

よし、庭師たちのためにも、いくつか追加で作っておこう。

その後も追加の散水器を作ったり、改良したりをしながら過ごしていると、俺が送った招待状に対する返事が続々と届いた。どの手紙も〝参加希望〟だった。よかった。どうやら嫌われてはいないようである。ボッチじゃなかったみたいだ。

「お兄様、メリッサがお茶会に参加することになりましたわ」

「分かったよ。それじゃ、その人数で調整しておくね」

ロザリアはまだお茶会にあまり行ったことがないので、知り合いが少ないみたいだな。俺ももう少し積極的にロザリアを連れてお茶会に参加した方がいいのかもしれない。この辺りはお父様と要相談だな。

どのようなお茶会にするのかはベテランの使用人と共に決めておいた。お菓子は何にするか、飲み物は何にするか、飾りはどうするか。

今回の主な目的はミラをみんなに紹介することである。そこからその存在が徐々に領民に広まっていき、将来的にミラがこのハイネ辺境伯領の守り神みたいになってくれたらいいなと思う。

ハイネ辺境伯家が保護しているミラにちょっかいをかけるような愚か者はほぼいないだろう。王家ともそれなりにつながりがあるし、それほど心配する必要はないはずだ。

お茶会では他に、ロザリアが作った魔道具も紹介しようかな？　ロザリアが魔道具師としての力があると分かれば、それに寛容な殿方から結婚の申し出があるかもしれない。

魔道具に興味がある人物だったらいいんだけどな。同じ領内に住む家に嫁ぐことになれば、なおよし。すぐに会いに行くこともできるからね。

お茶会に招待したのは、ファビエンヌ嬢、ナタリー嬢。それから魔道具作製仲間のエドワード、ビリー、プラトンの三人組だ。

ロザリアは親友のメリッサちゃんを呼んだみたいである。

魔道具作製仲間の三人組は魔道具師の道に進むと思う。となれば、魔法薬師の道に引きずり込めるのはファビエンヌ嬢、ナタリー嬢、メリッサちゃんの女の子三人組だろう。魔法薬師仲間を増やすんだ。頑張ろう。

当初の予定ではお茶会のときにこれまで開発した魔道具を紹介しようと思っていたのだが、そこにこれまで作った魔法薬も加えることにした。おばあ様の遺作と言えばたぶん大丈夫だろう。

それにしても、学校を卒業して資格を取らなければ魔法薬を作ってはいけないという縛りのおかげで、魔法薬の魅力を普及できない。一度みんなの前で魔法薬を作っているところを見せることができれば、もっと興味を持ってもらえるかもしれないのに。これが大きな足かせになっているような気がする。

だからといって、使い方を誤れば毒にもなる魔法薬を、だれにでも作らせるわけにはいかない。

……これは魔法薬師仲間を増やすのは学校に通い始めてからになりそうだな。それまでボッチで魔法薬を作るしかないか。ちょっと寂しい。

というよりも、俺、違法に魔法薬を作ってるんだよね。犯罪者であることを自覚しなければならないな。お父様とライオネルが見逃してくれているからといって、甘えていてはいけない。

今回は〝こんな素晴らしい魔法薬もありますよ〟くらいの紹介で終わらせておこう。これでだれかが興味を持ってくれたら万々歳だ。それにメインはミラのおひろめだもんね。主役を差し置いてはいけない。ダメ絶対。

そうと決まれば、女性陣を魔法薬の世界に引き込めるようなアイテムを準備しておかなければならないな。女性陣が喜ぶ、魔法薬っぽいアイテム。それは化粧品。いつの時代も女性が美を追い求めるのは世の理《ことわり》である。うん、そうしよう。

ゲーム内にもいくつか化粧品があったな。まずはすぐに作れる化粧水から作ろうかな。あとは使用人たちの手荒れがひどそうなので、ハンドクリームを作ってプレゼントしてあげよう。

そうと決まれば、善は急げだ。俺はすぐに調合室にこもった。

化粧水もハンドクリームも、必要な素材は薬草である。本当に薬草は万能だな。残りの素材は味付け程度で十分だ。

片手鍋に蒸留水を入れ、薬草を丸ごと投入する。それをゆっくりと加熱していくことで、薬草からほのかな治癒成分を抽出するのだ。回復薬のような強い作用は必要ない。毎日つけることで、ジワジワと効果を発揮するのが重要だ。

他にも、チーゴの実を投入した。チーゴには魔力回復成分が含まれている。その成分を入れることで、自己再生による肌の改善に、魔力回復ブーストが加わるのだ。そしてさらに、乾燥させて細かく砕いた毒消草をひとつまみ入れる。そうすることで、抗菌効果も発揮するぞ。

できあがった化粧水は赤茶色をしており見た目がよくない。そこで多孔質の活性炭でろ過することで、無色透明の溶液に仕上げた。それを見栄えのよいガラスビンに入れれば完成だ。ガラスビンは『クラフト』スキルを使って俺が作り出したものである。ビンのフタに鳥の装飾が施されており、色々と頑張った品である。

化粧水：高品質。肌をつややかにする。効果（小）。

さすがにその辺りでお手軽に手に入る素材だけを使ったので効果は低い。だが、お年頃の女の子たちには効果が強すぎずちょうどいいだろう。

試しに自分の腕に使ってみた。予想通りつややかになった気がする。顔で試さなくてよかった。それをやっていたら、絶対に目立っていたはずだ。

「よし、バッチリだな。次はハンドクリームだけど、これは水虫薬の延長線にあるからな。サクッと作ってしまおう。香料は……仕事に使うものだから無臭の方がいいな」

薬草、毒消草、冬虫夏草、蜜ロウを練り混ぜてハンドクリームを作製する。こちらも高品質のものができたので、効果はバツグンのはずである。

できあがったハンドクリームをさっそく使用人たちに渡しに行った。お茶会は明日に迫っており、今はその準備をみんなでしてくれているはずだ。

明日は天気がよさそうなので、庭でお茶会を開催することにしていた。それならミラも自由に動き回ることができるし、先日作った散水器の性能も披露できるからね。

「お茶会の準備は順調みたいだね」

明日に備えて、ティーカップや食器の準備をしている使用人に声をかけた。ちょっと驚いた様子だったが、すぐに笑顔をこちらへ向けてくれた。

「ユリウス様、滞りなく進んでおりますわ」

「いつもありがとう。これはそのお礼だよ」

「え？　あ、ありがとうございます？」

頭にたくさんの疑問符をつけながら受け取る使用人。そんな調子でみんなにハンドクリームを手渡していった。もちろん、男女問わずである。料理人たちの分もあるので、もちろん渡しに行った。

使ってくれるといいんだけど、ちょっと怪しいかな？　俺としては日頃の感謝の気持ちを示しただけだし、だれか一人くらいは使ってくれるだろう。

だがしかし、俺の予想は大きく外れることになる。あとあと話を聞くと、どうやら騎士たちが俺の渡したハンドクリームを〝あれはいいものに違いない〟とすすめてくれたようである。

翌日、使用人たちの手はピカピカになっており、その顔はニコニコになっていた。

これはあれだな。定期的にハンドクリームを提供した方がよさそうだな。化粧水はちょっと様子を見ることにしよう。なんだか嫌な予感がしてきたぞ。さすがは高品質、といったところである。

「ユリウス様、お茶会の準備は整っておりますよ。最終確認をお願いします」

「分かった。すぐに向かうよ」

案内された庭には円形のテーブルが五つ用意されており、そのうちの二つには色とりどりのお菓子が置いてあった。その中には見たことがないお菓子も交じっている。きっと色々な店を調べてくれて、新作のお菓子を用意してくれたんだろうな。

「問題ないよ。ありがとう」

「私たちにお礼など不要ですわ」

使用人たちがそろって頭を下げた。貴族ってあんまりお礼を言ったらダメなんだよね。それなのにどうもお礼を言わないと気がすまないのは、元が庶民だからだろうか。

お茶会の準備は整った。あとはみんなが来るのを待つだけである。おっと、忘れないうちに魔道具や魔法薬を並べておかないといけないな。

使用人に頼んで持ってきてもらっていると、ロザリアがミラを連れてやってきた。

「お兄様、このドレス、どうでしょうか？」

「キュ？」

ロザリアは黄色を基調とした華やかなドレスを身にまとっていた。リボンがたくさんついており、元から持っているかれんなかわいさをさらに引き立たせていた。髪もリボンで結ばれている。さすがに宝石類は身につけてはいなかったが、それでも十分にロザリアの魅力が際立っていた。

「よく似合ってるよ。どこからどう見てもお姫様だね」

「キュ！」

ロザリアがおしとやかに笑い、ミラが自分も見てと言わんばかりに声をあげた。よく見るとミラの首元に大きなリボンがつけられている。ありなのか、これ？　でも本人は喜んでいるみたいだしな。

「ミラもよく似合っているよ。かわいいね」

ミラの頭をなでる。その手にミラが頭突きをしてきたところを見ると喜んでいるみたいである。

聖竜にオス、メスの区別はないと聞いたが、ミラはかわいいものが好きなようだ。これからはそっちの方向で接した方がよいのかな？

使用人に持ってきてもらった魔道具と魔法薬を並べていく。ロザリアが手伝おうとしていたが、ドレスが汚れるといけないので断った。ロザリアは〝このドレスにしたのは失敗でしたわ〟とつぶやいていた。

どうやら自らの手で魔道具を使って、みんなに紹介したかったようである。ミラは散水器の魔道具を、今にも星が湧き出そうなほどのキラキラした目で見ていた。

ビショビショになると困るので触らせないよ、ミラ。そんなミラを小脇に抱えてテーブル席へ移動する。もうすぐみんながやってくるはずだ。

「お兄様、なんだか見たことがない魔法薬があるのですが」

「ああ、それは化粧水とハンドクリームだね。魔法薬のようなものだけど、これでも日用品の一つなんだよ。ファビエンヌ嬢やナタリー嬢、メリッサちゃんに魔法薬に興味を持ってもらおうと思って作ったんだ」

「どんな効果があるのですか？」

「これを手につけると、手がキレイになる、かもしれないんだよ」

まずいまずい。変なことをロザリアに吹き込むと、自分も欲しいとねだられることになるぞ。そしてそれがお母様に伝わって、お母様から……考えただけでも恐ろしい。チラリとロザリアを見ると、化粧水とハンドクリームをガン見していた。

「お兄様」

「ロ、ロザリアにはまだ早いんじゃないかな？　まだ子供だから、必要ないよ」

「お兄様、私はもう子供じゃないです！」

出たよ、子供特有の自分は子供ではない発言。一人でお風呂に入れないような子が大人なわけありません！　ロザリアはほほをフグのように膨らませていたが、それ以上は突っ込まなかった。

「ユリウス様、エドワード様がお見えになりました」

「すぐに迎えに行くよ。それじゃロザリア、ミラ、いい子にして待っているんだよ」

そう言って二人の頭をポンポンして玄関へと向かった。手のかかる子供が二人もいると大変だ。

玄関前にはすでに馬車が到着していた。どうやら間に合ったようである。すぐに馬車からエドワードが降りてきた。

「ようこそ、エドワード殿」

「本日はお招きいただきありがとうございます」

社交辞令のあいさつを交わすと、肩をたたき合った。

「冬が本格化する前にお茶会を開催できてよかったよ。みんなに紹介したいことがあるんだ」

「新しい魔道具ですか？　楽しみですね。王都に行っていたと聞きましたが」

「ああ、おばあ様とおじい様が毒にやられてしまってね……どちらも俺が到着する前に亡くなっていたよ」

「……そうですか。残念です」

肩を落としたエドワードを連れてそのまま中庭へ移動した。一緒に悲しんでくれるエドワードとはいい仲間になれそうだ。

エドワードは中庭に入ると足を止めた。ロザリアとミラが座っている方を見て、口をパクパクさせている。その様子は昔動画で見たことがあるくるみ割り人形にそっくりだった。

「ユリウス様、あれ、あれ……」

エドワードの語彙力が一気になくなった。吹き出しそうになったのをなんとかこらえる。吹き出してはダメだ。失礼だぞ。

「紹介するよ。新しく家族になった、聖竜のミラだよ。今日はミラを紹介するためにお茶会を開いたんだ。ほら、ミラ、あいさつして」

「キュ！」

ミラが〝ヨッ！〟とばかりに片手をあげた。一体だれにそんなことを教わったんだ。ロザリアか？その様子を見たエドワードは口元をはわはわと波立たせていた。どうやら何かの琴線に触れたらしい。

「こ、言葉が分かるのですね。あの、触ってみても？」

「キュ」

俺が返事をするよりも先に、ミラが頭をエドワードの方に差し出した。なでろということなのだろう。その頭にゆっくりと手を伸ばすエドワード。手のひらがミラの頭に到達すると、味わうようになでていた。その顔はだらしなくゆるんでいる。

よしよし、どうやらミラが怖がられることはなさそうだな。まあ、パッと見、動くぬいぐるみだもんな。畏怖の対象にはならないか。

その後も次々と友達がやってきた。それぞれにミラを紹介すると、エドワードと同じような反応を示した。

大変人気のようである。主催者である俺をそっちのけでキャーキャーとミラを取り合っていた。ちょっと寂しい。

そんな中でもやることはやらねば。まずは魔道具の紹介だ。

「この短期間にまた新しい魔道具を作ったのですね。水やりが楽になる魔道具ですか。これがあれば、我が家の庭師も喜びますよ」

「これは間違いなく需要がありますよ。すぐに量産されて魔道具店に並ぶと思います」

「それよりも、自分で作ってみたいですね」

エドワード、ビリー、プラトンの三人の目が輝いている。別に独占するつもりはないので、設計図を渡しておくことにした。『クラフト』スキルがないと加工が難しいのだが、その過程でスキルが身につくかもしれないし、無駄にはならないだろう。

三人とも大変喜んでいた。そして開発者の一人であるロザリアと楽しそうに魔道具話に花を咲かせていた。うんうん、いい感じだ。仲良くなってくれれば、将来に期待できるぞ。

「ユリウス様、この化粧水とハンドクリームを試してみることはできませんか?」

「もちろん構わないよ」

ファビエンヌ嬢がそう聞いてきたので、二つ返事で許可する。こっちはこっちで食いついたぞ。

さすがは女の子。美しさに興味を持たない女の子はそれほどいないだろう。俺は使用人の一人を呼んだ。

「ハンドクリームを使うとこんな感じになるよ」

使用人に両手を見せてもらう。そこにはツヤツヤでピカピカの両手があった。手荒れの手の字もなかった。

「先日までは本当に手荒れがひどかったのですよ。それがユリウス様からいただいたハンドクリームのおかげで、一晩でこうなりましたわ」

弾むような声でそう言った。そこにウソ偽りはないと見た、ファビエンヌ嬢、ナタリー嬢、メリッサちゃんがハンドクリームを手につけた。

三人ともすでにキレイな肌をしているからあまり効果は見られないかな？　と思っていたのだが、予想に反してさらにツヤツヤのピカピカになっていた。

ちょっと効果、高すぎない!?

「ユリウス様、こちらの化粧水を試してみても？」

暗がりに潜む猫のように、目を輝かせたファビエンヌ嬢が代表で聞いてきた。

「あ、ああ、うん、もちろんどうぞ」

その眼力に思わず腰が引けた。

三人娘を代表して、ファビエンヌ嬢が化粧水の入ったガラスの小ビンを開けた。使用人に用意してもらったハンカチに、ほんの少しだけ化粧水をつける。それを試すように腕の一部につけた。ま

ずは肌に影響がないかを見ているようだ。確かに、いきなり顔につけるのは不用心すぎるよな。

だれかに指示されなくてもそういった細かい配慮ができるのは、魔法薬師に向いてると言えるだろう。魔法薬は作るだけじゃなくて、使ってくれる人のことを第一に考えなくてはならない。その点、ファビエンヌ嬢は合格だな。

ファビエンヌ嬢の腕に注目が集まっている。俺が試しに使ったときと同じ、いや、そのとき以上につやつやになっているような気がする。ファビエンヌ嬢はしきりにその箇所を触っていた。

俺の視線に気がついたのか、ファビエンヌ嬢がこちらを向いた。

「あの、触ってみますか？」

「え？　ああ、うん、そうだね。触ってみようかな？」

そして手を伸ばしたところで気がついた。まだ子供とはいえ、こんな風に女性の腕を触っていいものなのか。幼なじみとか、兄妹《きょうだい》とか、婚約者とかならまだ分かるけど、そんな関係じゃないよね？　でも今から〝やっぱやめた〟と言うわけにも行かないだろう。ええい、ままよ。

俺はそのままファビエンヌ嬢の腕を触った。陶器のようなスベスベの感触。そういえばつややかになるのは確認したが、触り心地は確かめてなかったな。こんなにスベスベになるのか。効果は〝小〟なのに。これが〝大〟だとどうなるんだろう。若返ったりするんじゃないのか？

「あの、どうでしょうか？」

「すごく、スベスベです」

俺の率直な感想を聞いたファビエンヌ嬢の顔が真っ赤になった。あ、いかん。その顔を見たこっちもなんだか顔が熱くなってきたぞ。

「私も触ってみてもいいですか？」

「私も触ってみたいです」

ナタリー嬢とメリッサちゃんが俺のあとに続いた。そして触り心地を確かめたあと、自分たちの腕にも化粧水をつけていた。

三人とも肌にかぶれや、赤くなったりなどの反応はなかった。問題なしのようである。

「顔にもつけてみたいのですが……」

「ああ、それだったら、この化粧水を差し上げますよ。家で試しに使ってみて下さい」

そう言って三人に化粧水を差し出した。それを大事そうに三人が受け取った。よしよし、これで少しは魔法薬に興味を持ってもらえたかな？

「あの、これはどなたが作ったのですか？」

「この化粧水を作ったのは私ですよ」

「これは魔法薬ではないのですか？」

「魔法薬の一種だと思いますが、この国の魔法薬の分類では、化粧品は魔法薬に入らないのですよ」

魔法薬について調べているときに分かったことなのだが、ハンドクリームや化粧品、石けんなどの日用品は、基本的には魔法薬に分類されないのだ。どうやら、多くの人が日常的に使うものは、需要の多さもあって、解放されているらしい。

それもそうか。魔法薬師でなければ作ることができないとなれば、とても需要を満たすことができないからね。そのため、俺が魔法薬に興味を持ってもらうために作った化粧水やハンドクリームは、法の抜け穴をついたようなものだった。

その一方で、もちろん魔法薬としても登録することもできるようだ。作り方を独占したい場合はこっちになるのかな？

「そうだったのですね。それでは私でも作ることができるのですか？」

食いついた！　ファビエンヌ嬢が食いついたぞ。いや、ファビエンヌ嬢だけじゃない。ナタリー嬢もメリッサちゃんもこちらを見ている。

「もちろん作ることができますよ。それなりの設備は必要ですが、必要な素材はすぐに手に入りますからね。ファビエンヌ嬢の庭では確か、薬草も育てていましたよね？　それならばよい化粧水が作れると思いますよ」

「作るのは難しいのではないですか？」

ナタリー嬢が眉をひそめて聞いてきた。ここで興味を一気にたぐり寄せれば、念願の魔法薬仲間が増えるぞ。

「基本的には水を加熱するだけで作ることができますよ。あとは薬草などの素材を入れるころ合いと分量を間違えなければ大丈夫です」

ふんふん、と三人娘がうなずいている。勝ったな。その後は三人に作り方の手順を話した。もちろん堅い話にならないように、蒸留水の作り方や、薬草やハーブの乾燥の仕方、それを使ったハーブティーの作り方なども話した。その結果、大いに興味を持ってくれたようである。

プレゼントした化粧水とハンドクリームの効果を実感してくれれば、もう手放せなくなるはずだ。そのままの勢いで化粧品を作るようになって、そのまま魔法薬の沼に……なんだか悪徳商法をしているみたいだが、これも魔法薬の未来のためだ。そのためには心を鬼にしなければ。

三人と大いに話が盛り上がったところで、ハイネ辺境伯家のお茶会は終了の時刻を迎えた。魔道具チームも盛り上がっていたようで、その間を行き来するミラはあちこちで呼ばれて忙しそうだった。

みんなに紹介した散水器の魔道具はエドワードが実にいい顔をして庭に水をまいていた。使い方はロザリアが説明したようである。

楽しかったお茶会が終わり、みんなを見送った。さて、片づけなければと思ったところで、使用人たちに追い出された。どうやら邪魔だったようである。ションボリ。

そんなわけで、ロザリアとミラを連れてサロンに戻った。サロンのソファーに座ると、急に疲れが襲いかかってきた。神経を使いすぎたのか、妙に疲れている。

「思ったよりも疲れたな。ああでも、無事に終わることができたからよかったよ」

「そうですね。私もみなさんとたくさんお話ができて楽しかったです」

庭を見ると、使用人たちが慌ただしく後片づけをしていた。本当にご苦労様です。あとでお菓子の差し入れでもしておくとしよう。いや、化粧水の方がいいかな？　さっき、後ろで控えていた使用人たちが、猛禽類《もうきんるい》のような目で見ていたんだよね。

「お兄様、今度、エドワード様のところに遊びに行ってもいいですか？」

ロザリアが笑顔で聞いてきた。お、これはもしかして、もしかするのか？　このような話を俺に振ってくるということは、きっとエドワードから家に来ないかと誘われたのだろう。

「もちろん構わないよ。相手の家の人に迷惑をかけないようにね」

「もちろんですわ」

これで少しは兄離れができるようになるかな？　寂しくなんかないぞ。俺にはミラがいるからね。

ソファーに座る俺の上に、ミラが乗っかってきた。そんなミラの頭をなでてあげる。

あれ？　なんかミラ、湿ってね？

「ミラ、ぬれたらダメだって言ったよね？」

「キュ？」

聞いてないよとばかりに首をかしげるミラ。そのかわいらしい仕草に思わずほほが緩みそうになったのを両手で押さえた。

言った。確かに言ったはずだ。

「ミラ、言うことを聞かないんだったら、オリに入れることになっちゃうよ？」

「キュ～！」

ミラが悲しげな声をあげた。ちょっと脅しただけなのにこの罪悪感。聖竜の声には人の心に作用する何かがあるのだろうか？　それを聞いたロザリアが飛んできた。

「お兄様！」

「いや、別にミラをいじめているわけじゃないからね」

ロザリアにことの次第を話すと〝自分がミラを手放したのが原因なので、ミラは悪くない〟の一点張りだった。その様子はまさに年下の弟妹をかばう姉そのもの。妹か弟が欲しいって言ってたもんな。夢がかなってうれしいのだろう。

だがそれはそれ、これはこれである。しっかりとロザリアとミラに言い聞かせることになった。子供をしつけるのは大変だな。

「これで少しは成長してくれるといいんだけど……みんなロザリアには甘いからな。俺も含めて」

ゴロリと自分の部屋のベッドで横になっていると、ミラがフサフサの頭を押しつけてきた。その頭をなでていると、疲れが取れてくるような気がする。癒やし効果でもあるのかな？

数日後、お父様から手紙が届いた。はげ山の件はお父様がハイネ辺境伯領に帰ってきてから正式に処分が下されることになるようだ。木がポンと成長したことについては特に触れていなかった。ちょっとあとが怖いぞ。

お父様たちが帰ってくるまでにはまだ半月ほど時間がある。今ごろ王都ではあちこちでパーティーが開かれているはずだ。

社交界シーズンの終わりには大きなパーティーがいくつも開催されると聞いている。さすがにおばあ様とおじい様が亡くなったばかりなので参加することはないだろうが、少なくとも、おつき合いのある貴族たちにはあいさつをしなければならないだろう。それが終わるまではお父様たちも帰ることができないはずである。

「お兄様、今日はエドワード様のところに行ってきますわ」

「気をつけて行ってくるんだよ。迷惑をかけないようにね。それからミラは置いていきなさい。まだ領都の中を連れて歩くのは早いからね」

ミラをしっかりと抱え込んでいるロザリアにそう言った。ミラのウワサは貴族たちの間には広がりつつあった。予定通りである。あとはそこから領民にも広がっていけば、ミラが道端を歩いていてもそれほど騒ぎにはならないだろう。それまでの辛抱だ。

「分かりましたわ」

ロザリアは素直に言うことを聞いてミラを手放した。自由になったミラが俺の膝の上に飛んでくる。それを見届けると、ロザリアは出かける支度を始めた。

さて、俺も準備をしなくてはならないな。今日はファビエンヌ嬢がやってくる日なのだ。もちろんその目的は、俺から化粧水とハンドクリームの作り方を習うためである。

あれからファビエンヌ嬢が魔法薬に興味を持ってくれた。時間があるときに手ほどきをしてくれないかとお願いされたので、二つ返事で承諾した。

ついに俺にも魔法薬仲間ができたぞ。これほどうれしいことはない。

ロザリアがエドワードの実家であるユメル子爵家に出発したのを見届けると、ファビエンヌ嬢を迎える準備を始めた。準備のほとんどはすでに昨日のうちに終えているので、あとは最終確認をするだけだ。

「準備は問題なさそうだな。ミラ、いい子にしてるんだよ」

「キュ」

ミラが神妙にうなずいた。ミラは賢くてとてもいい子だから、まず大丈夫だろう。ファビエンヌ嬢とミラの関係もいい感じにしておきたいからね。

そうこうしているうちに、ファビエンヌ嬢が到着したという知らせがきた。急いで玄関まで迎えに行く。

「ようこそ、ファビエンヌ嬢」

「キュ」

「本日はお世話になりますわ」

ファビエンヌ嬢が美しい礼をする。思わず見とれてしまうほどだった。ボーッとしていたところをミラにつつかれて、慌てて調合室へと案内した。

調合室に入ると、そこにある装置類を見て驚いたような声をあげた。

「魔法薬ギルドで装置を見たことがありますが、組み合わさるとこのような形になるのですね」

「売られているのはバラバラになった装置だけですからね。組み合わせ次第で色んな形になるのですよ。ファビエンヌ嬢、これをドレスの上から着て下さい。素敵なドレスが汚れるといけませんからね」

そう言って作っておいた白衣を差し出した。機能性を重視したシンプルな作りである。リボンやフリルなどはついていない。だがしかし、しっかりと服を汚れから防ぐことができるようになっている。

「ありがとうございます。なるほど、これを身につければ汚れを気にしなくてもすみますね」

本当は汚れても大丈夫なツナギなんかに着替えてほしいのだが、さすがにご令嬢にそんな格好をさせるわけにはいかない。そしてそれは俺も同じである。汚れてもいい服の方が、作業がはかどるんだけどな。

俺もファビエンヌ嬢と同じタイプの白衣を身につけた。おそろいである。

「それでは簡単なものから作ってみましょうか。魔法薬を作るのは違法になりますが、中間素材を作るだけなら大丈夫ですので。まずはすべての基本である蒸留水を作ってみましょう」

「よろしくお願いしますわ。その蒸留水も化粧水の素材になるのですか?」

ファビエンヌ嬢が首をかしげている。なんだろう、これまでもキレイだったけど、さらに磨きがかかっているような気がするぞ。化粧水のおかげかな? それになんだかいい匂いがする。ちょっとドキドキしてきた。

「蒸留水はすべての魔法薬で使うと言ってもいいほど、色んな魔法薬の素材になっているのですよ。もちろん化粧水の素材にもなりますし、初級回復薬を作るときにも利用しますね」

「そうだったのですね。どうやって作るのか楽しみですわ」

目を輝かせてそう言うファビエンヌ嬢。その期待を裏切らないように、装置の使い方と作り方を教えた。蒸留水を作るのは難しくないので、すぐにファビエンヌ嬢でも作ることができるようになった。

ファビエンヌ嬢は初めて自分で作った蒸留水を見て小躍りしていた。つかみはオーケーのようである。

次はその蒸留水を使って実際に化粧水を作ることにした。自分の力で化粧水を作ることができたという体験は、きっとファビエンヌ嬢によい影響を与えてくれるはずだ。

片手鍋に蒸留水を入れて、薬草を入れる。前回俺が作ったときと同じ手順で作っていく。完成した化粧水をおしゃれな小ビンに移せば完成だ。

小ビンは今回のために特別に用意した。前に使った小ビンは鳥の装飾だったのだが、今回はファビエンヌ嬢が好きなお花の模様をあしらっている。前にそれとなく聞いておいてよかったぜ。

この小ビンを見たファビエンヌ嬢は目を大きくさせて、時が止まったかのように見つめていた。

「これで完成です。いいものができあがりましたね」

「こんなかわいらしい小ビンがあるとは思いませんでしたわ。この小ビンはどこで見つけたのですか？」

ファビエンヌ嬢がキラキラと目を輝かせてこちらを見つめている。ああ、どうしよう。正直に言うべきだろうか？　言うべきだろうな。

「この小ビンは私が作ったのですよ。ファビエンヌ嬢に喜んでもらえるかなと思いまして」

「まあ」

開いていた目がさらに大きく見開かれた。そのほほはピンク色に染まっていた。そんなファビエンヌ嬢の顔を見た俺は、追加の小ビンをプレゼントすることを決意するのであった。

第九話 冬の訪れ

化粧水が無事に完成したのでちょっと休憩をすることにした。もちろん場所はこんな殺風景な調合室ではなく、近くのサロンである。

お茶会などで使うハイネ辺境伯家で一番格式高いサロンではないが、あめ色をした年代物の家具がいくつも置いてあり、落ち着いた雰囲気の大人向けサロンだ。個人的には結構好きな場所である。静かに本を読むことができるからね。

「どうでしたか？　それほど難しくはなかったでしょう？」

「そうですわね。思ったよりも難しくないように感じましたわ。でもそれはユリウス様が隣で丁寧に教えてくれたからだと思います。私一人だったら、こんなに簡単に作ることはできなかったと思いますわ」

おおう、なかなか冷静に周りを見ているな。ロザリアなんて、初めて魔道具を作ったときは興奮しすぎて周りが見えていなかったからね。でもそのおかげで、さらに魔道具に興味を持つようになった。ファビエンヌ嬢はそこまでの気持ちの高まりはなかったのかな？

「差し上げた化粧水とハンドクリームはどうでしたか？」

「……大変でしたわ」

た。

「大変？」

え、一体アンベール男爵家で何が起こったんだ？　目を伏せたファビエンヌ嬢がふうと一息ついた。

「評判がよすぎて、すぐになくなってしまいましたわ」

「ああ……それならたくさん渡しておけばよかったですね」

どちらも一つずつしか渡してなかったからね。ファビエンヌ嬢だけが使うと思っていたのだが彼女は他の人にも提供したようだ。その結果、すぐになくなってしまったのだろう。

どうやらファビエンヌ嬢は自分が独占するよりも、みんなに喜んでもらう道を選んだようである。そのせいでアンベール男爵家は騒ぎになったみたいだけど。

「お母様も大変気に入っておりましたわ。なんでも、最近、肌の張りがなくなってきたと感じていたそうです。それが戻ってきたみたいで喜んでましたわ」

男爵夫人も美しさを保つために苦労しているんだな。きっと俺のお母様も日頃からたゆまぬ努力をしているのだろう。お母様にもプレゼントしてあげようかな？

「それなら、追加でいくつか作りましょう。ハンドクリームも多めに作った方がよさそうですね。なくなったら、またいつでも作りにきて下さい。歓迎しますよ」

「よろしいのですか？　お邪魔になったりするのではないですか？」

「そんなことはありません。大歓迎ですよ」

俺の自称イケメンスマイルにファビエンヌ嬢の顔が赤くなった。どうやら自称ではなく、マジイケメンスマイルだったようである。異世界ってスゲー。

これで定期的にファビエンヌ嬢がハイネ辺境伯家へやってきて、魔法薬に対する興味をますます持ってくれれば御の字である。俺は今、念願の魔法薬仲間を手に入れたぞ！

休憩が終わると、次はハンドクリーム作りを開始した。今度は何個か作るので、材料は多めにしてある。作り方を教えながら、俺はその隣でハンドクリームを入れる金属製の容器を追加で作っていた。

容器のフタには浮き彫りで花の模様をあしらっている。全部ファビエンヌ嬢にあげるつもりなので、模様は全部違うものに仕上げていた。

「ユリウス様、器用ですわね……」

俺が作りあげた容器を見てファビエンヌ嬢がそう言った。隣で俺が簡単そうに作ったので驚きを隠せなかったようである。いや、これは驚いているというよりも、あきれているのかもしれない。

「いやぁ、魔道具を作るときに身につけた技術なのですよ。大したことはありません」

あはは と笑ってごまかす。ファビエンヌ嬢はどう答えたらいいのか分からない様子で、眉をハの字に曲げていた。

できあがったハンドクリームを容器に詰めていく。全部で五つ完成した。

次は再び化粧水作りに移る。追加でいくつか作っておけば、しばらくは大丈夫なはずだ。ファビエンヌ嬢は早くも慣れた手つきで化粧水を作り始めた。ハンドクリームも作ったことで、調合するのにも慣れてきたのだろう。

俺はその隣で化粧水を入れるビンを作っていた。もちろん花柄をあしらった小ビンである。模様も一つ一つ違うというこだわりようだ。しかし、ファビエンヌ嬢がチラチラとこちらを見ており、集中力が散漫になっていたようなので、途中で小ビン作りをやめた。

集中力が散漫になったことで事故などが起こったら困る。まずはファビエンヌ嬢の安全が最優先だ。その代わりと言ってはなんだが、ファビエンヌ嬢が化粧水を作るのを一緒に手伝った。

「魔法薬もこのようにして作るのですか？」

「基本的には同じですよ。先ほども言いましたけど、これも魔法薬と言えば魔法薬ですからね。ファビエンヌ嬢はすでに魔法薬を作っていると言ってもよいと思いますよ」

「私が魔法薬を作ってる……なんだか不思議な気分ですわ。私は何もできないと思っていましたのに」

ファビエンヌ嬢が目を伏せた。何もできない？　そういえば確かに、この世界の貴族の女性は、将来結婚して家を守ることになるため、自ら働くようなことはしないな。

きっとファビエンヌ嬢も自分はそうなると思っていたのだろう。結婚して、家庭を守って、ただそれだけ。お母様みたいに、そこに価値を見いだして生き生きとしている人もいれば、ファビエンヌ嬢みたいに、疑問を抱く人もいるのだろう。

「何もできないだなんて、そんなことはありませんよ。ファビエンヌ嬢も将来は、私のおばあ様みたいに、高位の魔法薬師になるかもしれないじゃないですか」

あえておばあ様のことを例にあげた。確かにおばあ様のように、家庭を守る以外の技能を持った貴族の奥方は少ない。だが、ゼロではないのだ。俺としては〝せっかく生きているのだから、やりたいことをやった方がいいじゃない〟という感覚の方が強い。この世界では異端な考え方かもしれないが。

「そう……ですよね」

そう言いながらこちらを向いたファビエンヌ嬢の目には、ようやく雪解けを迎えた、春の日差しのような暖かさと明るさがあった。きっとずっと悩んでいたんだろうな。自分の存在について。

「そうですよ。ファビエンヌ嬢ならきっと、あなたがすべきことを見つけることができますよ」

力強くそう言って笑った。

俺が追加の小ビンを作っているのをファビエンヌ嬢がジッと見ている。手元を見ていると思いきや、ときどき俺の顔も見ているような気がする。さすがに手元に集中しなければならないので、確認することはできなかった。

「よし、これでファビエンヌ嬢が作った化粧水を、すべて移し替えることができるはずですよ。さっそくやりましょう」

「ユリウス様は本当に器用ですよね。どうやってガラスを加工しているのですか?」

「あー、これは……」

どうしよう。この世界にはスキルという概念がないんだよね。いつも通り、なんとなくでごまかすか?

「魔道具を作っているときに偶然できるようになったのですよ。魔力を流して変形させせる、みたいな？」

「魔力を流して変形させる……」

ファビエンヌ嬢がうつむいて考え込んでいる。そんなに深く考えなくても、〝そんなこともできるんですわね〟ですませてもらえればよかったのに。あ、もしかして。

「ファビエンヌ嬢も小ビンを作ってみたいのですか？　魔法薬は入れる容器も必要になりますからね。自分で作れるようになっていても損はないと思いますよ。魔法薬によっては専用の容器に入れる必要がありますからね」

「そうなのですね。ユリウス様は博識ですわね」

「ええと、そうおばあ様に教えてもらいました」

ポリポリと頭をかきながら答えた。申し訳ありません、おばあ様。勝手に何もかもおばあ様のせいにしてしまって。でも、それでほとんどが片づくから便利なんです。本当にごめんなさい。

興味がありそうなファビエンヌ嬢にその辺りで売られている小ビンを渡した。

「こうやって小ビンを持って〝形よ変われ！〟って念じるんですよ」

「え？　ええ、分かりましたわ」

少しだけ目を見開き、困惑した表情をするファビエンヌ嬢。それでも俺の謎の指示に従って〝形よ変われ！〟って言っていた。かわいい。でもウソではない。スキルはなんとなく使えるようになるので、感覚でつかむしかないのだ。

俺はしっかりとファビエンヌ嬢が持っている小ビンを見つめた。どうやらまだ疑う気持ちが強いみたいで、うまく魔力が流れてないな。コツをつかむまでには時間がかかるだろうし、焦らずじっくりといくとしよう。

「ふふふ、何事も練習あるのみですよ。その小ビンは差し上げますので、何度も練習してみて下さい。大丈夫、必ずできるようになりますよ。それでは化粧水を小ビンに移して完成させましょう」

「そうでしたわね。忘れてましたわ」

ほほを赤くしてちょっと舌を出したファビエンヌ嬢。どうやらすっかり忘れていたようである。ちょっと照れた様子もかわいい。

そんな調子で化粧水を移し替えたり、小ビンを変形させようとしたりしていると、あっという間にファビエンヌ嬢が帰る時間となってしまった。

「お嬢様、そろそろ屋敷に戻るお時間ですよ」

ファビエンヌ嬢が連れてきた使用人がそう言った。窓から見える日の光は、もうすぐ夕暮れになることを告げている。もうそんな時間か。あっという間だった気がするな。

「もうそんな時間ですか？　あっという間でしたわね」

「そうですね、あっという間でしたね」

俺たちは顔を見合わせて笑った。どうやら同じ気持ちだったようである。ちょっとうれしい。魔法薬を入れる小箱にファビエンヌ嬢が作った化粧水の小ビンを入れ、帰る途中で割れないように緩衝材としてワラを敷き詰めた。ハンドクリームは割れないので小さな袋にまとめている。それを使用人に手渡すと、俺は玄関までファビエンヌ嬢をエスコートした。もちろん白衣は脱いでもらっている。

「今日は本当にお世話になりましたわ」

「いえいえ、とんでもない。楽しい時間を過ごさせてもらいましたよ。先ほども言いましたが、いつでも作りにきて下さいね」

「ええ、そうさせていただきますわ」

ファビエンヌ嬢が笑顔を浮かべて馬車に乗り込んだ。俺はそれが見えなくなるまで見送っていた。

さて、後片づけをしないといけないな。それに加えて、お母様の分だけでなく、使用人たちの分の化粧水とハンドクリームを追加で作っておかないとね。

「お兄様」

「キュ」

「ロザリア？　帰っていたんだね」

振り向いたその先にはロザリアがミラを抱えて立っていた。いつの間に帰ってきていたのか。全然気がつかなかった。使用人も教えてくれればよかったのに。

「お兄様、なんだかうれしそうですわね」

「そうかな？　まあ、志を同じくする人ができたのはうれしいかな？」

「好きなのですか？」

「キュ？」

「え？」

好き？　えっと、ファビエンヌ嬢のことだよね。好きか嫌いかで言えば好きなのかもしれない。いや、好きなのか？　どっちなんだ？　そういえば、クロエやキャロよりも意識しているような気がする。なんだか好ましく見えているのは確かだ。これはやっぱり好きなのか？

「お兄様、考え込んでいますわね」

「キュ」

だってしょうがないじゃないか。転生してから初めての恋なのかもしれないのだから。

「そういえば、ロザリアの方はどうだったんだい？　楽しかったのかな？」

「楽しかったですわ。エドワード様が開発している魔道具を見せてもらって、一緒に作りましたわ」

すごくいい顔でロザリアが言った。その顔にはやりきった感がある。それはよかった。色んな意味で。このまま仲良くしてくれれば、ロザリアも魔道具師として続けていくことができるだろう。

「さあ、家に入ろう。もうすぐ夕食の時間になるからね。俺は調合室を片づけないといけないから、二人はゆっくりしてなさい」

そう言ってロザリアを家の中にうながした。よしよし、これでなんとかごまかすことができたぞ。

ミラがジッとこちらを見ているのが気になるけど。

「それでお兄様、どうなのですか？」

「キュ」

どうやらごまかすことはできなかったようである。

ロザリアに問い詰められた俺は答えに窮した。好きだと言えば、ロザリアの口から両親やお兄様たちにそれが伝わることになるだろう。その結果どうなるのかは予測がつかない。それならば今のところはごまかしていた方がいいはずだ。

「そうだねぇ、ロザリアとミラと同じくらい好きかな？」

「それなら大好きってことですね！」

「キュ！」

どうしてそうなった。キミたちのその自信はどこから来るのかな？　これはもしかして、答えを間違ってしまったかもしれない。でもまあいいか。聞かれたら同じことを言えばいいのだ。それなら〝みんなと同じくらい好きだ〟と受け取ってもらえるだろう。

その後はエドワードが遊びにきたり、ファビエンヌ嬢がお礼のお菓子を持ってきたりしつつ時間は流れていった。

そしてついに、家族が王都から帰ってくる日が近づいてきた。

「明日には到着するみたいだよ。しっかりと迎える準備をしないとね」

「分かりましたわ。新しい魔道具をサロンに並べて準備しておきますわ！」

「いや違うからね？　魔道具の自慢とかまだしなくても大丈夫だからね」

まだしなくてもいいというか、別にわざわざやらなくてもいいというか。なんだか嫌な予感がするんだよね。なんというか、またなんかやらかしてしまっている予感がする。

温室の改造に加えて、散水器や植物栄養剤、酔い止め、下痢止め、水虫薬、化粧水にハンドクリーム。さすがにやりすぎたか？　今では使用人の顔も手もツルツル、ピカピカになってるし、まずいかもしれない。〝苗木をポンと大きくした件〟については、間違いなくお父様に呼び出されるだろう。

「ううう、残念です。それではサロンのお片づけをしておきますわ」

ロザリアが普段は作業場として使用しているサロンの方へと向かっていった。うん、それがいいと思うよ。

これはなんとしてでも工作室を確保する必要があるな。あまり使わないサロンだとしても、鉄板やネジ、クギや配線なんかが散乱しているとまずいだろう。お母様が悲鳴をあげる。

気になった俺はロザリアを追いかけて片づけを手伝った。使用人たちも手伝ってくれた。どうやらロザリアに作業中は触るなと言われていたらしい。気持ちは分かる。でもちょっと散らかしすぎなのでは？　片づけるのにそれなりに時間がかかってしまった。

「ミラもキレイにする必要は——なさそうだね」

「キュ？」

ミラの毛並みはいつもツヤツヤのサラサラである。それもそうか。俺やロザリアが代わる代わるブラッシングしてるからね。あの毛並みは癖になる。ミラもブラッシングを嫌がる様子もないし、案外気に入っているのかもしれない。

こうして準備を整えた翌日の午後、みんなが帰ってくるという知らせが届いた。玄関近くのサロンにいた俺たちはガチャガチャという音を聞いてすぐに向かった。あれは馬車の音に違いない。

「お帰りなさいませ」

「お帰りなさいませ」

「キュ」

俺とロザリアは声をそろえて出迎えた。ロザリアの腕の中にはミラがおとなしく抱かれている。馬車から次々と家族が降りてくる。疲れた様子ではあったが、みんな元気そうである。

「ただいま。問題はなかったみたいだな」

「はい。何も問題はありませんでしたよ」

お父様の質問に笑顔で答えた。あれ？　お父様が苦笑しているぞ。あの顔は信じていない顔だ。間違いない。俺たちが屋敷の中に向かう後ろでは使用人たちが馬車から荷物を運び出していた。

あいさつもそこそこに、すでにお茶の準備を整えてあるサロンへとみんなを誘導する。そこはもちろん、屋敷で一番格式が高いサロンである。俺たちが到着すると、すぐに使用人が温かいお茶を淹《い》れてくれた。

「王都のタウンハウスもいいが、やはり領都の屋敷が一番落ち着くな」

「そうですわね。あら、おいしいお茶ね」

お父様とお母様の表情が柔らかくなった。出されたお茶はファビエンヌ嬢が持ってきてくれたお茶だ。彼女のお気に入りのお茶というだけあって、非常においしいのだ。俺も愛飲している。

「二人とも何事もなかったかい？　王都ではしばらく聖竜様のことで騒がしくなって大変だったよ。

タウンハウスにもひっきりなしに来客があってね。先にこちらに帰ってきて正解だったと思うよ」

そのときのことを思い出したのか、アレックスお兄様が苦笑いを浮かべている。その隣に座っていたカインお兄様も同じような顔をしていた。まあ、そうなるよね。

「学園でも散々聞かれたよ。見てみたいって言う人も結構いたから、来年の夏は忙しくなるんじゃないかな？」

う、早くも嫌な予感がする。でもその辺りはきっとお父様がなんとかしてくれるはずだ。夏の避暑シーズンはハイネ辺境伯領では競馬が盛んに開催されて領都も潤う期間だ。そこを逃すようなことはしないだろう。

ん？　さっきからお母様がお茶をついだり、お菓子の補充をしたりする使用人の手をチラチラと見ているな。

その可能性を考慮してお母様の視線をチェックしていた俺じゃなきゃ、きっと見逃していた。こんなこともあろうかと、俺は準備していたものをお母様の前にスッと差し出す。

「お母様、これはお母様へのプレゼントです。化粧水とハンドクリームを作ってみました。使用人たちにも使ってもらっているのですが、なかなか好評なんですよ」

俺は無邪気な笑顔をお母様に向けた。お母様も素敵な笑顔をこちらに向けてきた。どうやら合点がいったようである。危ない、危ない。秘密にしておこうとしていたら、あとで恐ろしい笑顔で詰め寄られるところだった。

「ありがとう、ユリウス。さっそく使わせてもらうわね」

た。

「そんなものも作ることができるようになっていたのか。フム、確かに王都で雇っている者たちよりもキレイな肌をしているような気がするな」

イケメンのお父様に見られてモジモジする使用人。大丈夫かな？　あとが怖そうだぞ。俺のせいじゃないからね、お母様。俺はお母様の顔をなるべく見ないようにして、カインお兄様に話を振った。

「カインお兄様は来年から王都の学園に通うのですよね？　王都の生活には慣れましたか？」

「もちろんだよ。王都にいる間に友達を作って、一緒に出かけたりしていたからさ。来年から一緒に学園に通うのが楽しみだ」

どうやら本当に楽しみにしているようで、実にいい笑顔をしていた。どうやらカインお兄様は王都でリア充な生活をしていたようである。

俺は何も聞いていないが、思いを寄せる人でもできたのかな？　それとなく聞き出してみたいところだが、やぶ蛇になりそうな気がする。〝お前はどうなんだ？〟と聞かれたらちょっと困る。

それよりもアレックスお兄様はどうなったのだろうか。ダニエラ嬢にするのかな？

「お母様、お兄様と一緒に新しい魔道具を作りましたのよ。あとでお見せしますわ！」

「あら、そうなのね。楽しみにしておくわ」

お母様はロザリアをなでながらそう言った。そしてついでとばかりに、ロザリアと一緒にいるミラの頭をなでている。気持ちよさそうにするミラ。それをガン見しているアレックスお兄様とカインお兄様。どうやらお兄様たちもミラをなでたいようである。人気だな、ミラ。冬の間はミラの話題で持ちきりになりそうだな。

　久しぶりにそろった家族でにぎやかな晩餐会《ばんさんかい》を開いたあとで、俺はお父様の執務室に呼ばれた。俺が部屋の中に入ると、そこにはすでにライオネルの姿があった。どうやら例の件で呼び出されたみたいだ。お父様の眉間にはすでにシワが刻まれていた。

「ライオネルからクレール山のことについては大体のことを聞いた。疑っているわけではないが、ユリウスからもう一度話を聞きたい。話してもらえるか？」

「もちろんです、お父様」

　俺はことの経緯を丁寧にお父様に話した。途中でお父様からの質問に答えつつ話し終えると、お父様の眉間のシワはますます深くなっていた。すべてを聞き終わったあとで、お父様は大きなため息をついた。

「ユリウスが手を打ってくれたおかげで、冬の間の薪《まき》はなんとかなるだろう。ユリウスが領都に戻って薪の手配をしてくれていなかったら、今年の冬は大変なことになっていたぞ。薪が余っている他の領地から買うにしても、どれだけの高値で購入することになっていたことやら。とにかく、損失は最小限で抑えられたわけだな」

　領都の薪不足による混乱を避けるために、高値でも他の領地から薪を買わざるを得なかったことだろう。だが俺が先手を打って安いうちに買い込んでいたので、ハイネ辺境伯領で大きな混乱は起こらなかった。

「クレール山の管理については当分、我がハイネ辺境伯家で管理した方がいいと思います。暖房が薪から魔道具に置き換わればその必要はなくなるかもしれませんけどね」

「そうだな。だがそれまでにはまだ時間がかかるだろう。しかしまさかクレール山がそんなことになっていたとはな。こちら側から見える斜面だけ木を残しておくとは悪質だが、彼らを信頼して視察に行かなかったこちらにも落ち度があるな」

そう言うとお父様があごに手を当てて考え込んだ。処分をどうするか迷っているのだろう。基本的に従業員はそのままハイネ辺境伯家で雇うことになるだろうが、問題は地主だな。さすがに許されないだろう。なにせハイネ辺境伯家をコケにしたのだから。

「ユリウス、よくやってくれた。あとは私がしっかりと処分を行う。クレール山の管理に関してはお前に一任しようと思う。やってくれるか?」

「はい。もちろんです。お任せ下さい」

やったぜ。これでクレール山には視察という名目でいつでも行くことができるようになるぞ。クレール山にはチーゴの実を含め、他にもたくさん山の幸があるはずだ。当然、魔法薬の素材になるものも存在する。それにミラを放し飼いにすることができる。

「ところで、ユリウスが作った植物栄養剤についてだが……」

「ア、ハイ」

お父様に根掘り葉掘り聞かれた。当然俺はおばあ様からもらった魔法薬の本に書かれていたことにした。

もう一度言う。ごめんね、おばあ様。俺の脳裏にはサムズアップをキメて〝いいんだよ〟と言うおばあ様の姿が見えた気がした。そうであってほしい。

「ユリウスのその魔法薬に関する天性の才能がどこからくるのかは分からないが、母上が後継者に選んだことは間違いがなかったようだ。確かにそれだけ効果の高い魔法薬があったら、簡単には世の中には出せないだろうな。しかし、苗木がポンか。薄めなかったらどうなっていたことやら……」

ふう、ヤレヤレだぜ。どうやらなんとか乗り切ったみたいだ。おとがめはナシだぜ。俺が安堵《あんど》のため息をついている後ろで、ライオネルも安堵のため息をついていた。

もしかして俺のことを心配してくれていたのかな？　いや、もしかすると、ライオネル自身も怒られると思っていたのかもしれない。ライオネルの俺に対する監視が厳しくなったりしないよね？

「ところでユリウス、もう一つ聞きたいのだが、お前が作った万能薬はどうなったのだ？」

「あ、えっと……」

思わずお父様から視線をそらした。どうしよう。言うべきか、ごまかしておくべきか。言った場合、どうやって王城に持ち込んだのかと聞かれそうだ。

そうだ！　プレゼントしたぬいぐるみの中に隠して渡したことにしよう。

「ユリウス？」

ジロリと怖い顔でお父様がにらみつけてきた。防御力が一段階下がったような気がした。

「あの、万能薬は万が一に備えて、クロエ様にお渡ししました」

「クロエ王女殿下に？　一体どうやって？」

「ええと、プレゼントしたぬいぐるみの中に忍ばせておきました。もちろんクロエ様はご存じですよ」

「そうか……」

お父様が目を閉じて天を見上げている。頭の中で整理しているのだろう。お父様の顔色はあまりよくない。俺が万が一を考えていることに不安感をあおられたのかもしれない。

「ユリウスは国王陛下が毒殺されると思っているのか？」

「分かりません。もしものときに備えておきたいと思っただけです。それに国王陛下ではなく、王妃殿下たちが標的になるかもしれませんし」

自分で言っておいてなんだが、やはり万能薬が一つでは心もとない。何人も同時に毒にあたったら？　考えただけで寒気がしてくる。きっとクロエは自分以外の人に使うだろう。

「なるほど。あり得る話かもしれん。ユリウス、追加の万能薬は作れるか？」

「材料があれば可能です。ですが、どれも希少な素材ばかりです。たまたまおばあ様が素材を所有していたので前回はすぐに作ることができましたが、今すぐに追加の万能薬を作ることはできません」

「そうか。金はいくらかかっても構わん。すぐに材料を手配するように」

「分かりました」

よかった。すでに冒険者に頼んでいるのだが、そのことに関して怒られることはなさそうである。

なんといってもお父様のお墨付きだからね。

あ、そうだ。この機会にお父様にお願いすることがあるんだった。

「あの、お父様、一つお願いがあるのですが……」

「なんだ？」

「魔道具を作るための専用の部屋が欲しいのですが……」

チラチラと上目遣いでお父様の様子を確認する。本当はこの場にロザリアがいればよかったのだが、そうなるときっとお母様も同席することになるだろう。

その場合、ダメだと言われる可能性が出てくる。お母様は家庭を守ることに重きを置く性格をしている。そのため、ロザリアにも同じようにしてもらいたいと思っている可能性は高いと思う。

俺から言わせてもらえれば古い考え方なのだが、この世界ではまだまだその考えが一般的なのだ。そしてそれを言われると、こちらも否定するのが難しくなる。

だがしかし、この場でお父様が決定してくれれば、お父様を立てるためにお母様が折れることになるはずだ。

「考えておこう」

お父様はそう言うと再び目を閉じた。感触は悪くはないと思う。お父様は俺たちが魔道具を作っていることをどう思っているのかな？　魔道具作りを否定されたことはないので、認めてくれているとは思うのだけど。

自室に戻ると自然に大きなため息が出た。そのままゴロンとベッドに横になる。こんな姿をだれかに見られたら、間違いなく怒られることだろう。

なんとか無事に乗り越えられたみたいだ。お父様のあの感じだと魔道具を作るための工作室の許可も下りるだろう。これでロザリアとの約束も果たせるぞ。

ドンドン、と扉に頭突きするような音が聞こえる。この鈍い音は間違いなくミラ。以前、ガリガリと扉をひっかいたので怒ったことがあるのだが、それ以来はこうなっている。

このまま頭突きでノックするように習慣づいてしまうと、ミラの頭に悪いかもしれない。ここはチャイムでも作って対処しよう。

扉を開けるとミラが飛び込んできた。

「どうしたんだい、ミラ？」

抱きかかえたミラにぬれたような形跡はなかった。どうやらお風呂はまだみたいである。確かお母様たちが先にお風呂に入るようなことを言っていたのだが、この様子だと一緒には入らなかったみたいである。

「キュ〜」

「うーん、なんて言っているか分からないな。一緒にお風呂に入るか？」

「キュ！」

どうやら正解だったようである。ミラには早く意思の疎通が取れるようになってもらいたいところだ。早く念話っぽいのを習得してくれ。ゲーム内にはそんなスキルはなかったので俺ではどうしようもない。

ミラを連れてお風呂の様子を確かめに行くと、ちょうどお母様とロザリアがお風呂からあがったようだった。

「急にミラちゃんがいなくなったと思ったら、お兄様のところに行っていたのね」

「あらあら、ユリウスと一緒にお風呂に入りたかったのね」

「キュ」

俺の腕の中でお母様とロザリアになでられるミラ。もしかして、俺一人でお風呂に入るのが寂しそうだと思ったのかな？　ミラは優しいな。俺はそのままミラと一緒にお風呂に入った。

「ミラ、この前に行った山を俺が管理することになったんだ。だから今度からミラもあの山で自由に遊ぶことができるようになるよ」

「キュー！」

ミラが万歳するかのように両手をあげた。ミラはこちらの言葉をすべて理解しているのかな？

そうだとしたら、扉にチャイムをつけても押すことができるようになるだろう。

「ミラ、お手」

「キュ」

ミラが俺の手のひらの上に自分の前足を置いた。うん。間違いなく言葉は通じているようである。

お風呂からあがった俺はすぐにチャイムの魔道具作りに取りかかった。

ミラの体を乾かす作業はお風呂の前で出待ちしていたお母様とロザリアにお任せした。

部屋に戻った俺は〝ボタンを押すと音が鳴るだけ〟というものすごく簡単な魔道具を作りあげた。

ボタンと音が出る部分は配線でつながっている。あとはこれを扉に設置するだけである。

「さすがに壁に穴をあけるのはまずいよね。ちょっと高そうな木の扉だけど、こっちの方が買い替えればいいだけだから安いよね？」

そう自分に言い訳しながら、高そうな装飾が施された扉に小さな穴をあけていく。途中で心配した使用人がやってきたが、俺の説明を聞いて納得してくれたみたいである。なんといっても、俺の自己満足のためではなくミラのためだからね。

ほどなくして扉へのチャイムの設置が完了した。ミラは飛ぶことができるので、ドアノブの少し上に取りつけている。これなら押しやすいし、見つけやすいはずだ。

ちょうと取りつけ終わったころにロザリアがミラを連れてやってきた。

「ちょうどよかった。ミラ、これを押してもらえるかな？」

「キュ？」

コテンと首をかしげながらも俺の指示に従ってミラがチャイムのボタンを押した。扉の反対側から〝ブー〟と音がした。かわいくない音だが、メロディーを作るのはさすがにこの短時間では無理だった。だがブザー音くらいならできる。

「キュ！　キュ！」

気に入ったのか、ミラがチャイムを連打した。ブーブーと音がしている。ロザリアも気になったようで、チャイムを押してブーブー言わせていた。

「お兄様、これはなんですか？」

「ミラが頭で扉をノックする代わりに音で知らせてもらおうと思ってね。さすがにミラの頭が悪くなると困るからね」

そう言うと、俺のおなかに向かってミラがタックルをしてきた。バカにするな、ということなのだろうか。よく分からん。そのままミラをなでている隣で、ロザリアは真剣な顔をしてチャイムを見ていた。どうした。

「お兄様、いつの間にこのような新しい魔道具を作ったのですか？」

「え？　ついさっき？」

ロザリアがなんだか悔しそうな顔をしている。この発想に行き着かなかったことを気にしているのかな？　でもなぁ。俺にはこの世界よりも進んだ世界の知識があるからね。これは俺の発想というよりも、見たことがあるものを再現しているだけなのだ。なので厳密には俺がオリジナルなわけではない。だから俺に負けたとか気にしなくてもいいと思う。

でもこんなことをロザリアに言うわけにはいかないし。困ったな。

「お兄様、この魔道具を私の部屋にもつけたいですわ」

「分かったよ。設計図を作っておくから、自分で作ってみるといい。そんなに難しくないからね」

「そうしますわ！」

俺はササッと設計図を描きあげると、ロザリアにそれを渡した。それを受け取ったロザリアは一目散に自分の部屋へと戻っていった。ロザリアの向上心はすごいなぁ。きっと立派な魔道具師になるぞ。その沼に引き込んだことについて、お母様に怒られそうな気がするけど。

だが新しい魔道具を開発し、それがみんなに受け入れられてたくさん売れれば、ものすごい金額が動くことになる。そしてみんなも便利になる。

ハイネ辺境伯家にとっても悪い話ではないはずだ。俺が将来作る魔法薬も大きな収入源になることだろう。悪いことは何もないはず。

「ミラはそれが気に入ったみたいだね」

「キュ！」

ミラは自分が使うことができる魔道具ができてうれしいのか、まだブーブー鳴らしていた。音、改良しようかな。ピンポーンにした方がミラが喜ぶかもしれない。こうして俺はメロディーを発生させる魔道具の研究にいそしむのであった。

本格的な冬が始まる前には、扉のチャイム音は〝ピンポーン〟に変わっていた。さすが俺。

手配しておいた薪も、冬が厳しくなる前に問題なく領地へ到着した。十分な量を確保しているので、よほどのことがない限りは大丈夫だろう。

あのあと、クレール山の地主は持っていた土地を没収された。没収した土地の代金は支払っている。もちろん本来の価格よりもずっと安い金額ではあるが。それでも刑罰に処されなかっただけマシだと思う。

もし領都に薪不足による損害を与えていれば、死罪も免れなかったはずだ。厳しい処分のようだが、冬の寒さに耐えきれず領内で死者が出る可能性も十分にあり得た。領主としては当然の判断だと思う。

ピンポーンと音がする。最近ではミラだけでなく、屋敷中の人がピンポンを押すようになってい
る。なんならお父様の執務室にも採用されているし、両親の寝室にもついている。作ったのはもち
ろん俺ではなくロザリアである。

ロザリアは順調に魔道具師としての道を歩んでいるようである。重畳《ちょうじょう》、重畳。扉を開けるとそこ
にはミラがいた。

「キュ！」

「ミラ、どうしたんだい？」

「キュ～！」

「ああ、もしかして、またクレール山に行きたいのかな？」

「キュ」

「よしよし、それじゃ行くとしよう」

最近のミラのお気に入りはクレール山に出かけることである。さすがに真冬になると山には行く
ことができないので、それまでの間はなるべくミラを連れて出かけるようにしている。そのときは
もちろんジャイルとクリストファーも一緒である。

「見て下さいよ、ユリウス様。雪がこんなに積もってますよ」

「さすがにこれ以上積もるとクレール山には行けないな」

「キュ～」

ミラが残念そうな声をあげている。仕方ないよね。さすがにミラ一人で山に行かせるわけにはいかない。

先ほどクリストファーが言ったように、先日来たときよりもさらに雪が積もっている。

「ユリウス様、クレール山にはただ散歩に来ただけなのですか？」

「鋭いな、ジャイル。実は魔法薬の素材を探しているんだよ。冬の山でしか見つからないものでね。結構貴重なんだ」

「どんなものなのですか？」

「赤色の木の実だね」

それは木から落ちずに実り続けたチーゴの実である。普通のチーゴの実は紫色をしているのだが、落ちずに残ったものは熟成されて赤色になるのだ。

落ちなかったチーゴの実は植えても芽は出ない。そのため、植物側からすると、ただの不良品である。だがしかし、魔法薬師にとっては大変貴重な素材である。

熟成されることによって、その効果が跳ね上がるのだ。そしてその貴重な熟成チーゴの実は上級魔力回復薬の素材となる。この時期しか採れないものなので手に入れられるのならぜひ欲しい。

クレール山を散歩しながら木や地面に注意して歩く。落ちた熟成チーゴの実が雪に埋もれてしまっている可能性もある。その場合は探すのは不可能だろうな。

今日も見つからないのか、そう思ったとき。

「キュ、キュ！」

「ん？　どうしたの、ミラ？」

ミラが〝ここ掘れワンワン〟とばかりに前足で雪を掘り始めた。もしかして、何かが雪の下にあるのか？　それってもしや。

俺はミラが掘り起こすのを急いで手伝った。ジャイルとクリストファーから〝自分たちがやるのでやめて下さい〟と言われたが、俺は掘るのをやめなかった。だってそこにお宝があるかもしれないのに、だれかに任せてはいられない。

雪の深さはそれほどでもなかったため、すぐに地表付近まで掘ることができた。そこには赤く熟成されたチーゴの実があった。

「やったぞ、ついに念願の熟成チーゴの実を手に入れたぞ！　ミラ、よくやった」

「キュ！」

雪でミラがぬれているのも気にせずに抱きかかえてほおずりをした。顔や服がぬれてしまったが、そんなことは取るに足らない問題である。今はこの感動を分かち合わなければ。

「ユリウス様、まだ他にもあるかもしれません。探しましょう」

「そうだな。熟成チーゴの実が雪に埋もれているということは、木からすでに落ちているということだ。この機会を逃したら、来年まで手に入らないだろう。ミラ、頼んだぞ」

「キュ！」

任せろとばかりにドンと胸のフサフサな毛をたたいた。そのため、ドン、ではなく、モフ、だったけどね。それでもミラがやる気であることは伝わった。

そこからはミラを先頭にして山の中を歩き回った。ミラはその類《たぐ》い稀《まれ》なる嗅覚により、無事に熟成チーゴの実を見つけることができた。聖竜の嗅覚がイヌ並みだとは思わなかったな。きっと世紀の大発見だと思う。というか、その前に聖竜をイヌのように扱う不届き者は俺くらいしかいないだろう。

日が暮れるまで熟成チーゴの実を探したこともあり、合計で三つの熟成チーゴの実を見つけることができた。

なお、屋敷に戻ったときには四人ともずいぶんと湿った状態だったので、お母様と使用人たちに風邪でも引いたらどうするのかと怒られた。俺たちは冷温送風機の前で温かい風にさらされながら仲良く小一時間ほど怒られた。

ようやく解放され、ジャイルとクリストファーに謝ったあと部屋に戻った。一緒に怒られたミラは俺の頭に張りついている。よっぽど怖かったようである。母は強し。ミラをなでながら机に座った。

「三つか。これならなんとか上級魔力回復薬を一本作ることができそうだ。それがあれば、強力な魔法を使ってもすぐに魔力を元に戻すことができるぞ。でも素材がまだ足りないんだよね」

俺は熟成チーゴの実を自室にある貴重な素材を入れる箱へ大事にしまった。ここには調合室には置いておけない素材を隠している。みんなが自由に出入りできる場所に置いておくのはちょっと不安だからね。何かあったら困る。

冒険者ギルドに依頼した貴重な素材はまだ一つも手に入っていない。これはしょうがないと思う。

時期も悪かった。これから本格的な冬が始まると、冒険者たちの動きも鈍くなる。素材が手に入るのは来年になってからだろう。それまでこの熟成チーゴの実もお預けだな。

俺の部屋に置いている素材入れは調合室にある素材入れよりも気合いを入れて作ってあった。氷室機能を搭載しており、長期間保管していてもほとんど劣化しないようになっている。

本当は完全時間停止の素材入れにしたかったのだが、時間停止の魔法陣はどうしても巨大になってしまう。そしてそんなものを作っているのが見つかったら、とんでもない騒ぎになるだろう。

おばあ様の神通力は魔法薬でしか発揮されないのだ。俺に伝説の魔道具師の師匠がいれば、その師匠のせいにできるのでなんとかすることができると思うんだけどね。残念ながら、まだそんな魔道具師の名前を聞いたことがなかった。なんなら俺がそれになりつつある。

これはまずい。魔道具師になりたいと弟子入り志願でもされた日にはシャレにならんことになるぞ。すでにロザリアやエドワードたちが弟子みたいなものではあるが。

窓の外には雪が積もっていた。本格的な冬の始まりである。冷温送風機のおかげで暖炉に火を入れなくても、部屋の中は十分に暖かかった。

「作ってよかったな、冷温送風機。毎年、使用人たちが暖炉に火を入れるのが大変そうだったもんな。薪の消費も抑えられるし、一石二鳥というやつだろう」

「キュ」

「おはよう、ミラ。今日も元気そうだね」

「キュ！」

最近のミラは俺と妹のロザリアのベッドに代わる代わる潜り込んでいた。家族が王都から戻ってくるまでの間はミラも含めた三人で寝ることが多かったのだが、さすがにお母様にやめさせられた。あれかな、兄妹とはいえ思春期に差し掛かっているからかな。ロザリアがすごい勢いでお母様にかみついていたが、無駄に終わった。どうやらお母様はそろそろロザリアを立派なレディーとして育てようとしているようだ。

支度を調えて食堂に向かうと、そこにはロザリアの姿があった。

「ミラちゃん！　お兄様のところで寝たのね。ミラちゃんだけずるいわ」

そう言ってほほを膨らませるロザリア。そんなこと言ってもなぁ。食堂の席に座りながらどうやってロザリアに言い聞かせるべきかを考えた。

「ロザリアもそろそろ一人で眠れるようにならないといけないよ。それに兄妹《きょうだい》でも、一緒に寝るのはよくない。だってほら、アレックスお兄様やカインお兄様とは一緒に寝ないだろう？」

「お兄様は別ですわ」

別、とは？　あれかな、男性的な対象とみなさないということなのかな？　それはそれでどうなんだ。俺が答えに窮していると、食堂にやってきたお母様が口を挟んだ。

「ロザリア、まだそのようなことを言っているのですか？　もうユリウスと一緒に寝るのはダメですよ。いつまでもわがままを言っていてはいけません」

怒られたロザリアはションボリとしてうつむいた。なんだかかわいそうになってきた俺は、これからはロザリアのところで寝るようにミラに頼むのであった。

朝食を食べ終わると、午前中の勉強の時間が始まった。冬の時期は外に出る時間が少なくなるので、その分、勉強をする時間が増えるのだ。

ハイネ辺境伯家で雇っている先生たちのほとんどは、屋敷に客室を用意されており、住み込みで勉強を教えてくれていた。そんな生活をして窮屈じゃないのかと先生に尋ねたことがあるのだが、先生たちのほとんどは〝食費も生活費もかからないので、すごくありがたい〟と言っていた。先生たちにとっては冬の間は稼ぎ時なのかもしれない。

午前中のハードな勉強が終わると昼食の時間だ。ここでようやく一息つくことができる。一人食堂で昼食が用意されるのを待っていると、あとからやってきたお父様が声をかけてきた。そしておもむろに懐から手紙を取り出した。

「ユリウス、王都から手紙が来てな。お前が作った冷温送風機が王都の貴族たちの目にとまったらしい。それでどうやら、王都での生産が間に合わないそうだ」

そう言って手紙を俺に差し出した。差出人は国王陛下。なんだか胃が痛くなってきたぞ。内容をザッと確認すると〝生産が間に合わないから作って届けてくれないか〟とのことだった。

「領内の魔道具師たちも作っていますし、そちらを王都に回してはどうでしょうか？」

そうすれば魔道具師たちももうかるし、彼らが納める税金でハイネ辺境伯家も潤う。そして俺も作らなくてすむ。いい考えだと思ったのだが、お父様は顔を曇らせて眉間にシワを寄せている。

「そうか、ユリウスは知らないのか。領都でも冷温送風機の魔道具は人気でな、予約待ちの状態なのだよ」

「えええ！」

知らなかった。まさかそんなことになっていただなんて。確かにそんな情報は俺のところには入ってきてないな。もしかすると、その情報がロザリアに伝わらないようにしているのかもしれない。

そんなことがロザリアに知られたら、きっと自分が足りてない冷温送風機を作ると言うだろう。

そしてどうやらそうはしたくないようである。お父様が俺と二人のときにこの話を持ち出したのはそういうことなのだろう。

「大量に作って送る必要はない。時間があるときでいいので作ってほしい。もちろん報酬は出すぞ？」

「分かりました。その条件でいいのならばお引き受けします」

「すまないな。王家からの依頼を無視するわけにもいかないからな」

「心中お察しします」

国と俺との間に挟まれたお父様も大変だな。別に俺に命令すればそれですむはずなのに、お父様には俺に対する遠慮がある。そんなに俺って怖いのかな？　ちょっと傷つくぞ。

俺たちが話し終わったころにはお兄様たちもやってきていた。

「ユリウス、また厄介事かい？」

「アレックスお兄様、その言い方はひどいですよ」

アレックスお兄様がいい笑顔をこちらに向けた。ぐぬぬ、自分のことじゃないから好き勝手に言いよってからに。

現在アレックスお兄様は、お父様の下で補佐をしながら領地運営についての勉強中だ。間違いなく俺よりも大変な思いをしていることだろう。ならばこのくらいのからかいは許してあげるとしよう。

「それだけユリウスが頼りにされているってことさ。俺もユリウスを頼りにしてるからね」

「えええ」

「なんだいその反応は。俺には力を貸してくれないってことかい？」

「冗談ですよ、冗談。もちろんできる限りの力を貸しますよ」

「言質《げんち》は取ったからね？」

「え」

なんだろう、アレックスお兄様の笑顔が怖いんだけど。でも〝できる限り〟だからね。なんでも力になるとは言っていない。

「ユリウスが頑張ってくれているから、俺は楽できそうだな。学園を卒業したら俺、冒険者になるんだ」

「カイン、キミも手伝うんだよ。カインは王立学園を卒業したら、ハイネ辺境伯家の騎士団に入隊して、騎士団を引っ張っていくことになるんだからね。剣術に才能のあるカインには期待してるよ」

「えええ」

「……俺ってそんなに人徳がないのかな？」

「じょ、冗談ですよ、アレックスお兄様」

本気でへこみ始めたアレックスお兄様を俺とカインお兄様の二人がかりで励ますことになった。

アレックスお兄様はなんともない顔をしているように見えるが、その肩には徐々に重圧がかかってきているのかもしれない。なんといっても領民たちの命がのしかかっているからね。もし俺がお兄様と同じ立場なら、それに潰されていたかもしれない。

その負担を軽減するべく、俺も頑張らないといけないな。

第十話　魔法薬師の卵

昼食が終わってからの午後の自由時間には、普段なら追加の魔法薬を作ったり、ミラと一緒に庭の散歩をしたり、書庫で本を読んだりして過ごすのだが、今日からは冷温送風機の魔道具を作ることにしよう。

お父様からは〝時間がある限りでいい〟と言われたものの、さすがにノータッチはまずいだろう。

お父様に用意してもらった工作室へ向かうと、そこにはすでにロザリアの姿があった。もしかしてロザリアはいつもここにいるのかな？　そうだとしたらそのうちお母様に怒られそうだぞ。

「ロザリア、何を作っているのかな？」

「お兄様！　珍しいですわね、お兄様がこの部屋にくるだなんて。この前メリッサに会ったときに頼まれたチャイムの魔道具を作っていますわ」

「そうなんだね」

そういえば先日、メリッサちゃんが家に遊びにきてたな。そのときにチャイムのことを自慢したのかな？　どうやら着々とチャイムの魔道具も広がりつつあるようだ。これなら領内の魔道具師に設計図を売りつけてもいいかもしれない。貴族にしか需要がないかもしれないけどね。

「お兄様も魔道具を作りにきたのですか？　もしかして新しい魔道具ですか!?」

キラキラした瞳でこちらを見つめてくるロザリア。魔道具の沼に引き込んだのは俺だが、これは間違った選択をさせてしまったかもしれない。でも、もう今さらどうすることもできないけどね。

「いや、違うよ。ロザリアの様子を見にきただけだよ」

「そうなのですね」

ちょっとションボリした様子になったロザリア。これは不用意に工作室に来てはいけないな。下手すると、毎回、何かしらの新しい魔道具を開発することになってしまう。

俺はロザリアにケガをしないように言うと工作室をあとにした。

これでは工作室は使えないな。自室で作るしかないか。すれ違った使用人に、ロザリアに内緒で冷温送風機を作るのに必要な材料を持ってくるように頼んでおいた。

続々と届く材料。俺の部屋がだんだんと狭くなってきていた。辺境伯の息子である俺の部屋は広い。それでも限度というものがある。部屋の片隅に固めて置いてある木箱を見て、思わずため息が出た。

「どうしてこうなった。数を指定して持ってきてもらうべきだったな」

「キュー！」

楽しそうに木箱から乗り降りして遊ぶミラ。どうやら部屋にちょうどよいアスレチックができたと思っているようだ。あんまり騒いでいるとロザリアに気づかれそうなので、ミラをどうにかしなければならないな。

こうして俺はお父様に頼まれた冷温送風機の魔道具を作り始めた。二日で一台を作ることに決めた。

残りの時間はこれまで通り、魔法薬を作ったりして過ごすぞ。冬の間、ひたすら冷温送風機の魔道具を作るだけだなんて、絶対にヤダ。


一日の流れの中に冷温送風機の魔道具作製が追加されてから数日後、俺に手紙が届いた。差出人は王都に住むクロエからである。いいのかな、お姫様がこんなに気軽に貴族の子供に手紙を出して。あとで色々と面倒なことにならなければいいのだが。

手紙には取り立てて急ぎの用件などは書いていなかった。どうやら単に俺へ近況報告をしたかっただけのようである。なぜ俺にこんな手紙を送ってきたのか。アレックスお兄様にも女性陣から手紙が来ているのかな？　聞いてみたいが、聞いたらやぶ蛇になりそうなのでやめておこう。

今のところ、今年の社交界シーズンに起こった毒殺騒動については沈静化したようである。黒幕は分からないままであるが、新たな被害者は出ていないようだ。王宮は現在も非常態勢中だそうで、食べ物、飲み物は厳重にチェックされているらしい。

これならしばらくは問題なさそうだな。そうなると、気が緩み出す来年辺りが危ないな。それまでにはなんとかして万能薬の追加分を作っておかないと。

その他には俺とミラに会えないのが寂しいと書いてあった。ハッキリとは書いていなかったが、どうもミラのぬいぐるみと一緒に寝ているらしい。

気に入ってもらえたみたいでうれしい限りだが、俺と同じ年齢でぬいぐるみと一緒に寝るのはどうなのだろうか。だれかにバレて問題にならなければいいのだが。あとはひっきりなしに王都に住む貴族が訪ねてくるのでとても疲れると書いてあった。

それはダメだろう。営業スマイル、営業スマイル。

「クロエも大変そうだな。まあ、王族なんで仕方がないか。王族なんてなるもんじゃやないな。きっと自分の時間なんてないんだろうな。おお怖い」

「キュ？」

「あ、ミラのことじゃないよ〜」

さて、返事を書かないといけないな。クロエの父親のせいで冷温送風機を作る羽目になったんだぞ、なんて書けたらいいんだけどね。さすがにそれは書けないか。チャイムの魔道具のことを書くのもよくない気がする。送ってほしいとか言い出しかねない。

しょうがないので、ミラの近況を書くことにした。これでトゲトゲした心を癒やしてもらおう。

クロエに手紙の返事を送ると、今度はキャロから手紙が届いた。なんだこの示し合わせたような感じは。もしかして、キャロは領地に帰らずに王都にとどまっているのかな？　確かキャロはクロエの側近というか、同年代の友達候補だったたな。それなら冬の間も王都に滞在しているのかな？

キャロからの手紙の封を切った。手紙の内容はキャロの実家であるミュラン侯爵領での出来事が書いてあった。どうやら冬の間は自分の領地に戻っているようだ。

それならなぜ、示し合わせたように連続して手紙が来るのか。

可能性としては、クロエがキャロにも手紙を送り、その手紙の中に、俺にも手紙を送ったと書いてあったのではなかろうか。それを読んだキャロが〝それなら自分も〟と俺に手紙を送ってきた。

……その可能性、あると思います。

キャロからの手紙には他にもぬいぐるみたちと一緒に寝ていると書いてあった。なるほど、どうやら俺と同じくらいの年齢の子供はぬいぐるみと一緒に寝ても問題はないようだ。それなら心配しなくていいか。

俺が手紙を送ったのはクロエとキャロだけではない。もちろん、魔法薬の沼に引きずり込もうとしているファビエンヌ嬢にも送った。

クロエとキャロの手紙はすぐには相手に届かないが、同じ領内に住むファビエンヌ嬢にはすぐに届く。そのため返事も早かった。

「おお、ついにファビエンヌ嬢の家にも調合用の部屋が用意されたのか。なになに、一度、見にきてほしいとな。これは行かねばなるまい」

「キュ！」

「お、ミラも行くか？　そうだね、庭の散歩ばかりじゃ飽きるよね」

「キュ」

ミラが大きくうなずいている。ハイネ辺境伯家の庭はそんじょそこらの貴族の家よりも広いのだが、それでもミラには物足りないらしい。

俺はいつでも遊びに行きますという内容の手紙を送った。

それから数日後、ファビエンヌ嬢からお誘いの手紙を受け取ると、ファビエンヌ嬢の家へ出かける準備を始めた。ありがたいことに、その日までにはまだ時間がある。

何か手土産《てみやげ》があった方がいいよね。お茶菓子を持っていくのは当然として、他にも何か手土産を……。ファビエンヌ嬢の家にはすでに冷温送風機はあるはずだし、ここは化粧水やハンドクリームを作るための素材をプレゼントしようかな？　いや、さすがにそれは女性にプレゼントするものではないか。

「ユリウス、何かあったのかしら？　悩んでいるみたいだけど」

俺がサロンで悩んでいると、ちょうどお茶をしに来たお母様が声をかけてきた。俺がかくかくしかじかなんですよと説明すると〝あらあら〟と言いながら、目を細めて口元を扇子で隠した。

これはあれだ。色々と勘違いされているようである。俺とファビエンヌ嬢はまだそんな関係ではない。

「それなら宝石をプレゼントするのはどうかしら？　あなたが選んだ物ならきっと喜ぶと思うわよ」

「なるほど、それはいい考えですね」

確かにそうだな。女性は指輪やネックレスなどを贈ると基本的に喜んでくれる。無難な贈り物といえばそうだろう。

宝石か。プレゼントしたことがないから、どんなのがいいのか分からないな。ここは宝石商を呼んで、話を聞いてみるべきだな。思い立ったが吉日。俺はすぐに手配した。

翌日、さっそくやってきた宝石商を客室に迎える。部屋には俺と宝石商だけである。宝石商はサンプルとして色々な装飾品を持ってきてくれていた。

「よろしくお願いします。宝石のことはあまり詳しくないものですから」

「お任せ下さい。そのために我々がいるのですから」

笑顔を浮かべる宝石商の主人。しかしなんだかその目がほほ笑ましい光景を見るような目をしていた。

……そういえば忘れがちだけど、俺ってまだ子供だよね？　そんな子供が〝女の子のプレゼントに宝石を贈ります〟なんて言ったら、そんな目にもなるか。思わず苦笑いを返してしまった。

「えっと、同じ年齢の女性に贈りたいのですが……」

「それならネックレスがおすすめですね。指輪だと、成長すると使えなくなってしまう可能性がありますので。もちろん指輪をチェーンにつけて首からさげるという方法もありますが、物によっては肌が傷つく恐れがあるのでおすすめはしません」

「なるほど。それじゃ、ネックレスにしようかな。色々見せてもらえませんか？」

「もちろんですとも」

こんなことならファビエンヌ嬢の好きな色や、好きな宝石を聞いておけばよかった。魔法薬かミラの話ばかりで、その手の話は一切しなかったもんね。その結果がこれである。

とりあえず無難に人気の色を……とかにすると、一番やってはいけないパターンのような気がする。ここは慎重に選ばなければ。

俺は悩みに悩んでダイヤモンドの宝石にした。色は無色だが、純粋でかれんなファビエンヌ嬢にはピッタリだと思う。完全な俺の思い込みでしかないが。

「なるほど、ダイヤモンドですか。それなら台座周りを少し豪華なものにした方がいいですね。シルバーではなく、ゴールドにしましょう」

そんなわけで、ゴールドチェーンにダイヤモンドのネックレスにした。個人的には花をモチーフにした、金色の台座のゴージャスな感じが気に入っている。これなら俺も欲しいかもしれない。

「私の分もお願いできますか？」

「もちろんですとも。お任せあれ」

どこから取り出したのか、すぐに同じものが二つ用意された。うん、これ、ペアグッズだよね。まあいいか。別にだれかに見せるわけでもないし、大丈夫だろう。

当然のことながらこれらの購入費用は自腹である。だがしかし、俺にはこれまで魔道具の設計図を魔道具ギルドに売りつけたりした利益があるのだ。この程度の出費、痛くもかゆくもないぞ。


プレゼントを用意した俺は意気揚々とファビエンヌ嬢の家に向かった。もちろんミラも連れてきている。ロザリアはお留守番である。一緒に行きたがったが、そこはお母様がたしなめてくれた。ユリウスの邪魔をしてはダメよってね。

これ絶対に勘違いされてるやつ！

ファビエンヌ嬢の家に到着すると、ファビエンヌ嬢だけでなく、アンベール男爵夫妻も出迎えてくれた。

「お待ちしておりましたよ、ユリウス様」

「お久しぶりですわ、ユリウス様」

「本日はよろしくお願いします。ほら、ミラもあいさつして」

「キュ!」

ヨッとばかりに片手をあげるミラ。その様子を見ていた人たちの顔がほっこりとなった。さすがはミラ。効果はバツグンだ。晴れてはいるが、外は寒い。そのためすぐに屋敷の中へと案内された。

アンベール男爵邸にも冷温送風機は設置されており、暖かい空気が出迎えてくれた。家全体の空気を暖めるにはやはり冷温送風機が一番のようである。暖炉だとそうはいかなかったはずだ。王都の貴族が冷温送風機の魔道具に殺到するのは無理もないことなのかもしれない。

案内されたアンベール男爵家のサロンは、こぢんまりしていたが大きな窓からは暖かな光がふんだんにそそぎ込まれており、大変気持ちがよかった。

すでにお茶の準備が整えられていた。たぶんこのお茶はファビエンヌ嬢が庭で育てたハーブなのだろう。家で飲むハーブティーとは別物だ。

「いい香りですね、このお茶」

「私が育てたハーブを乾燥させておいたのですよ。気に入ってもらえてよかったですわ」

明るく笑うファビエンヌ嬢に手土産のお茶菓子を渡した。受け取った使用人がすぐにお菓子を食べられるように準備してくれた。

ファビエンヌ嬢のご両親はあいさつをすませると〝あとは若い二人で〟と言わんばかりに早々と部屋を出ていった。

なんだろう、先ほどから気になっていたのだが、アンベール男爵があまり声を出していなかった気がする。それに今にして思えば、なんだか顔色が悪かったような……。

二人っきりになったところで例のブツを取り出した。もちろん周囲には使用人がいるので、あとで屋敷中の人たちにはバレバレになるのだが。

「ファビエンヌ嬢にプレゼントがあるのですよ」

そう言って、首をかしげたファビエンヌ嬢の前にネックレスが入ったケースを差し出した。中身を察したファビエンヌ嬢の目が大きく見開かれた。

ファビエンヌ嬢の細くて白い指がネックレスの入ったケースを開ける。

中身を見た瞬間、ファビエンヌ嬢の目がさらに大きく見開かれた。今にもこぼれ落ちそうだ。口元に手を当てて、完全に息を詰まらせていた。

うーん、そんなに刺激的なプレゼントだったかな？　こちらとしてはプレゼントが思いつかなくて苦肉の策だったのだけれども。こんな空気になるかもとは思っていたが、ここまで緊迫したものになるとは思わなかった。

「えっと、初めて女性に宝石をプレゼントするのでよく分からなくて……気に入ってもらえるといいのですが」

ファビエンヌ嬢が何かを言う前に予防線を張る俺。だってしょうがないじゃないか。ゲーム内で特殊な効果が付与された指輪をフレンドにあげても〝サンキューな！〟くらいしか返事が戻ってこないんだもん。

結局はゲームの中のアイテムなので、そういった反応になるのも仕方がないかもしれないけど。

「そ、そんなことはありませんわ。とてもうれしいですわ。その……つけてみても？」

「もちろん構いませんよ」

まだどこか緊張感の残る顔をしているファビエンヌ嬢に笑顔で答えた。よかった。とりあえずは受け取ってもらえるようである。

「キュ！」

「え？　何、ミラ？」

ミラが俺をグイグイと引っ張り出した。そして俺の腕を必死にケースの方に向けた。

ああ、なるほど、理解した。これは〝ファビエンヌ嬢にネックレスをつけて差し上げろ〟ということだな。

「ファビエンヌ嬢、私がつけてもいいですか？」

「もももちろんですわ」

なんて表現したらよいのだろうか。ファビエンヌ嬢の顔がブワッと一気に、花が咲き開くかのように赤く染まった。

そうだよね、そうなるよね。たぶん今の俺の顔も赤くなっていると思う。顔が熱い。

ネックレスを手に取るとそっとファビエンヌ嬢の後ろに回った。

自分用のネックレスを買っておいてよかった。自分で身につけるために金具の部分を何度も扱っていたので開閉には問題がない。ここで手こずるとかっこ悪いからね。

俺は手間取ることなく、スッとネックレスを取りつけた。ファビエンヌ嬢の陶器のようなうなじが妙に気になる。はわわ。

「つけ終わりましたよ。どうでしょうか？」

俺がネックレスを装着すると使用人がスッと鏡を持ってきた。なんというそつのない使用人なんだ。まるであらかじめ準備していたかのようである。

ファビエンヌ嬢は鏡を見ながら体を右に左にと傾けて確認していた。

「とてもキレイで素敵です。中央を飾るダイヤモンドを見ているとなんだか心が落ち着きますわ」

「それはよかった。今後の参考のため、ファビエンヌ嬢の好きな色を教えていただいてもよろしいですか？」

「ええ、それはもう……それにしても、ずいぶんとネックレスをつけるのが手慣れておりましたわね？」

振り返りながらファビエンヌ嬢がそう言った。その顔に少し影があるように見えたし、言葉にもちょっとトゲがあるように感じた。

あ、これはもしかして、俺が女性に対してそんなことばかりしてるって思われてる？　さっき〝初めて女性に宝石をプレゼントする〟とか言ってたのに、〝上手じゃないか〟って思われてる？　ち、違わぁ！

「ち、違いますよファビエンヌ嬢！　勘違いしないで下さい。そのネックレスが気に入って、俺も同じものを買ったんですよ。だから金具を取りつけるのに慣れているんですよ。ほら、ほら！」

俺は慌てて自分の懐からネックレスを引っ張り出した。たった今、ファビエンヌ嬢が身につけたものと同じものが目の前にぶら下がる。

その瞬間、ファビエンヌ嬢の動きが止まった。納得していただけただろうか？　次の瞬間、ファビエンヌ嬢の全身がブワッと真っ赤に染まった。

「ファ、ファビエンヌ嬢!?　大丈夫ですか？」

「だ、だ、だ」

ダメだこれ。〝大丈夫だ、問題ない〟って言いたそうだが全然言えてない。俺は元の位置に座ると、ファビエンヌ嬢が落ち着くのを待った。赤色が落ち着くまでにはかなりの時間がかかった。

ようやくファビエンヌ嬢が落ち着いたところ、気になっていたことを尋ねた。

「ファビエンヌ嬢、ちょっと気になったのですが、アンベール男爵はどこか具合が悪いのではないですか？」

「ああ、やはり気がついてしまいましたか。なるべくユリウス様を心配させないようにと思っていたのですが……実は最近、お父様の体調が優れない様子なのですよ」

この話を出したのはまずかったかもしれない。ファビエンヌ嬢が青菜に塩をかけたかのようにうなだれてしまった。だが、ファビエンヌ嬢の両親に何か問題があるなら、聞いておかなければならない。

「何かの病気なのですか？」

「いえ、そうではないのですが……」

なんだか言いにくそうだな。一体、アンベール男爵に何があったのか。

「色々な魔法薬を試したのですがどれも効果がなくて。そのうちお父様が魔法薬を飲むのを嫌がるようになってしまったのですわ」

それはそうだろうな。ハイネ辺境伯家が所有する騎士団には、俺が作った、おいしくて、飲みやすい魔法薬が提供されている。しかしそこから一歩でも外に出れば、ゲロマズ魔法薬が待ってるのだ。だれでも嫌がると思う。

「そうだったのですね。あの、私が作った解毒剤を試してみませんか？」

「え？　ユリウス様が作った？」

「そうです。ここだけの、ここだけの秘密なのですが、ハイネ辺境伯家で使っている魔法薬は私が作っているのですよ」

大事なことなので二回言った。この部屋にいる使用人たちも察してくれたと思う。確認するように使用人たちへ視線を向けるとうなずきを返してくれた。うん、大丈夫そうだ。

「だれにも言いませんわ。それで、あの、疑うつもりはありませんが、その解毒剤は大丈夫なのですか？」

「大丈夫ですよ。キラースパイダーの毒を完全に取り除くことができるくらいの効果を持っています。我が騎士団では〝女神の秘薬〟とウワサされたくらいですよ」

「女神の秘薬！」

ファビエンヌ嬢の目が輝きを増した。もしかすると、希望の光を見たのかもしれない。ファビエンヌ嬢がテーブルの上に身を乗り出した。

たぶん大丈夫だと思うが、もしこれでダメだったら早急に強解毒剤を作ろう。あれなら絶対に大丈夫なはずだ。

「実際はただの解毒剤なんですけどね。こんなこともあろうかと、いつも使用人に回復薬と解毒剤を持たせているんですよ」

そう言って目配せすると、すぐに使用人が魔法薬を入れているポーチを持ってきてくれた。中からゴロンと魔法薬を出す。

「この黄色の魔法薬が解毒剤ですね。そしてこっちの赤色の魔法薬が初級体力回復薬です。体調がよくなっても、体力がなくなっていると別の病気にかかるかもしれません。一緒に飲むことをおすすめしますよ」

出された魔法薬をファビエンヌ嬢が食い入るように見つめていた。

やがて決意を固めたようである。

「お父様に使わせていただいてもよろしいでしょうか？」

「もちろんですよ」

ファビエンヌ嬢を安心させるかのように、笑ってそう答えた。

大事そうに魔法薬を抱え、ファビエンヌ嬢が廊下を進んでいく。俺は静かにそれに付き従って歩いた。

アンベール男爵家はハイネ辺境伯家よりも広くないのだが、アンベール男爵夫妻の寝室までの道のりは果てしなく長く感じられた。

「ここがお父様とお母様の寝室ですわ。ここにお父様が寝ていらっしゃるはずですわ」

夫婦の寝室に入るのには緊張するのだろう。俺も同じだ。よほどのことがない限り、両親の寝室にはそう簡単に踏み込めない。

一つ息を吸って、ファビエンヌ嬢が扉をノックした。コンコンという高い音が響く。一呼吸置いて扉が開いた。扉の間から使用人の顔が見えた。

「旦那様、奥様、お嬢様とユリウス・ハイネ辺境伯令息様がお見えになりました」

扉の向こうからは困惑するような空気が伝わってきた。俺がドキドキして待っていると、許可もないままファビエンヌ嬢が扉を開けて強引に部屋の中に入った。

「失礼しますわ」

慌てて俺もそれについて部屋の中に入った。魔法薬を作ったのは俺だし、説明する義務があると思う。部屋の中には驚いた様子の夫人と、ベッドに横たわるアンベール男爵の姿があった。

「これはこれは、お見苦しい姿を見せてしまって……」

「いえ、そのままで。お話はファビエンヌ嬢から聞きました」

ベッドで身を起こそうとしたアンベール男爵を手で制した。それを聞いた夫人の目が泳いでいる。

「お母様、ユリウス様が化粧水やハンドクリームの作り方を教えて下さったことはご存じですよね？」

「え？　ええ、もちろん知っていますが……」

動揺する夫人。アンベール男爵の体調が悪いことを俺に内緒にしていたので気まずいのだろう。そんな夫人の姿を見るファビエンヌ嬢の目にはますます力がこもっていた。自分を落ち着かせるかのように、ファビエンヌ嬢が深呼吸をする。

「ここだけの秘密にしていただきたいことがありますわ」

「ファビエンヌ、それはお前が腕の中に抱えているものと関わりがあるのかな？」

優しい口調でアンベール男爵がそう言った。どうやら今のやり取りで察したようである。それに気がついた夫人が目を見開いて口元を手で隠した。

「その通りですわ。お父様、ユリウス様は本物の魔法薬を作っておりますわ。そしてその魔法薬は、実際にハイネ辺境伯家でも使われているそうです」

そこまで言って俺の方を見るファビエンヌ嬢。その視線を受けて俺は一歩前に出た。

「ファビエンヌ嬢が手に持っている魔法薬は解毒剤と初級体力回復薬です。どちらも我が騎士団で正式に使用しているものです。品質と効果は保証しますよ」

少しでもこの場の空気が柔らかくなるように笑顔でそう答えた。それを聞いたアンベール男爵夫妻は信じられないのか、魔法薬をジッと見つめていた。

これはこの場で俺が飲んでみるべきか？　でも、初級体力回復薬なら数本あるけど、解毒剤は一本しかないんだよね。

「ユリウス様を疑うわけではありませんが、魔法薬はちょっと……色々と試してもダメでしたからね」

眉をハの字に曲げたアンベール男爵がそう言った。これはあれだな、ピーマンが嫌いな子供と同じだな。魔法薬イコールまずいもの、になってる。だがしかし、これはゲロマズ魔法薬とは違うのだよ。

「心配はいりませんよ。この解毒剤は甘くしてありますから。こちらの赤色の魔法薬が初級体力回復薬です。シュワシュワして、とても飲みやすいと騎士たちからも好評ですよ」

俺はニッコリと答えた。そんな俺の様子を見たアンベール男爵がゴクリと唾を飲み込むのが分かった。ファビエンヌ嬢がグイグイとベッドに近づく。夫人もベッドに近づいている。

無理やりにでも飲ませようという構えなのだろう。きっとそうやって魔法薬を飲ませてきたんだろうな。ご愁傷様です。

「旦那様、せっかくユリウス様が持ってきて下さった魔法薬です。お飲みになって」

「そうですわ、お父様。ここで飲まなければ、ユリウス様に失礼ですわ」

「大丈夫ですよ、アンベール男爵。騎士たちの間では〝女神の秘薬〟と呼ばれてますから」

「め、女神の秘薬……」

目を大きくしながらも魔法薬に抵抗感がある様子のアンベール男爵。どれだけひどい魔法薬を飲んできたのかが分かるな。なんだかかわいそうになってきた。

「さあさあ」

「お父様」

「わ、分かった。分かったから。いただくとしよう。……あとではダメかな?」

「今です！」

夫人の一喝によって観念したアンベール男爵。やはりどこの家でも女性の方が強いようである。家を守るのは女性の役目。そうなっているようだ。

意を決したアンベール男爵が解毒剤を手に取った。そして気がついた。

「おや？　この解毒剤はとてもキレイで澄んだ色をしてますね」

「旦那様？」

「おおう、分かっているとも」

夫人の圧がすごい。観念したアンベール男爵が魔法薬のビンのフタを開けて、目を閉じてグイッと一気に飲み干した。〝南無三！〟とでも言いそうである。

「あまーい！　なんだこれは!?」

目が飛び出しそうなくらいに魔法薬のビンをガン見していた。口はパクパクと開いたり閉じたりしている。どうやら魔法薬の真の力に気がついたようである。フッフッフ、理解者が増えるよ、やったぜ。

「アンベール男爵、こちらも一緒に飲んで下さい。これで少しは体の疲れが取れるはずですよ。あとは安静にしていれば、二、三日もすればよくなるはずです。もしダメだった場合は手紙で教えて下さい。もっと強力な魔法薬を用意しますから」

俺はアンベール男爵の目を見て力強くうなずいた。それに大きくうなずきを返してくれたアンベール男爵。すぐにファビエンヌ嬢が赤色の魔法薬を手渡した。ビンの封を切ると〝ポン〟という快い音がした。俺も帰ったら飲もう。

シュワシュワと音がする魔法薬を不思議なものを見るような目をしたアンベール男爵が飲み干した。

「うまい！　もう一本飲みたいな」

「ダメですよ、旦那様。魔法薬の飲みすぎはいけません」

ションボリした表情のアンベール男爵が名残惜しそうに空のビンを見つめていた。

どうにか解毒剤を飲んでもらうことに成功した。初級体力回復薬も飲んでもらえたことだし、万が一、解毒剤が効かなくても、次の魔法薬を持ってくるまでには十分な時間があるはずだ。

アンベール男爵が無事に魔法薬を飲んだのを見届けると、俺たちは再びサロンへと戻った。

「解毒剤がしっかりと効いてくれるといいのですが。おそらくは大丈夫だと思いますけどね」

「きっと大丈夫ですわ。お父様も今回のことに懲りたら、悪い癖を直してくれるはずですわ」

「悪い癖？」

思わず口に出てしまったのか、バツが悪い顔をしてファビエンヌ嬢がうつむいた。なんだろう、ものすごく気になるな。チラチラとファビエンヌ嬢を見ていると、観念したのか重い口を開いた。

「お父様は珍しい食べ物を食べるのが好きなのですわ」

「珍しい食べ物……」

「それで、今回は食べたもののあたりが悪かったようで、あのように……」

「つまりは食あたりだったということですね？」

ファビエンヌ嬢は申し訳なさそうにうなずいた。市販されている解毒剤を使って効果がなかったということは、かなりひどい食あたりだったようである。一体何を食べたのか。

……アンベール男爵には聞かない方がいいな。〝キミもどうかね？〟とか言われたらシャレにならん。

「キュ！」

「ごめんごめん、一人にしてしまって。さすがに病人がいる部屋に連れていくわけにもいかなくてさ」

そう言いながら、サロンでお留守番してもらっていたミラをなでまわす。すぐにミラの機嫌がよくなった。そんな俺たちのやり取りを見たファビエンヌ嬢がクスリと笑った。

「仲がよろしいですわね。ちょっとやけてしまいそうですわ」

「え？」

「キュ？」

また思わずポロリとしてしまったのか、今度は真っ赤な顔をしてうつむいた。油断するとポロリとしちゃうのかな？　そうだと思いたい。それとももしかして、俺だから思わずポロリと言っちゃったのだろうか。

「そ、そうですわ！　調合室をお見せしますわ」

その場の微妙な空気を一掃するべく、ファビエンヌ嬢がパンと手をたたいた。そしてすぐに席を立った。どうやらこのままうやむやにする作戦のようである。当然俺もそれに乗る。だってここで問い詰めて関係を悪くしたくはないからね。

再びファビエンヌ嬢に連れられて屋敷の中を移動する。今度はミラも一緒だ。サロンからそれほど遠くない場所にその部屋はあった。中には真新しい器具がいくつも設置されている。

「ここが調合室ですわ。ここで何度か化粧水を作っておりますわ」

「これだけ設備が整っていれば十分ですよ。品質の高いものを作ることができそうですね」

蒸留装置やガラス器具を確認する。どれも品質がよいものを使っているようだ。道具の品質は魔法薬の品質に影響するからね。もちろん個人が持っている技術も影響するけど。

「ファビエンヌ嬢が作った化粧水を見せてもらってもよろしいですか？」

「ええ、もちろんですわ」

そう言ってファビエンヌ嬢が持ってきた化粧水はとても品質が高かった。ファビエンヌ嬢がしっかりと魔法薬師としての技術を身につけている証拠である。

「うん、素晴らしいですね。これなら魔法薬師としても十分にやっていけますよ」

「魔法薬師として、ですか？」

「ええ、そうです。魔法薬師に興味はありませんか？」

「それは……」

うつむくファビエンヌ嬢。たぶん興味はあると思う。さっき見た解毒剤と初級体力回復薬の魔法薬も、興味を引くのに十分だったはずだ。ここはもう一押しだな。

「ファビエンヌ嬢は魔法薬師としての才能がありますよ。だってこれだけの品質のものを作ることができるのですから。私が作ったものと大差がありません」

爽やかなイケメンスマイル。効果はバツグンだ。それを見たファビエンヌ嬢が真っ赤な顔をしてうつむいた。その後も魔法薬の話をしながら調合室を見て回った。

ちょっと小さい部屋だが、一人で使うには十分だろう。弟子を取ったりすると厳しいかもしれないけどね。

一通り調合室を見終わると、再びサロンへと戻った。

「お父様、お母様！　どうしてここに？」

ファビエンヌ嬢がテーブルに駆け寄った。そこにはアンベール男爵夫妻の姿があった。どうやらさっそく魔法薬が効果を発揮したようである。俺が作った解毒剤はやっぱり頼りになるな。

「それはもちろん、先ほどの魔法薬が効いたからだよ。まさかこれほどの効果があるとは思いませんでした。さすがは〝女神の秘薬〟と呼ばれるだけのことはありますな」

先ほどよりも血色がよくなったアンベール男爵が目を細めてこちらを見ている。これで魔法薬のすごさをお分かりいただけたことだろう。隣に座っている夫人も笑顔である。

「解毒剤が効いたみたいでよかったです。解毒剤は体内の毒を打ち消すことはできますが、病気に対する抵抗力は戻すことができません。別の病にかからないように十分に気をつけて下さいね」

「ええ、そうさせていただきます。ユリウス様、ありがとうございました」

アンベール男爵が頭を下げると夫人もファビエンヌ嬢も一緒に頭を下げた。慌てて頭をあげてもらおうとする。

「大したことではありませんので頭をあげて下さい。たまたま持ち歩いていた魔法薬が役に立っただけのことですから」

ようやく頭をあげてもらい、俺たちは一緒にサロンでお茶の時間を楽しむことにした。ミラに出されたお菓子を食べさせながら夫妻の話を聞いた。話題はすぐにアンベール男爵の悪い癖の話に移っていった。

「旦那様、これに懲りたら、妙な食べ物を口にするのはおやめ下さいませ」

「そうは言ってもな、おいしいと評判の魚だったのだよ。珍しい魚ではあったみたいだがね。生きているときには丸く膨らむという話だった。一度、その姿を見てみたかったな」

おいおい、それってもしかしてフグなんじゃ……キッチリとフグの毒を処理できなかったんじゃないのかな。それにしても、よく生きてたな。

「おいしいと評判だからといってなんでも口にしてはいけません。しっかりと毒味をさせてから食べて下さいませ」

「む、わ、分かったよ。だがユリウス様の作った解毒剤があれば……!」

あ、期待に満ちた目で俺を見るのはやめてもらえませんかね？　ここでオーケーを出すと夫人に恨まれそうな気がする。一体どうすればいいんだ。俺が返事に困っていると夫人が助け船を出してくれた。

「それなら、市販されている解毒剤が効果がなかったときに、ユリウス様のお力を借りることにいたしましょう」

「それはいい考えですね。市販の魔法薬で効果がなければ、いつでもお力添えいたしますよ」

それを聞いたアンベール男爵の顔が絶望の色に染まった。一度俺の解毒剤の味を知ってしまったからには、市販されているゲロマズ魔法薬にはもう戻れないだろう。これで少しは抑止力になってくれるといいのだけど。

こうしてアンベール男爵家での二人だけのお茶会は終わった。最終的にはアンベール男爵家の家族総出のお茶会になってしまったが、楽しい時間を過ごせたのでよかった。アンベール男爵は魔法薬にとても関心を持ってくれたようである。これならファビエンヌ嬢が今後も調合室を使うことを認めてくれることだろう。


ファビエンヌ嬢の家に遊びに行ってからは、俺たちの距離はグッと近づいたと思う。今ではお互いにフレンドリーな会話をするようになっていた。

「いつ来てもここは素敵ですわ」

「気に入ってもらえてうれしいよ」

「私の家にも温室があればよかったのに」

「暖房設備なら作ってあげられるよ。さすがに建物はファビエンヌ嬢のところで用意してもらわないといけないけどね」

俺たちは今、ハイネ辺境伯家の自慢の温室に来ている。荒れ放題だった温室も、今では立派な温室になっていた。国内有数の温室ということもあり、中は広く、薬草だけでなく、観賞用の草花も育てていた。

植物を育てるのが趣味のファビエンヌ嬢にとってはうらやましくてしょうがないみたいだ。似たような温室を作ってあげたいとは思うのだが、これぱかりは俺一人の力では無理がある。俺一人で一軒建てられればよかったのだが、さすがにそれは難しいと思う。

冬も寒さのピークが過ぎ、大雪が降る日も減ってきた。そんな日には今日みたいに色んな人が遊びにくるようになっていた。

ファビエンヌ嬢だけではない。エドワードたちやメリッサちゃんなんかも訪ねてくるのだ。

「春からはアレックス様だけでなく、カイン様も王都の学園に通うそうですね。寂しくなるのではありませんか？」

「そうだね。冬の間がにぎやかだったので、ちょっと寂しい感じはあるかもね。でも、今年はミラがいるからそこまででもないよ」

「キュ！」

ファビエンヌ嬢に抱かれているミラが元気よく答えた。冬が終わろうとしているが、ミラが話しだす気配はない。それどころか、生まれてからまったく成長した様子が見られないような気がする。聖竜の成長速度はこれが普通なのかな？　よく分からん。

温室をグルリと一周すると、ところどころに雪が残っている、寒い庭を横切って本館へと戻った。温室から本館までの通路が欲しいところだな。ちょっと贅沢《ぜいたく》な願いかもしれないけどね。

裏口の扉から中に入ると、暖かい空気が迎えてくれた。

「ふう、生き返った」

「これもユリウス様が作った魔道具のおかげですわね」

「キュ」

ミラは毛皮のコートに覆われているのであまり寒さは感じないのかな？　むしろ逆に暑いのかもしれない。夏になったらサマーカットにでもしてみようかな。そんなことをすれば、さすがのミラでも怒るかな？

「キュ？」

俺の視線を感じたのか、ファビエンヌ嬢に抱かれているミラが首をかしげながらこちらを見ている。相変わらずのかわいさだな。


外の日差しがだんだんと暖かくなってきた。ようやく冬が終わって春がやってくる。これでまた、ミラを連れてクレール山に散歩に行くことができるぞ。

春に向けて、ハイネ辺境伯家は忙しくなっていた。今年は二人の兄が王都の学園に行く。その準備のためだ。

アレックスお兄様は学園の最終学年になる。カインお兄様はピカピカの一年生だ。どちらも学園の制服を新しく準備する必要があるし、教科書や文具などもそろえないといけない。

王都のタウンハウスでそろえることができればよかったのだが、王都の貴族たちも一斉に動き出すので、タウンハウスに移ってから準備をするのでは間に合わない可能性がある。そのため、この時期から準備をする必要があるのだ。

王都に行かない組の俺とロザリア、ミラはこの時期は完全に邪魔者である。なるべく静かにしておこうと、自室や工作室、書庫にこもることが多くなった。

調合室にはあまり行くことがなくなっていた。理由は簡単。冬の間は騎士団の動きも鈍いため、魔法薬が使われないのだ。そのため、魔法薬を補充する必要がない。

そして冬の間は素材も手に入りにくいのだ。本格的な冬がくる前に冒険者ギルドに頼んでいた依頼も、特に進展はないようだった。

冒険者も真冬のシーズンはお休みである。いかに屈強な冒険者でも、雪と寒さの前ではどうしようもないようだった。仕方ないね。

「お兄様もそのうちアレックスお兄様やカインお兄様と同じ学園に行くのですか？」

「行かないよ。俺は領都の学園に行くからね」

「それではずっとこちらにいるのですか？」

「そうなるね」

領都の学園にはこの屋敷から通うことができる。もちろん学生寮もあるのだが、無理してそこに入る必要はないと思っている。だって家にいれば、上げ膳据え膳なんだもん。今さら不自由な生活には戻れない。

アレックスお兄様やカインお兄様は自由な生活に憧れるところがあるみたいだけど、俺はすでにそれには飽きているんだよな。実際のところ、実家にいても不自由だと思うことはなかった。

「それでは、ずっとお兄様と一緒ですね！」

うれしそうに笑ったロザリアが飛びついてきた。うーん、それはどうかな？　将来はロザリアはどこかに嫁ぐだろうし、俺もどこかに養子に行くかもしれない。嫡男がいない家を知ってるしなぁ。


ハイネ辺境伯家の屋敷の前にはズラリと使用人たちが並んでいる。その中に、俺も並んでいた。地面を覆っていた雪は完全に溶けてなくなり、小さな緑が芽吹き始めている。今日はお兄様たちが王都に向けて出発する日である。

お母様がアレックスお兄様と、ちょっと緊張した様子のカインお兄様に別れを告げていた。

「二人とも、気をつけて行ってくるのよ。アレックス、しっかりとカインの面倒を見るのですよ」

「任せて下さい、お母様」

「お母様、私はもう子供ではありませんよ」

ちょっとご立腹している様子のカインお兄様。子供ではないと言っているがまだ十三歳。そうは言っても子供と大人が半分ずつくらいだろう。対するアレックスお兄様は十五歳になり、学園を卒業と同時に一人の成人として認められることになる。

今年はもしかして副生徒会長に就任するのでは？　とハイネ辺境伯家では勝手に盛り上がっていた。もちろん生徒会長はダニエラ嬢だ。

「アレックスお兄様、カインお兄様、ときどきでいいので手紙を送って下さいね」

「分かったよ。お父様とお母様に近況を報告するときに、ユリウスにも手紙を送ろう」

「なるべく書くようにするよ」

笑顔で引き受けてくれたアレックスお兄様とは対照的に、カインお兄様は苦笑いだった。どうもカインお兄様は体を動かす方が好きなようで、脳筋気味な気がするんだよね。ちょっと心配だ。せめて手紙くらいは書けるようになってもらわないと。

「二人ともしっかりと学問に励むように。成長したお前たちに会える日を楽しみにしているぞ」

最後にお父様が二人の頭をなでて、お兄様たちは馬車に乗り込んだ。

十名ほどの護衛の騎士を連れて二人は王都へと旅立っていった。

「キュ〜」

「夏には戻ってくるはずだけど、それまではちょっと寂しくなるね」

悲しそうな声をあげたミラの頭をなでてあげる。冬の間は二人にかわいがられていたもんな。そりゃ寂しくもなるか。

王都の騒ぎは収まったようだが、黒幕はまだ分かっていない。それだけがちょっと心配だ。まさか学園が狙われることはないと思うけど。

本当は両親も行かせたくなかったのかもしれない。それでもアレックスお兄様はもう大人だし、信じることにしたのだと思う。

カインお兄様のことは心配だったのだろうな。何度も〝本当に王都の学園に行くのか?〟と聞いていたからね。それでもカインお兄様は行くって言っていたし、そう言ったからには十分に用心するだろう。

お兄様たちが王都に向けて出発してからしばらく月日が経過した。二人がいない、ちょっと静かな日常にも慣れてきた。

俺はミラをクレール山に連れていったり、領都を見回ったりしながら毎日を過ごしている。

そんな平穏な日常を過ごし、木々の緑が濃くなってきたころ、アレックスお兄様から手紙が届いた。もちろん俺だけではなく、両親にも手紙が届いている。

「さて、何が書いてあるのかな？　ダニエラ様との蜜月について書かれていたりして……」

ちょっとウキウキしながら手紙の封を切ると、内容は蜜のような甘いものではなかった。俺が恐れていたように、国王陛下が毒殺されそうになったと書いてあったのだ。

この事件は秘中の秘だそうであり、アレックスお兄様もダニエラ嬢から内緒で聞いたらしい。秘中の秘とは一体。まあそれだけ、ダニエラ嬢とアレックスお兄様がいい感じであるということだろう。

国王陛下は一命を取り留めたそうである。なんでも、どこからか手に入れた魔法薬の効果が非常に高かったらしく、すぐに回復したらしい。それで国を揺るがす大事件にならないように極秘に処理することにしたようだ。

もちろん、再び食べ物についての警戒が強まっているそうである。

実行犯は捕まり、現在取り調べ中らしい。それはそうだろう。国王陛下の食べるものに毒を入れることができる人物なんて限られているからね。

この毒殺未遂事件がどのように転ぶのかはちょっと分からないな。

そしてその〝どこからか手に入れた魔法薬〟はきっと俺がクロエに託しておいた万能薬のことだろう。あの万能薬は品質が悪かったから、きっと国王陛下は渋面になったはずだ。濃縮した森の味に、不快な香り。想像しただけでもノーサンキューである。

次に作るときはもう少し品質の高いものを作れたらいいな。

それよりも、倒れたのが国王陛下だけだったのは不幸中の幸いだ。同時に他の王族まで毒にやられていたら、助からないところだった。手紙を読み進めながら嫌な汗をかいたぞ。

なんとか切り抜けたことに安堵《あんど》の汗を拭っていると〝ピンポーン〟と音がした。俺の返事を待たずに扉の向こうから声がかかる。どうやら火急の知らせのようである。

「ユリウス様、旦那様がお呼びです」

「分かった。すぐに行くよ」

きっとお父様に届いた手紙にもこの件についてのことが書かれていたのだろう。それで俺が呼び出されたということは、なんだかあまりいい予感がしないな。俺はちょっと重い足取りでお父様がいる執務室へと向かった。

チャイムを鳴らして室内に入る。中にはお父様とライオネルの姿があった。

「お呼びでしょうか、お父様」

「来たか、ユリウス。まずはこれを見てくれ」

差し出されたアレックスお兄様からの手紙を受け取る。先ほど読んだ手紙と同様に国王陛下の毒殺未遂事件について書かれていた。そして最後に〝ユリウスを王都へ来させてほしい〟と書かれていた。

どうやらダニエラ嬢に頼まれたそうである。なんのことなのかサッパリ分からないアレックスお兄様が困惑している様子が文面からも分かった。

「ユリウス、この使われた魔法薬は〝万能薬〟で間違いないな？」

「おそらくは。名前が出ていないところを見ると内緒にしておきたいのでしょう。たぶん、私のことも」

「そうだろうな。それでアレックスの手紙に、ユリウスに王都まで来てもらうように書いてもらったのだろう。国王陛下からの手紙だと、だれに届けられるのか追跡される恐れがあるからな」

なるほど。敵を警戒してアレックスお兄様を使ったのか。簡単に手紙一通も出すことができないとは王族も大変だな。

それにしてはクロエからは手紙が来てるぞ？　どうなってんの。まだ子供だからオッケーなのかな？

俺を王都に呼ぶということは万能薬について聞きたいんだろうな。ここは隠すよりも作り方を公開した方がいいだろう。その方が万能薬の数を用意することができるはずだ。そうなれば、国王陛下たちの生存率も高くなる。

「それでは急いで王都に行って参ります」

「私もライオネルも一緒に行こう。急いで準備をしてくれ」

「分かりました」

穏やかな日常を少しでも長く過ごしていたいと思っていたが、そうも言っていられなくなってしまったな。でもこうなることは、万能薬を作った時点で覚悟していたのかもしれない。

高位の魔法薬師であるおばあ様から、大事にしていた魔法薬の本を受け継いだのだ。その時点で、おばあ様の正式な後継者として認められたと言っていいだろう。まだそのことを知る人は少ないが、これからどんどん表舞台に立つ機会が増えるはずだ。

おばあ様の弟子として、そろそろ動き出すとしよう。ひとまずの目標はおばあ様を超えること。必ず成し遂げてみせる。

王都で何が待ち受けているのかは分からないが、辺境の魔法薬師として、この世界の魔法薬を変える者として、全力でやってやろうではないか。

番外編

挑戦は続くよ、どこまでも

ハイネ辺境伯家の本館にある調合室がリニューアルされることになった。おばあ様が別館で使っていた最新設備を、そっくりそのまま本館へと持ってくるのだ。

念願の自分の調合室を手に入れたぞ！

魔法薬師として、この世界のゲロマズ魔法薬を改善するという目標に、これでまた一歩、近づいたのだ。

そんなわけで、設備が続々と運び込まれている傍らで、自分の部屋に隠しておいた魔法薬の素材を、保存容器ごとえっちらおっちらと運んできた。

この中には俺がこの世界に来てから初めて見つけた未知の素材が入っている。その名も霊験あらたかなカシオス水。こんな地名の入った素材は、ゲーム内にはなかったはずだ。間違いない。

そしてもう一つ、すぐ近くで簡単に手に入れることができる未知の素材があるのだ。

「ミラ〜、ちょっとその白い毛をもらってもいいかな？」

「キュ!?」

危険を察知したのか、脱兎《だっと》のごとく逃げるミラ。思ったよりも鋭いな。だがしかし、人間の英知には勝てないのだよ！

そんなわけで、お菓子で釣ることでなんとかミラの毛をゲットしたのであった。『鑑定』スキルによると、聖竜の毛。なんかすごい魔法薬ができそうな予感がする。

これで未知の新素材が二つになった。そうなると、超一流の魔法薬師としての血が騒ぐ。だれも見たことがない、新しい魔法薬づくりに挑戦したい！

「キュ」

「ん？　もしかして、魔法薬を作るのに興味があるのかな？」

「キュ」

「よ～し、よしよし、それじゃ、ミラにも俺の超絶スキルを見せてあげようではないか」

おばあ様から引き継いだ素材箱の中身を改めて確認する。品質は悪いが、レア素材が入っているのだ。

よし、決めたぞ。カシオス水と聖竜の毛を使い、そこに世界樹の根を入れよう。お？　これは金桃じゃないか！　干からびてるけど。これって確か寿命が延びるというウワサがあるんだよね。実際はデマなんだけどさ。

あとは滋養強壮効果のあるドラゴンの肝と、マストアイテムの薬草と魔力草を入れてみよう。あとは味付けに塩とハチミツを用意して。

うん、いけそうな気がする。俺の魔法薬師としての勘がそう告げている！

この組み合わせなら、最上級体力回復薬とかできるんじゃないかな？　そんな魔法薬はゲーム内にはなかったけど。これは夢が広がるな。そんな魔法薬が完成すれば、騎士たちも二十四時間戦えるはずだ。

まあ、実際に使うことはないだろうけどね。ハイネ辺境伯家はそこまで鬼じゃない。

「キュ……」

作業台の上に並べられた素材を見て、ミラが遠い目をしている。本当にこれを使うのか、とでも言いたそうである。

「大丈夫、大丈夫。俺、失敗しないから」

片手鍋にカシオス水を入れ、火にかけた。まずは世界樹の根から有効成分を抽出するとしよう。こちらもしなびているが、しっかり煮込めば有効成分を少しは絞り出せるはずだ。

グツグツしてきたところで金桃を入れる。水を吸って少し膨らんだが、気休め程度に思っておく。そこへ乾燥させた薬草と魔力草を細かく砕いたものを入れて、ついでにドラゴンの肝を入れる。

もちろんこのドラゴンの肝はミラから採取したものではない。ビンの中に残っていたものを使っているので、ミラは痛い思いをしてはいないぞ。

「キュ、キュ!」

ちょっと嫌～な匂いがしてきたところで、ミラが鼻を小さな手で押さえながら悲鳴をあげた。おっと、危ない、危ない。このままじゃ、ゲロマズ魔法薬になるところだった。

色が濁り始めたところで、それを清めるために料理人のように塩を高いところからパッパと入れる。特に意味はないが、気持ちの問題である。

色味がよくなってきたところで聖竜の毛を投入する。ほんの少しの量だが、効果のほどはいかに？

仕上げにハチミツを入れて完成だ。これで少しは飲みやすくなったはずである。

ドキドキしながら完成した魔法薬を『鑑定』スキルで観察する。

若返りの薬：低品質。年齢を若返らせる。効果（十歳若返る）。ほのかに甘い。

……これは予想外の魔法薬が完成してしまったぞ。もちろんゲーム内には存在しなかった魔法薬だ。低品質なのに十歳も若返るのか。品質がよければ、もっと若返ることになるのかな？

何はともあれ、無事に新しい魔法薬を完成させることができた。どうよ？　とミラの方を振り返ると、そこにはすでにミラの姿はなかった。どうやら逃げ出したあとのようである。ションボリ。

ひとまずこの魔法薬が存在しているのが見つかるとよくないので、可及的速やかに封印することにした。『亜空間』スキルを使ってその中に厳重にしまっておく。

う～ん、ちょっとレア度の高い素材を使いすぎたかな？　てへぺろ。次はその辺りに注意して作らないといけないいな。

さて、次はどんな組み合わせを試してみようかな？

MFブックス

辺《へん》境《きょう》の魔《ま》法《ほう》薬《やく》師《し》
～自《じ》由《ゆう》気《き》ままな異《い》世《せ》界《かい》ものづくり日《にっ》記《き》～ 2

2023年11月25日　初版第一刷発行

著者　えながゆうき
発行者　山下直久
発行　株式会社KADOKAWA
〒102-8177　東京都千代田区富士見2-13-3
0570-002-301（ナビダイヤル）
印刷・製本　株式会社広済堂ネクスト
ISBN 978-4-04-683066-1 C0093

担当編集　永井由布子
ブックデザイン　AFTERGLOW
デザインフォーマット　AFTERGLOW
イラスト　パルプピロシ

本書は、2021年から2022年に「カクヨム」（https://kakuyomu.jp/）で実施された「第7回カクヨムWeb小説コンテスト」で特別賞（異世界ファンタジー部門）を受賞した「辺境の魔法薬師」を加筆修正したものです。

この作品はフィクションです。実在の人物・団体・事件・地名・名称等とは一切関係ありません。

異世界で天才画家になってみた
Hachihana
八華
[ill.] Tam-U
イラストレーターになる夢を諦めたサラリーマンが、天才画家として異世界に転生。しかも、絵に描いた対象の情報を手に入れられる〈神眼〉スキルのおまけつき。
これは、画家の才能を持って商家の長男に転生した青年が、王国社交界を盛り上げていくセカンドライフストーリー！
「画力」×「商才」で
王都に新風を巻き起こす!!
第8回
カクヨムWeb小説コンテスト
カクヨムプロ作家部門
《特別賞》受賞作
MFブックス新シリーズ発売中!!
MFブックス

ただの村人の僕が、三百年前の暴君皇子に転生してしまいました
～前世の知識で暗殺フラグを回避して、穏やかに生き残ります!～
sammbon
サンボン
illustration 夕子
STORY
第四皇子ルドルフは、ある日自分の前世が
三百年後の村人で、転生していたと気づく。
前世で愛読した戦記によると彼は、婚約者である
「氷の令嬢」に殺される運命で!?
知識チートで死亡フラグを回避する
生き残りファンタジー開幕!
元ただの村人、
死亡フラグに溢れた
前世の知識で
帝政を生き残ります!

名代辻そば
NADAI TSUJI SOBA
異世界店
西村西
Nishimura Sei
イラスト：TAPI岡
tapioca
一杯のソバが人々の
心の拠り所となる
旧王都アルベイルには、景観に馴染まぬ不思議な食堂がある。
そんな城壁の一角に突然現れたツジソバは、
瞬く間に旧王都で一番の食堂となった。
驚くほど安くて美味いソバの数々、酒場よりも上等で美味い酒、
そして王宮の料理すらも凌駕するカレーライス。
転生者ユキトが営む名代辻そば異世界店は、今宵も訪れた人々を魅了していく——

MFブックス
理不尽に婚約破棄されましたが、
雑用魔法で
王族直系の大貴族に
嫁入りします！
藤森かつき
イラスト：天領寺セナ
STORY
下級貴族の令嬢のマティマナは、
婚約破棄された直後にある青年から婚約を申し込まれる。
彼は大貴族の次期当主で、マティマナは彼の家の呪いを
雑用魔法で解決できると知るが⁉
雑用魔法で大逆転⁉
下級貴族令嬢の幸せな聖女への道♪

赤ん坊の異世界ハイハイ奮闘録
そえだ 信
イラスト：フェルネモ
不作による飢餓、害獣の大繁殖。
大ピンチの領地を救うのは、赤ちゃん!?
体力担当の兄・ウォルフと、頭脳担当の赤ん坊・ルートルフ。
次々と襲い来る領地のピンチに、
男爵家の兄弟コンビが立ち上がる!!
がんばる2人を応援したくなる、領地立て直しストーリー!!

ある時は村人、探索者、暗殺者……
その正体は転生勇者!?
隠れ転生勇者
～チートスキルと勇者ジョブを隠して第二の人生を楽しんでやる!～
なんじゃもんじゃ　イラスト：ゆーにっと
STORY
クラス召喚に巻き込まれた藤井雄二は、
自分だけ転生者トーイとして新しい人生を手に入れる。
3つもチートスキルを持つ彼は、第二の人生を楽しもうとするが、
美女エルフのアンネリーセから規格外の力を知らされて!?
チートスキルと《転生勇者》のジョブを隠したいトーイ。
彼の楽しい異世界ライフが今ここにスタート!

ほっこり異世界
再就職ファンタジー、
スタート!!
新しい雇い主は、
偏屈オジサマ
魔法使い!?
Story
三年間住み込みで働いた屋敷を理不尽に追い出されたルシル。彼女は新しい就職先を求めて田舎にやってきたが、そこで紹介されたのは「余計なこと」を心底嫌う、気難しい魔法使いフィリスの屋敷だった。
何としても新しい職場を死守するべく、彼女は「余計なこと」地雷を回避するためにフィリスの観察を始める。
永年雇用は可能でしょうか
～無愛想無口な魔法使いと始める再就職ライフ～
yokuu イラスト:烏羽 雨
MFブックス新シリーズ発売中!!
MFブックス

呪われた龍にくちづけを
綾束乙
イラスト：春が野かおる
義父が作った借金返済のため奉公に出た明珠《めいじゅ》は、その屋敷で暮らす三人――目を瞠《みは》るほどの美少年の英翔《えいしょう》と、従者の青年、季白《きはく》と張宇《ちょうう》に出会い、彼らに仕えることに。個性豊かな三人に囲まれたにぎやかな日々の裏では、彼らの隠すある秘密を巡り不穏な気配が渦巻き――!?
仕える主は"呪い"を抱えた美少年!?
秘密だらけな
中華風ファンタジー！

MFブックス既刊